KRISTIN ADLER

Mit eurem Blut sollt ihr bekennen

Grausame Morde erschüttern die katholische Kirche in Deutschland – mehrere Bischöfe wurden brutal enthauptet, erstochen oder erschlagen. Da jeder von ihnen in einen Skandal verwickelt war, scheint das Motiv rasch gefunden: purer Hass auf die Kirche und ihre Amtsträger … vielleicht die Rache eines Opfers?

Die Kunsthistorikerin und Theologin Clara Mohr wird von den Behörden in der Sache zurate gezogen und hat schon bald einen anderen Verdacht. Diverse Symbole am Tatort lassen hinter den Morden einen »Insider« vermuten. Das erklärt allerdings noch nicht, warum im gleichen Zeitraum ein hoher Kirchenbeamter freiwillig in den Tod springt. Und warum es an der katholischen Grundschule von Claras Tochter Katharina zu einer Geiselnahme kommt.

Als Clara eine Verbindung zwischen all diesen Ereignissen erkennt, ist es fast zu spät.

Über die Autorin:
Kristin Adler ist das Pseudonym von Julia Kröhn, geb. 1975 in Linz. Kröhn hat Theologie, Geschichte und Philosophie studiert. Nach einer journalistischen Ausbildung arbeitete sie jahrelang im Bereich Fernsehen, Internet und Öffentlichkeitsarbeit für die Deutsche Bischofskonferenz. Sie hat zahlreiche Bücher veröffentlicht, darunter Mittelalterromane, exotische Familiensagas sowie Kinder- und Jugendbücher. 2010 wurde sie mit dem internationalen Buchpreis CORINE ausgezeichnet.

Kristin Adler bei LYX:

Im Staub sollst du kriechen
Mit eurem Blut sollt ihr bekennen

Kristin
ADLER

MIT EUREM BLUT SOLLT IHR BEKENNEN

Roman

LYX
EGMONT

Originalausgabe Juli 2015 bei LYX
verlegt durch EGMONT Verlagsgesellschaften mbH,
Gertrudenstr. 30–36, 50667 Köln

1. Auflage
Redaktion: Claudia Schlottmann
Umschlaggestaltung: www.bürosüd.de
Motiv: Sotheby's, Gemälde, M. Franceschini,
Tarquinius und Lucretia, AKG Images
Satz: KCS GmbH, Stelle | www.schriftsetzerei.de
Printed in Germany (670421)
ISBN 978-3-8025-9628-5

www.egmont-lyx.de

MIX
Papier
FSC FSC® C083411

Dann sah ich den Himmel offen, und siehe, da war ein weißes Pferd, und der, der auf ihm saß, heißt »Der Treue und Wahrhaftige«; gerecht richtet er und führt er Krieg. Seine Augen waren wie Feuerflammen, auf dem Haupt trug er viele Diademe, und bekleidet war er mit einem blutgetränkten Gewand.

Offenbarung 19, 11–13

1

14. Februar

Bischof Rainer Kahlfuß verließ die Gemeinde St. Leonhard gegen halb zehn Uhr abends.

Er war erleichtert, so früh wegzukommen, hatte er doch erwartet, bis mindestens zehn Uhr bleiben zu müssen. Dass der Small Talk vorzeitig abgebrochen worden war, lag allerdings nicht nur an dem warmen Weißwein und den zähen Lachshäppchen, sondern an der mehr als überschaubaren Zahl an Interessierten. Bischof Kahlfuß hielt schon seit vielen Jahren Vorträge über den heiligen Valentin, aber noch nie waren die Reihen vor ihm so leer gewesen. Gerade mal acht Besucher hatten sich eingefunden, wobei zwei nicht zählten – der Pfarrer, der ihn zu dem Vortrag eingeladen hatte, und die Pfarrsekretärin, die wahrscheinlich zur Teilnahme zwangsverpflichtet worden war. Ach ja, die Pastoralreferentin war auch nicht drum herum gekommen. Während des Vortrags hatte sie etwas sauertöpfisch geguckt, allerdings hatte sie grimmig genickt, als er die Zuhörer über die wahren Hintergründe des Valentinstages aufklärte – die im Übrigen so gar nichts mit all dem Kitsch, von wegen Herzchen hier und Herzchen da, zu tun hatten.

Bischof Rainer Kahlfuß hasste den Valentinstag. Natürlich nicht, wofür er eigentlich stand, seine Verachtung galt vielmehr dem, was daraus gemacht worden war, eine kapitalistische Orgie aus Verwöhn-Gutscheinen, Haribo-Liebesherzen und Großbestellungen bei Fleurop. All diese Liebesschwüre, und dann ging man heutzutage doch so leichtfertig wieder auseinander.

Er beschleunigte seine Schritte, ließ die Kaiserstraße hinter sich und kam eben an einem italienischen Restaurant vorbei, das heute natürlich ein Valentinsmenü anbot: Zitronenrisotto mit Jakobsmuscheln, Rinderfilet mit Kräuter-Ziegenkäse-Kruste und Pannacotta-Herz mit Orangen-Marzipan-Sauce. Bischof Kahlfuß fuhr sich mit der Zunge über die Lippen, wurde aber trotzdem den Nachgeschmack der Lachsbrötchen nicht los. Er war sich nicht sicher, ob die Mayonnaise verdorben gewesen war oder der Lachs. Die meisten Brötchen hatte die ältere Dame mit dem Hörgerät gegessen, das während des Vortrags ständig gepfiffen hatte. Hinterher hatte sie sich mehrmals entschuldigt. »Es hat Ihnen doch nichts ausgemacht, oder?«

»Natürlich nicht!«, hatte er erklärt, obwohl ihn das Pfeifen durchaus aus dem Konzept gebracht hatte. Aber mit diesen alten Menschen durfte man es sich nicht verscherzen, es waren schließlich die Einzigen, die der katholischen Kirche die Treue hielten. Auch die anderen Zuhörer waren mindestens sechzig gewesen – wahrscheinlich hatten sie keinen Partner, mit dem sie den Valentinstag feiern konnten.

Wenig später hatte Bischof Kahlfuß seine Zielstraße im Frankfurter Westend erreicht. Im Fenster eines dieser überteuerten amerikanischen Cafés, das um die Uhrzeit bereits geschlossen hatte, sah er Werbung für einen Caramel-Macchiato mit Schoko-Herzchen. Wenn das die Vorstellung von

Liebe war, musste man sich nicht wundern, wenn fast jede Beziehung scheiterte.

Weiße Atemwölkchen bildeten sich vor seinem Mund, und er schlug den Mantelkragen hoch, obwohl der Stoff am Kinn kratzte. Er würde nicht mehr lange unterwegs sein. Außerdem taten ihm ein paar Schritte ganz gut. In Berlin wurde er immer mit der Dienstlimousine gefahren, da fühlte sich jeder Aufenthalt in seiner Heimatstadt wie Urlaub an. Es war ja gesund, sich mehr zu bewegen, er hatte nur leider nicht so viel Zeit. Organisatorisches, Leitungsaufgaben, Reisen, Gemeindebesuche – für einen Bischof hörte die Arbeit niemals auf. Und Vorträge. Vorträge, zu denen acht Interessierte erschienen. Fünf, ohne die Pflichtgäste. Vier, wenn man bedachte, dass die Dame mit dem Hörgerät fast nichts verstanden hatte. Vier Menschen, die jetzt mehr über den heiligen Valentin wussten und den Kitsch künftig mit Verachtung strafen würden. Eigentlich hätte er sie gleich zu Rinderfilet mit Kräuter-Ziegenkäse-Kruste beim Italiener einladen können. Mit vollem Magen wäre die feuchte, schwere Februarkälte auch leichter zu ertragen gewesen.

Er überquerte die Straße. Sie war glatt, erst als er den Bürgersteig erreichte, fühlte er unter seinen Sohlen das Streusalz. Ein Grüppchen Jugendlicher grölte, die waren offenbar auch nicht in der Stimmung, den Valentinstag zu feiern. Sie standen vor einem Plakat mit einer halb nackten Frau, die einen Rasierapparat liebkoste. Noch so eine Illusion, die der Kapitalismus erzeugte: Sei jung und hübsch, und alles läuft großartig.

Er war erleichtert, als er an ihnen vorbei war, doch kurz bevor er sein Ziel erreichte, hörte er hinter sich plötzlich Schritte.

Schritte, die schneller wurden, wenn er schneller ging.

Und die verstummten, wenn er stehen blieb.

War es möglich, dass ihm jemand aus der Gemeinde gefolgt war? Hatte er vielleicht seinen Schal vergessen? Nein, er hatte alles bei sich.

Er drehte sich um. Von den Jugendlichen abgesehen, war die Straße leer. Niemand folgte ihm. Und da waren doch auch keine Schritte mehr, oder?

Bald erreichte er die Pfarrei St. Bonifatius. Früher war er hier Pfarrer gewesen, doch heute gab es keinen eigenen Gemeindevorsteher mehr, denn die Pfarrei war mit St. Leonhard zusammengelegt worden. Immer wenn er in Frankfurt war, übernachtete er in der leer stehenden Pfarrwohnung. Sie war noch genauso eingerichtet wie damals, und der Geruch nach Mottenkugeln, Weihrauch und Kerzen war ihm vertraut. Als er jetzt den Innenhof zwischen Kirche, Gemeindekindergarten und der Mauer, die das Grundstück vom Parkplatz nebenan abgrenzte, durchschritt, freute er sich auf diesen Geruch und vor allem auf ein Lesestündchen, *Die Brüder Karamasow* von Dostojewski. Er liebte Literatur, nur leider hatte er als Bischof fürs Lesen genauso wenig Zeit wie für ein wenig Bewegung.

Die Pfarrwohnung befand sich über dem katholischen Kindergarten, was tagsüber für unerträglichen Lärm sorgte, doch jetzt war das Gebäude wie ausgestorben. Die großen Fenster starrten ihn mit leeren Augen an, die Tür der Kirche gleich gegenüber war längst abgeschlossen worden. Wenn hier sonntags die Messe gelesen wurde, konnte der Pfarrer sicher froh sein, wenn acht Leute kamen. Aber das wusste man ja, wenn man sich der Diaspora aussetzte und in einer Großstadt arbeitete; in Berlin war das nicht anders.

Obwohl er schwarze Lederhandschuhe trug, waren seine Hände steif vor Kälte. Er brauchte lange, bis er den richtigen Schlüssel fand. Der Schlüsselbund klirrte, übertönte das Geräusch hinter ihm, zumindest fast … Da waren doch wieder Schritte?

Er erstarrte, lauschte. Nichts. Nur sein Atem ging noch hektischer. Er steckte den Schlüssel ins Schloss, drehte ihn um, lauschte wieder.

»Ist da jemand?«

Keine Antwort.

Sein Blick fiel auf ein Bild, das auf die Innenseite eines der Kindergartenfenster geklebt worden war – mehrere ausgeschnittene Herzen auf einem roten Blatt, mit Glitzerlack umrandet. Außerdem gab es noch Verzierungen aus kleinen Wattebäuschen, zumindest sahen sie wie Wattebäusche aus, aber es hätten auch Marshmallows sein können, keine Ahnung, was Erzieherinnen sich heutzutage alles einfallen ließen. Und in der Mitte der Herzen stand: Ich habe dich so lieb. Schrecklich, dass jetzt schon die Kinder mit diesem Valentinskitsch überfrachtet wurden. Warum machte man sich nicht einmal in einer katholischen Kita die Mühe, vom wahren Valentin zu erzählen?

Er trat ein, stieg die Treppe hoch. Es musste ein paar Jährchen her sein, dass das Treppenhaus zuletzt renoviert worden war. Der Steinboden fühlte sich klebrig an, vom Geländer blätterte mintgrüner Lack, und die Wände waren, obwohl irgendwann einmal im gleichen Farbton gestrichen, grau. Allerdings konnte das auch an der miesen Treppenhausbeleuchtung liegen. Einige der Neonlampen hatten ihren Geist aufgegeben.

Mit jeder Stufe, die er hinter sich brachte, wuchs seine Erleichterung. Wer immer ihm nachgegangen war – nach oben folgte ihm niemand, und bald hatte er den Flur erreicht, an dessen Ende sich die Tür zur Pfarrwohnung befand.

Er kramte nach dem Schlüssel und hatte rasch den richtigen gefunden, den mit dem weißen Tipp-Ex-Punkt. Als er ihn ins Schloss stecken wollte, bemerkte er jedoch, dass die Tür nur angelehnt war. Wie merkwürdig, er hatte doch vorhin seinen Koffer vorbeigebracht, und anschließend hatte er sie ganz sicher abgeschlossen.

Wer war in der Zwischenzeit hier gewesen? Vielleicht die Leiterin des Kindergartens? Aber die würde doch nicht so nachlässig sein, oder?

Er fröstelte wieder, diesmal kam die Kälte von innen, und das Unbehagen wuchs, als er plötzlich im Dunkeln stand. Er tastete nach dem Lichtschalter, spürte, wie rau der Verputz an der Wand war. Als es endlich wieder hell war und er sich umdrehte, stand die Tür sperrangelweit offen.

Sein Mund wurde trocken, die Hände schweißnass, die Lippen taub. Sollte er in die Wohnung hineinschauen? Fliehen?

Ehe er eine Entscheidung treffen konnte, ertönte eine Stimme.

»Guten Abend.«

Die Stimme klang vertraut.

Bischof Kahlfuß ließ erleichtert den Atem entweichen. Er kannte den Mann, der ihm aus dem Dunkel der Wohnung entgegentrat. Was allerdings noch nicht erklärte, warum er hier war.

»Was machen Sie denn …«

Erst jetzt bemerkte er, was der Mann in den Händen hielt.

»Was um Himmels willen …«, entfuhr es ihm.

Er brachte kein Wort mehr hervor, als er das schiefe Lächeln seines Gegenübers sah. Der Mann hob die Hand, in der er die Peitsche hielt, danach die andere, die auch nicht leer war. Was er mit der Hand umklammerte, war sogar noch bedrohlicher als die Peitsche.

»Mein Gott, legen Sie die Waffe weg!«

Der Mann tat nichts dergleichen. Im Gegenteil, er trat ganz langsam auf den Bischof zu. Da das Licht so trübe war, hatte es den Anschein, als wären seine Augen in dunklen Höhlen versunken und als wäre sein grimassenhaft verzerrter Mund schwarz. Anstatt die Pistole sinken zu lassen, richtete er sie direkt auf Kahlfuß' Brust. Unwillkürlich machte der sich auf einen ohrenbetäubenden Knall gefasst, doch der Schuss blieb aus, stattdessen ertönte leise zischend der Befehl: »Kommen Sie in die Wohnung, schließen Sie die Tür! Und dann ziehen Sie sich aus!«

Bischof Kahlfuß trat über die Schwelle. Er hörte kaum, wie die Tür hinter ihm ins Schloss fiel, und er hatte auch nicht das Gefühl, jemals wieder seine Hände gebrauchen zu können. Vorhin waren sie vor Kälte steif gewesen, jetzt vor Panik. Unmöglich, dass er es schaffen könnte, seinen Mantel aufzuknöpfen. Und überhaupt … was sollte diese unsinnige Aufforderung, sich zu entkleiden!

Doch der andere wiederholte den Befehl sogar noch: »Nun machen Sie schon! Ziehen Sie sich aus!«

Wider Erwarten schaffte der Bischof es doch, seinen Mantel aufzuknöpfen, obwohl er ahnte, dass es wenig Sinn hatte, zu gehorchen.

»Die Hose können Sie anlassen, der Oberkörper reicht.«

Plötzlich glaubte er zu wissen, warum er den Valentinstag immer gehasst hatte. Nicht, weil der Kapitalismus die Liebenden feierte oder vielmehr die Liebenden den Kapitalismus. Sondern, weil er vielleicht eine diffuse Vorahnung gehegt hatte, dass er an diesem Tag sterben würde.

2

23. Februar

Clara betrachtete sich im Spiegel und erkannte sich kaum wieder. Zum ersten Mal trug sie die Skinny Jeans mit Blumenprint, die ihr eine Verkäuferin bei Promod aufgeschwatzt und die sie nur gekauft hatte, damit die Frau endlich die Klappe hielt. Dazu hatte sie eine weiße Bluse mit Perlenknöpfen gewählt, was zugegeben ein wenig altmodisch anmutete, aber in letzter Zeit war weiße Spitze bekanntlich modern, warum also nicht auch Perlenknöpfe? Das Outfit wurde von schwarzen Stilettos komplettiert, deren Absätze mit ihren über zehn Zentimetern nicht nur mörderisch hoch, sondern auch so spitz waren, dass man seinem Tanzpartner ein Loch in den Fuß treten konnte. Nicht, dass Clara vorgehabt hätte, heute Abend zu tanzen. Und nicht, dass dieses Outfit dem Anlass angemessen gewesen wäre.

Am ungewohntesten war die Frisur. Ausnahmsweise trug sie die blonden Haare nicht offen, sondern zu einem Pferdeschwanz zusammengebunden, den sie mit ein wenig Gel zurückgekämmt hatte.

»Schick«, würde Dora sagen.

Wie verkleidet, dachte sie.

»Endlich ein Date«, hatte Dora gesagt. »Echt gute Idee, dass du dich bei der Partnerbörse angemeldet hast. Das Internet ist heutzutage doch *die* Gelegenheit, Männer kennenzulernen. Da kann man sofort abchecken, ob sie ähnliche Interessen haben.«

»Ich habe keine Interessen.«

»Jetzt sei doch nicht so spröde. Mach dich lieber mal so richtig hübsch. Versprich mir, dass du diesen korallenroten Lippenstift trägst. Das ist eine tolle Farbe für dich. Mit dunklem Lippenstift siehst du aus wie eine Leiche.«

Clara hatte den korallenroten Lippenstift bereits in der Hand, ließ ihn aber wieder sinken. Sie hasste es, wenn Frauen Lippenstiftspuren an Weingläsern hinterließen. Und noch mehr hasste sie es, dass die Schuhe jetzt schon wehtaten. Zur Spitze hin liefen sie derart eng zu, als hätte man nur drei statt fünf Zehen. So etwas wie eine große Zehe war erst recht nicht vorgesehen. Eine Ferse scheinbar auch nicht.

Ruckedigu, ruckedigu, Blut ist im Schuh …

Katharina, Claras sechsjährige Tochter, fand es spannend, dass sich Aschenputtels Stiefschwestern die Ferse und die Zehen abhackten, um sich den Prinzen zu angeln. Clara hielt das Abhacken mit Blick auf die Schuhe für gar keine so schlechte Idee, auf den Prinzen hatte sie allerdings keine Lust. Den hatte sie mit Katharinas Vater Philip von Haidhausen ja schon an ihrer Seite gehabt. Genau genommen war er zwar kein Prinz, sondern nur ein Graf, aber das hatte genügt, sie in die Yellow Press zu bringen – zumindest solange sie mit ihm verheiratet gewesen war und schillerndere Partys besucht hatte als den Empfang des Bistums Mainz, der heute Abend im dortigen Dommuseum stattfand.

Seufzend blickte sie auf die Schuhe. Eigentlich hatte sie keine Lust auf Blasen. Und eigentlich war sie auch nicht darauf erpicht, Patrick, ihr Internet-Date, zu beeindrucken.

Bisher hatten sie ein paarmal telefoniert und sich einmal im »*Dichtung und Wahrheit*« auf einen Kaffee getroffen. Am Ende hatte sie seinem Vorschlag, sich bald wieder zu treffen, zugestimmt, ohne hinterher zu wissen, warum. Vielleicht, weil sie zu viele Abende am Stück allein verbracht hatte und ihr die Gesellschaft eines Mannes, selbst wenn er ihr nicht sonderlich sympathisch war, lieber war als gar keine. Vielleicht, weil es Spaß machen würde, ihn noch mehr aus der Reserve zu locken und erst dann in die Flucht zu schlagen. Vielleicht auch einfach, weil sie zu höflich war, um ihm zu sagen, wie langweilig sie seine ausufernden Reiseberichte von den Victoria-Wasserfällen in Simbabwe fand. Allerdings: Noch langweiliger als der heutige Empfang konnten selbst seine Monologe nicht sein.

Ein Empfang, für den es nicht lohnte, sich schick zu machen.

Clara hatte keine Lust, sich aus den Skinny Jeans zu schälen, aber sie schleuderte die schwarzen High Heels in die Ecke und schlüpfte stattdessen in beige Lackballerinas. Über die weiße Bluse zog sie eine ebenfalls beige Weste, auch wenn das etwas bieder wirkte. Dora würde einmal mehr behaupten, sie sehe wie eine Leiche aus, aber für Rouge war es zu spät.

Eben läutete Patrick.

Sie hatte Sorge gehabt, dass während der gut halbstündigen Autofahrt von Frankfurt nach Mainz verlegenes Schweigen aufkommen könnte, aber Patrick sprach ununterbrochen, seit sie ihn gefragt hatte, was er denn in seiner Kreativagentur so mache.

»Was ich *mache*? Siehst du, da fängt das Missverständnis

bereits an. Wir fragen uns immer, *was* wir machen. Aber viel wichtiger ist doch, *wie* wir es machen. Bringen wir den Arbeitstag einfach so herum, mit fünf Kannen Kaffee, um die Langeweile zu ertragen? Verwandeln wir uns in schwarze Löcher, die sämtliche Energie absorbieren, ohne sie sinnvoll zu kanalisieren? Oder tun wir etwas mit unserer ganzen Leidenschaft und …«

»Ja, aber was genau machst du mit deiner Leidenschaft?«, fiel Clara ihm ins Wort.

»Ich *mache* gar nichts mit Leidenschaft«, sagte Patrick lächelnd. »Ich verschenke sie.«

Ihr lag schon auf den Lippen zu fragen, ob auch mit Glückwunschkarte und rosa Schleife, aber sie verkniff es sich.

»Wie sieht denn ein normaler Arbeitstag bei dir aus?«, versuchte sie es stattdessen.

»Normal? Nichts ist normal! Nichts darf normal sein! Kein Tag gleicht dem anderen, das ist mir besonders wichtig. Ich würde *sterben*, wenn ich morgens schon wüsste, was mich im Lauf des Tages erwartet. Ich möchte gerne überrascht werden.«

Etwa mit 'ner Torte, aus der drei nackte Playboy-Bunnys hüpfen?

Wieder verkniff sie sich die zynische Frage.

»Mit welchen Geschäftspartnern arbeitest du denn zusammen?«, fragte sie.

»Menschen, die genauso leidenschaftlich sind wie ich … dann lassen sich unsere Träume multiplizieren.«

»Ich fürchte, wenn du mit mir zusammenarbeiten würdest, käme am Ende eine Zahl mit einem Minus davor heraus. Ich habe den langweiligsten Job der Welt …«

»Ach, nee!«, rief er halb ungläubig, halb entsetzt. »Du machst doch was mit Kunst!«

»Ich leite das Museum für sakrale Kunst in Frankfurt. Und das bedeutet, ich bewahre Kunstwerke nur auf, ich fertige sie nicht an …«

»Kunst ist immer ein Prozess, ein ständiges Werden, niemals etwas Fertiges. Auch jahrhundertealte Schätze kann man in immer neue Sinnzusammenhänge stellen.«

»Na dann«, murmelte Clara und musste daran denken, wie sie vor Kurzem mit Katharina Seifenblasen gemacht hatte. Am meisten Spaß hatte es ihnen bereitet, immer die größten zerplatzen zu lassen. Katharina hatte dafür eine spitze Nagelschere verwendet, und danach war der ganze Wohnzimmerboden nass und rutschig gewesen.

Was gäbe ich jetzt für eine Nagelschere, dachte sie.

Allerdings stand zu befürchten, dass die Schicht, die diesen riesigen Hohlraum namens Ego umgab, nicht ganz so leicht zu durchlöchern wäre.

Patricks weitere Ausführungen beantwortete sie immer nur mit einem knappen Ja oder Nein. Und wenn er explizit nach ihrer Meinung fragte, tat sie so, als würde sie sich auf den zäh fließenden Verkehr auf der A 66 konzentrieren.

»Wollen wir nicht etwas Musik hören?«, schlug er schließlich vor. »Ich habe gerade so eine Jazzphase. Jazz entspricht am besten meinem Wesen. Man weiß nie, was kommt, verstehst du? Da ist nichts einfach nur glatt und schön, da gibt es nur diese riesengroße Lust am Experimentieren, an der Freiheit, an …«

»Im Handschuhfach habe ich noch eine Klassik-CD«, unterbrach sie ihn.

Als sie ihm einen kurzen Seitenblick zuwarf, sah sie, dass er enttäuscht das Gesicht verzog, doch er fügte sich und öffnete das Handschuhfach. Die CD fiel ihm förmlich entgegen – ohne Hülle.

»Mein Gott, das arme Ding!«, rief Patrick entsetzt. »Wie kannst du sie einfach so aufbewahren! Das kann ich mir gar nicht anschauen, das tut richtig weh!«

Clara hatte mittlerweile die Autobahnabfahrt Mainz-Kastel/ Wiesbaden-Erbenheim-Süd genommen und fuhr über die B 40, ehe sie in Richtung Rheinstraße abbog. Als sie vor einer Ampel hielten, wandte sie sich Patrick zu.

»Echt? Es tut der CD weh, wenn sie nicht in einer Hülle aufbewahrt wird?« Sie nahm sie ihm weg, fuhr leise kratzend mit dem Daumennagel darüber und tat danach so, als würde sie angestrengt lauschen. »Was denn? Sie schreit ja immer noch nicht!«

Für einen kurzen Moment runzelte Patrick empört die Stirn, musste dann aber grinsen. »Du bist also eine ganz Brutale.«

Sie zuckte die Schultern.

»Im Bett auch?«, fragte er interessiert.

Clara unterdrückte ein Seufzen. Beim ersten Treffen hatte er mehrfach erklärt, dass er auf der Suche nach einer echten Beziehung sei. Affären habe er genug gehabt, jetzt wolle er mit der ganz großen Liebe um die Welt reisen und Abenteuer erleben.

»Nein«, sagte sie. »Beim Sex liege ich auf dem Rücken, schließe die Augen und denke an England.«

Er lachte unsicher. »Du bist echt schräg drauf, Clara, das gefällt mir. Ich mag unkonventionelle Typen, aus denen man nicht sofort schlau wird. Nichts ist so schlimm wie diese Langweiler.«

»Ich fürchte, heute Abend werden wir jede Menge Langweiler treffen und riesige schwarze Löcher, die unsere Lebensenergie absorbieren.«

Ihm entging der leise Spott in ihrer Stimme. »Was genau erwartet mich denn?«, fragte er. »Erzähl doch mal!«

»Da gibt's nicht viel zu erzählen. Im Bischöflichen Dom- und Diözesanmuseum in Mainz wird eine Sonderausstellung eröffnet. Unter anderem wird eine Leihgabe aus unserem Frankfurter Museum ausgestellt. Es gibt einen kleinen Empfang mit Sekt und Häppchen und etlichen Reden. Der Erzbischof von Mainz wird persönlich anwesend sein und natürlich auch ein paar kluge Worte sprechen.«

»Dieser Engelhardt?«

Clara nickte.

»Steht der eigentlich unter Polizeischutz? Ich meine, da gab's doch gerade erst diesen Mord. Wie hieß noch mal die Krähe, die's erwischt hat?«

Krähe, auch gut, etwas origineller als Pinguin.

»Rainer Kahlfuß, Erzbischof von Berlin.«

»Stimmt! Allein der Name ist ja schon Programm. Da denkt man sofort an Schweißfüße, die immer kalt sind und sich nie an jemanden gekuschelt haben. Ich mag das ja total gerne, so unter der Decke füßeln.«

»Ich hasse kuscheln«, murmelte Clara, und ehe Patrick etwas sagen konnte, fügte sie hinzu: »Bischof Kahlfuß wurde übrigens ziemlich grausam ermordet.«

»Habe ich gelesen. Er ist vorher gefoltert worden. Mann, Mann, Mann, es gibt so viele kranke Hirne. Auf der anderen

Seite, die Katholen haben über Jahrhunderte hinweg selber gemordet und gefoltert, denk mal an all die Hexen, an Galilei …«

»Den haben sie aber leben lassen.«

»Na ja, du verstehst schon, was ich meine.«

»Nein, verstehe ich nicht.«

»Bin ich dir jetzt etwa zu nahe getreten, weil du für den Verein arbeitest? Du bist doch nicht wirklich gläubig, oder? Ich meine, als vernunftbegabter Mensch des einundzwanzigsten Jahrhunderts … Dieses ganze ›Du sollst nicht!‹ hält man ja im Kopf nicht aus. Fluch nicht, fick nicht, freu dich nicht …«

Clara kämpfte sich durch den Verkehr. Der Parkplatz in der Grebenstraße war schon voll besetzt, also fuhr sie ins Karstadt-Parkhaus. Sobald sie den Wagen abgestellt hatte, holte Patrick tief Luft, offenbar, um sich in weiteren Ausführungen über die katholische Kirche zu ergehen, doch sie kam ihm zuvor: »Als ich fünfzehn war, wollte ich übrigens Karmelitin vom Göttlichen Herzen Jesu werden. Das ist ein ganz strenger Orden, mit Klausur und Schweigegebot und so. Da darf man das Kloster nie verlassen, ich bin mir nicht mal sicher, ob es so was wie Urlaub gibt.«

Laut ließ er seinen Atem entweichen. »Echt jetzt? Oder verarschst du mich?«

Clara grinste schief. »Such's dir aus.«

Er lachte wieder unsicher. »Du bist wirklich schräg drauf, das gefällt mir.«

Sie warf die CD ins Handschuhfach und schloss es mit einem lauten Knall, ehe sie ihren Gurt löste und ausstieg.

Sie betraten das Dom- und Diözesanmuseum durch den doppelgeschossigen gotischen Kreuzgang des Doms. Am Eingang standen zwei junge Männer, offenbar Studenten, die die Einladungskarten überprüften.

»Es ist doch okay, dass ich einen Begleiter mitgebracht habe?«, fragte Clara.

»Ich weiß nicht, keine Ahnung, gehen Sie schon durch.«

Die Ausstellungsfläche umfasste über zweitausend Quadratmeter, was bedeutete, dass es eines der größten Museen seiner Art in Deutschland war. Die Dauerausstellung befand sich im Untergeschoss, während die ehemaligen Versammlungsräume des Mainzer Domkapitels im Erdgeschoss den Sonderausstellungen gewidmet waren. Im Raum der museumspädagogischen Werkstatt bereitete das Servicepersonal Häppchen und Getränke vor, während sich die Gäste großenteils im Kreuzgang vor dem Museum versammelten, wo später auch die Vorträge gehalten werden würden. Kleine Elektroöfen heizten gegen die Februarkälte an, doch in ihrer Nähe schwitzte man sich zu Tode, während man augenblicklich fror, sobald man sich drei Schritte von ihnen entfernte.

»Typischer Katholenchic«, kommentierte Patrick den überproportional großen Anteil an kniebedeckenden schwarzen Röcken im Publikum, an ungeschminkten Gesichtern und glatten langen Haaren, die wahrscheinlich noch nie einen Lockenwickler gesehen hatten. Männer in Soutanen waren noch kaum zu sehen, dafür etliche Priester mit Collarhemden.

»Hm«, machte Clara.

Patrick startete einen Versuch, sich bei ihr unterzuhaken, doch Clara rückte entschlossen von ihm ab. »Wenn man dich fragt, wer du bist, erklärst du, du seist ein alter Bekannter.«

»Warum das denn?«

»Weil die Kirche mein Arbeitgeber ist, weil ich geschieden bin und weil ich keine neue Beziehung eingehen kann, ohne meinen Job zu verlieren. Es gehört quasi zu meiner Stellenbeschreibung, die katholische Sexual- und Ehemoral hochzuhalten.«

»Du bist geschieden?«, fragte Patrick überrascht.

»Ja«, sagte Clara knapp. »Und ich habe eine sechsjährige Tochter.«

»Das sagst du mir erst jetzt?«

»Habe ich das etwa nicht erwähnt?«, fragte sie unschuldig, obwohl sie genau wusste, dass sie es nicht getan hatte. »Nun, meine Tochter lebt bei meinem Ex-Mann.«

»Echt?«

Clara lächelte ihn an. »Ja. Nach der Scheidung litt ich eine Zeit lang an Depressionen. Keine Angst, in der geschlossenen Anstalt war ich nur für ein Jahr. Ich wurde schließlich als hoffnungsloser Fall entlassen.« Sie zwinkerte ihm zu. »Das mit der geschlossenen Anstalt war natürlich ein Scherz. Aber das mit den Depressionen und meiner Tochter stimmt.«

Patrick war sichtlich überfordert und sah sich suchend nach etwas zu trinken um. Eine junge Frau mit schwarzer Hose und weißer Schürze kam gerade mit einem Tablett auf sie zu.

»Rotwein oder Weißwein? Orangensaft oder Wasser?«, ratterte sie mit monotoner Stimme herunter.

Patrick seufzte. »Einen Prosecco kann man hier wohl nicht erwarten, oder?«

»Es gibt sogar Champagner, aber der ist natürlich den Priestern vorbehalten«, flunkerte Clara.

Patrick sah sie ungläubig an. Vielleicht wurde es ja doch noch ein amüsanter Abend. »Egal, was«, seufzte er, »Hauptsache mit Alkohol.«

Während Patrick sich der jungen Frau mit dem Tablett zuwandte, nutzte Clara die Gelegenheit, um ein paar Bekannte zu begrüßen, darunter Annette Drössler, die als Sekretärin im Bischöflichen Ordinariat Mainz arbeitete. Sie erzählte ständig von ihrem Sohn und hatte Clara einmal nach Fotos von Katharina gefragt. Seit sie erfahren hatte, dass die Kleine bei ihrem Vater lebte, war sie deutlich zurückhaltender geworden. Außerdem nickte Clara Othmar Rautenberg zu; er war Bistumsökonom und zugleich eins von drei Mitgliedern des Vermögensverwaltungsrats. Er streckte ihr geistesabwesend die linke Hand entgegen, während er mit der anderen etwas in sein Smartphone tippte. Rautenbergs Frau Judith, die Clara von anderen Anlässen dieser Art kannte, schien sich dafür zu schämen und versuchte das unhöfliche Verhalten ihres Mannes mit Small Talk wettzumachen.

»Sie werden heute auch ein paar Worte sprechen, nicht wahr?« Sie lächelte Clara aufmunternd an. »Viel Glück!«

Stimmt, sie hatte ja zugesagt, einen kleinen Vortrag zu halten …

In Gedanken ging Clara die kurze Rede durch. Es ging um das Exponat, das vom Frankfurter Museum für sakrale Kunst für diese Ausstellung zur Verfügung gestellt worden war: eine Madonnenskulptur aus dem vierzehnten Jahrhundert, die man während des Dreißigjährigen Krieges eingemauert hatte, um sie vor Zerstörung zu bewahren. Ende des letzten Jahrhunderts hatte man sie bei Renovierungsarbeiten in weitgehend intaktem Zustand gefunden. Im Grunde hatte Clara für ihre Rede nur einen Artikel zusammengefasst, den sie in einer Kirchenzeitung entdeckt hatte.

»Wird schon schiefgehen.«

»Ich sehe, Sie haben einen Begleiter mitgebracht«, murmelte Judith Rautenberg etwas verlegen, als Patrick Clara trotz der zwei vollen Rotweingläser in seinen Händen von hinten umarmte.

Was hatte er an der Ansage, Distanz zu wahren, nicht verstanden?

Anstatt sich ihm rüde zu entziehen, streichelte sie über seine Hand. »Das ist übrigens mein Bruder«, erklärte sie.

Judith blickte etwas ungläubig von ihr zu Patrick und wieder zurück. Patrick hatte, anders als Clara, dunkle Haare, und seine Haut war – im Gegensatz zu ihrer Blässe – tief gebräunt. Anstatt nachzufragen, murmelte Judith Rautenberg jedoch nur ein knappes »Angenehm« und gesellte sich wieder zu ihrem Mann.

»Bruder?«, fragte Patrick. »Das wird ja immer verrückter. Vorhin hast du mir noch eingebläut, ich wäre ein Bekannter.«

Clara zuckte die Schultern und nahm ihm eines der Weingläser ab. Es war Moselwein, ein ziemlich billiger Fusel. Wahrscheinlich würde sie rote Zähne davon bekommen, sie musste sich vor ihrer Rede unbedingt noch den Mund ausspülen.

»Aber die Sache mit uns … das nimmst du schon ernst, oder?«, fragte Patrick lauernd. »Das … das ist nicht eine einzige Verarsche?«

Clara sah ihn unschuldig an. »Was meinst du?«

Patrick hob die Schultern. »Bei dir ist man sich nicht so

sicher, woran man ist. Was natürlich spannend ist, aber weißt du, ich habe das ja auch schon gesagt, ich will eine ernsthafte Beziehung, nicht nur eine Affäre.«

Clara weitete überrascht die Augen.

»Wirklich?«, fragte sie.

Patrick kniff wütend die Augen zusammen. »So eine Irre hatte ich schon mal. Wir haben uns ein paar Mails geschrieben, dann ein Date ausgemacht. Sie hat vorgeschlagen, dass ich mit einer roten Rose als Erkennungszeichen erscheine. Und als ich im Lokal auftauchte, hatten mindestens sechs andere Männer eine rote Rose dabei. Mann, war das peinlich. Für solche Spielereien bin ich entschieden zu alt.«

»Und ich glaube, ich bin zu nüchtern, um über eine neue Beziehung nachzudenken.« Clara trank das Weinglas leer. »Holst du mir noch eins?«

Anstatt abzuwarten, bis er zurückkam, mischte sie sich unauffällig unter die Leute. Wieder begrüßte sie ein paar Bekannte – einen Kapuzinerpriester aus Frankfurt, der diverse religiöse Fernsehsendungen moderierte, eine Redakteurin der Mainzer Kirchenzeitschrift, die sie von einem Seminar kannte, und den neuen Leiter des Hauses am Dom in Frankfurt –, dann huschte sie auf die Toilette gleich neben dem Eingang. Für gewöhnlich musste man dreißig Cent zahlen, um sie zu benutzen, aber heute war das gratis möglich.

Wie großzügig.

Clara öffnete den Mund und betrachtete sich im Spiegel. Ihre Zähne waren gar nicht so rot, wie befürchtet, nur die Zunge war etwas blau. Sie beugte sich vor, nahm einen Schluck Wasser und spülte ihren Mund aus.

»Sie haben nicht zufällig ein Aspirin dabei?«

Clara richtete sich auf und drehte sich um. Schon wieder Judith Rautenberg.

Es lag ihr auf den Lippen, zu sagen: »Leider nein, nur Antidepressiva.«

Aber Judith Rautenberg war nicht Patrick, und außerdem nahm sie schon lange keine Psychopharmaka mehr, noch nicht mal Johanniskraut. Sie fühlte sich stabil, sogar nach der Sache vor ein paar Monaten, als in ihrem Museum in Frankfurt ein Freund tot aufgefunden worden war – der Auftakt einer Mordserie.

»Meinem Mann geht's nicht so gut, er hat Kopfschmerzen«, sagte Judith Rautenberg. »Ich hoffe, er brütet keine Grippe aus. Sonst ist er doch immer gesund. Ich übrigens auch. Ich praktiziere täglich Ölziehen, da muss man den Mund zwanzig Minuten mit Öl ausspülen. Glauben Sie mir, das wirkt Wunder, vor allem in der Erkältungszeit.«

»Guter Tipp, werde ich mir merken. Wegen des Aspirins können Sie ja Frau Drössler fragen.«

Als Clara den Toilettenraum verließ, drängten sich deutlich mehr Gäste im Kreuzgang. Sie hatte keine Lust, sich wieder zu Patrick zu gesellen, doch ehe sie überlegen konnte, wo sie sich vor ihm verstecken sollte, läutete ihr Smartphone. Der Anruf kam von einer ihr unbekannten Frankfurter Nummer.

»Ja?«, meldete sie sich knapp.

»Gabriele Borchert hier.«

Clara warf einen Blick auf die Uhr. Es war kurz vor sieben. Offenbar waren Familienanwältinnen fleißig.

»Ich hatte Ihnen ja versprochen, mich zu melden«, sagte Gabriele Borchert. »Haben Sie kurz Zeit zu reden?«

Clara sah noch einmal auf ihre Uhr. Die Veranstaltung würde frühestens in zwanzig Minuten beginnen.

»Einen Moment noch, ich suche mir ein stilles Eckchen.«

Sie betrat das Museum und nahm die Treppe nach unten in die früh- und hochgotischen Gewölbehallen. Schon im Vorraum, wo sich ein rotes Ecksofa befand, war die Luft schwer, irgendwie feucht und modrig, und sie erinnerte sich vage daran, dass das Kellergewölbe erst vor einigen Jahren freigelegt worden war. Die steinernen Zeugnisse der römischen Mainzer Stadtgeschichte wurden hier ebenso ausgestellt wie diverse Exponate der Romanik und eine Sammlung frühgotischer Skulpturen. Ein Highlight der Ausstellung waren die Fragmente der Westchorschranke des sogenannten Naumburger Meisters, die das Weltgericht am Ende der Zeit darstellten.

Gut, dass Patrick sie nicht zu sehen bekam, er würde sich nur in seiner Einschätzung – nicht fluchen, nicht ficken, sich nicht freuen – bestätigt fühlen, wenn er sah, was die Kirche den Sündern, die sich gegen ihre Gebote stellten, nach deren Tod androhte.

»Jetzt kann ich sprechen«, sagte sie in ihr Smartphone.

Vor einigen Tagen hatte sie einen Termin mit Gabriele Borchert gehabt. Ihre Kanzlei befand sich in einem alten Fachwerkhaus in der Bolongarostraße in Frankfurt-Höchst. Clara konnte sich nicht recht entscheiden, ob die schweren dunklen Holzbalken an der Decke bedrückend oder heimelig gewirkt hatten – in jedem Fall kam keine Büroatmosphäre auf. Gabriele Borchert hatte jünger ausgesehen als erwartet, ihr Händedruck war energisch, fast schmerzhaft. Mit dem grauen Nadelstreifenhosenanzug und der rosa Bluse war sie angemessen, aber nicht zu streng gekleidet.

»Ich habe mir alles noch einmal in Ruhe überlegt«, erklärte sie jetzt am Telefon. »Wie ich schon sagte, was das geteilte Sorgerecht anbelangt, haben Sie gute Chancen. Kein Familienrichter würde Ihnen das verwehren. Mit dem erweiterten Besuchsrecht sieht das schon anders aus …«

Clara hielt ihr Smartphone ein Stück von sich weg. Sie hatte das Gefühl, dass die Verbindung gestört worden war, plötzlich schienen sich Männerstimmen einzumischen.

»Frau Mohr?«

Sie presste das Smartphone wieder ans Ohr. »Ja, ich bin noch dran.«

»Wenn ich ehrlich bin, habe ich das Gefühl, dass Sie sich Ihrer Sache noch nicht ganz sicher sind. Und das ist nicht gerade die beste Voraussetzung für einen Gang vors Familiengericht. Selbstverständlich ist das nur mein subjektiver Eindruck, und falls Sie wirklich …«

Clara blickte hoch. Da waren wieder diese Männerstimmen. Sie folgte dem Geräusch und bemerkte erst jetzt, dass die Stimmen weder von oben noch aus ihrem Smartphone, sondern aus dem Ausstellungsraum nebenan kamen.

»Also, falls Sie wirklich ein erweitertes Besuchsrecht einklagen wollen, müssen wir folgendermaßen vorgehen. Erster Schritt …«

Die zwei Männer standen neben dem Sarkophag des Erzbischofs Aribo, und beide kamen Clara bekannt vor. Was machten die denn hier?

Hätte sie ihre spitzen High Heels getragen, hätte sie sich nie unbemerkt an die beiden heranschleichen können. Mit den beigen Lackballerinas war es jedoch ein Leichtes, zumal ihr inzwischen beide den Rücken zugewandt hatten.

»Zweiter Schritt«, fuhr Gabriele Borchert unterdessen fort, »sagen Sie, hören Sie mir überhaupt zu?«

»Einen Moment mal«, flüsterte Clara.

»Nach dem Mord an Erzbischof Kahlfuß sind die Menschen heiß auf solche Themen«, sagte eben einer der Männer. »Und Engelhardt ist schon mehrmals wegen seiner Verschwendungssucht in die Schlagzeilen geraten. Glauben Sie mir, wenn ich auch noch *damit* an die Öffentlichkeit gehe, werde ich offene Türen einrennen. Das wird einer der größten Skandale sein, die die katholische Kirche in Deutschland je erlebt hat.«

Clara runzelte die Stirn. Lieber Himmel, worum ging es denn da? »Ich werde gerade gestört. Kann ich später zurückrufen?«, sagte sie leise ins Telefon. Sie wartete Gabriele Borcherts Antwort nicht ab, sondern drückte den Anruf weg.

3

Etwa drei Stunden, bevor sich in Mainz die Gäste zum Empfang versammelten, hatte Miriam Eschweiler, die Haushälterin von Kardinal Ludwig Pachold von Köln, die Douglas-Filiale in den Opernpassagen verlassen.

Sie konnte sich nicht erinnern, in den letzten Jahren jemals so ein Geschäft betreten zu haben, was hätte sie auch dort verloren? Diesen ganzen kosmetischen Schnickschnack brauchte sie nicht. Bei dm gab es eine preiswerte Ringelblumensalbe, die ihr völlig genügte. Sie war zwar vor allem für die Hände gedacht, aber Miriam Eschweiler cremte damit auch ihr Gesicht ein. Ob es gegen Falten half, wusste sie nicht, ihretwegen konnte sie gerne Falten haben, wer störte sich daran, aber manchmal bekam sie diese roten, juckenden Flecken, und Ringelblume war ein altes Heilmittel dagegen. Die Natur war ohnehin klüger, als der Mensch es jemals sein konnte.

Der Kardinal neigte nicht zu roten Flecken, aber für morgen war eine Fernsehaufzeichnung angesetzt. Es sollte ein Beitrag für Sat.1 gedreht werden, zum Thema Ostern, obwohl es bis dahin noch etliche Wochen dauerte. Gerade mal eine Minute sollte der Beitrag lang werden, wie konnte man denn die Bedeutung von Ostern in eine Minute packen? Aber der Redakteur musste das selbst wissen. Letzte Woche war er hier gewesen, um mit dem Kardinal alles zu besprechen.

Auf jeden Fall, so hatte er erklärt, solle der den Bischofsornat tragen, nur bloß keinen schwarzen Anzug mit schlichtem Collarhemd. Man könne ruhig den ganzen Prunk auffahren. Und für das Gesicht riet er zu ein wenig Puder, damit der Kardinal nicht glänzte. Miriam Eschweiler hatte versprochen, Puder zu besorgen. Sie hatte keine Ahnung, welchen sie nehmen sollte, aber eine Douglas-Verkäuferin hatte sie eben ausführlich beraten.

»Ich würde zu einem Kompaktpuder raten, zum Beispiel dem Almost Powder Make-up von Clinique. Da gibt es sechs Farbtöne. Fair, Neutral Fair, Light, Neutral, Medium, Deep.«

Miriam Eschweiler hatte sie verständnislos angestarrt.

Mein Gott, die armen Frauen, die jeden Tag so was tragen und darauf achten mussten, schön zu sein und alle sechs Farbtöne auseinanderzuhalten! Sie konnte das nicht, und sie wollte das auch nicht können.

»Sie haben einen ziemlich blassen Hautton, da würde ich Nummer eins oder zwei empfehlen.«

»Es ist nicht für mich, sondern für einen …«

Sie biss sich auf die Lippen. Kardinal Pachold wäre es sicher nicht recht gewesen, wenn eine Douglas-Verkäuferin von seinem Puderbedarf erfuhr. »Ich glaube, wir brauchen etwas Dunkleres«, murmelte sie.

»Nehmen Sie am besten Light, damit können Sie nicht viel falsch machen.«

Etwas misstrauisch hatte Miriam Eschweiler auf die grüne Packung gestarrt. Der Puder kostete zweiunddreißig Euro neunundneunzig.

Die armen Frauen, die für so ein Zeug so viel Geld ausgeben mussten!

Der Kardinal würde sicher seufzen, wenn sie ihm den Puder samt Rechnung brachte, aber das hatte weniger mit dem Preis zu tun, als damit, dass ihm die Fernsehaufzeichnung seit Langem schwer im Magen lag. Es war seine erste Aufzeichnung dieser Art, weswegen er den Text schon vor Wochen geschrieben und auswendig gelernt hatte.

»Das ist nicht so gut«, hatte der Redakteur bei dem Gespräch letzte Woche gemeint. »Es wirkt natürlicher, wenn Sie frei sprechen.«

»Ich kann ja den Text nicht einfach wieder vergessen«, hatte Kardinal Pachold gegrummelt.

»Sie könnten sich einen neuen überlegen … so ganz spontan.«

Miriam hatte nur den Kopf schütteln können. Der Kardinal war gerne gut vorbereitet, sie im Übrigen auch.

Mein Gott, diese Menschen, die sich hektisch und planlos durch den Tag treiben ließen, und das ganz ohne feste Essenszeiten!

Miriam sorgte dafür, dass der Kardinal regelmäßig aß. Vierzig Jahre arbeitete sie schon für ihn. Wir werden auch noch die goldene Hochzeit schaffen, scherzte er gerne. Vor vierzig Jahren war er noch Kaplan gewesen, sie hatte seinen Aufstieg von Anfang an miterlebt.

Priester, Professor für Dogmatik an der Universität Regensburg, Weihbischof im Erzbistum München, Erzbischof von Köln, zwei Jahre später die Aufnahme ins Kardinalskollegium, ohne Zweifel der Höhepunkt seiner Karriere.

»Das glaube ich gar nicht, jetzt sind wir Kardinal«, hatte er gesagt, und sie war nicht sicher, ob er im Pluralis Majestatis sprach oder sie mit einbezog. In gewisser Weise war sie schließlich mit ihm aufgestiegen. Und sie hatte es verdient. Seit vierzig Jahren hielt sie ihm unverbrüchlich die Treue, hatte nie zu viel geplaudert.

Sie verstand die Menschen nicht, die ständig verkünden mussten, was sie gerade taten, auf dem Computer und so.

Ihr Neffe, der sie dann und wann besuchte, meinte, mittlerweile habe selbst der Papst einen Twitter-Account, was immer das war, warum sich denn Kardinal Pachold nicht auch einen einrichten würde.

Diese halbwüchsigen Kinder! Je älter Miriam Eschweiler wurde, desto erleichterter war sie, keine eigene Familie zu haben.

Sie verließ die Gereonstraße und bog in die Kardinal-Frings-Straße ein, wo sich die erzbischöfliche Residenz befand, ein schlichtes Gebäude aus den Fünfzigerjahren, in dem außerdem ein Priesterseminar und das historische Archiv des Erzbistums untergebracht waren.

Sie warf einen Blick auf die Uhr, es war kurz nach vier. Bald würde die Abendmesse beginnen, die Kardinal Pachold heute mit den Dominikanermönchen feierte. Doch dass er nicht hier war, sollte sie nicht davon abhalten, die Puderdose auf seinem Schreibtisch zu deponieren. Dann war alles für morgen bereit, und sie konnte sich ans Kochen machen.

Der Kardinal hatte sich ein »leichtes Abendessen« gewünscht. Das sagte er in letzter Zeit immer, obwohl seine Vorliebe eigentlich dem Deftigen galt, aber sein Arzt hatte vor Kurzem einen zu hohen Cholesterinwert festgestellt, er solle künftig mehr Omega-3-Fettsäuren zu sich nehmen. *Mein Gott, was man heutzutage alles wissen musste.*

Miriam Eschweiler stieg die Treppe hoch, ohne jemandem zu begegnen. Obwohl sie wusste, dass das Büro des Kardinals leer war, klopfte sie an die Tür und wartete eine Weile.

Stille.

Sie öffnete die Tür, stieß aber auf Widerstand. Vielleicht warf der Perserteppich Falten. Er wurde einmal im Jahr gereinigt, das war eine Prozedur! Sie drückte ihren Körper gegen die Tür, jetzt ließ sie sich öffnen. Doch als Miriam Eschweiler den Raum betrat, sah sie, dass nicht der Teppich den Widerstand verursacht hatte, sondern große Blätter, die irgendwie unter das Türblatt geraten waren.

Palmblätter.

Wie kamen die denn da hin, im Büro gab es doch nur zwei Zimmerpflanzen? Eine Glückskastanie – ein Mitbringsel von einem Besuch bei irgendeinem südamerikanischen Hilfswerk in Mexiko – und den kleinen Kugelkaktus, der auf dem Schreibtisch stand. Die Nichte des Kardinals hatte ihm den mal geschenkt, eine überzeugte Emanze. Sie führte oft Streitgespräche mit ihrem Onkel und hatte gemeint, der Kaktus solle ihn an die Kratzbürste erinnern, die sie war. Der Kardinal hatte das lustig gefunden, Miriam Eschweiler nicht. Sollte Sophie Pachold doch froh sein, einen Kardinal in der Familie zu haben.

Aber Palmblätter …

Eine Weile starrte sie verdutzt darauf, dann ging ihr Blick höher, nahm eine feuchte Lache wahr, die sich nicht weit von den Palmblättern entfernt auf dem dunklen Holzboden gebildet hatte, dort, wo der Teppich aufhörte. Und als könnten nicht alle ihre Sinne gleichzeitig arbeiten, nahm sie erst jetzt den eigentümlichen Geruch wahr, der in der Luft hing.

Das … das konnte doch nicht sein.

Ächzend beugte sie sich über die Lache, steckte vorsichtig einen Finger hinein, roch daran.

Tatsächlich. Sie hatte sich nicht getäuscht.

Es war …

Sie zuckte zusammen, weil plötzlich ein Quietschen ertönte. Der Luftzug musste das bewirkt haben, der durch die geöffnete Tür drang. Das Quietschen kam von links, doch irgendetwas – vage Furcht, nein, regelrecht Panik – hielt sie davon ab, in die Richtung zu schauen. Stattdessen musterte sie den Schreibtisch, auf dem wie immer alles penibel geordnet war.

Wieder ertönte das Quietschen. Wieder hatte sie das Gefühl, ihr Blut würde eiskalt durch ihre Adern jagen. Sie brauchte eine Weile, um sich aufzurichten, schnaufte noch stärker als sonst, aber nicht wegen ihres Übergewichts und des Drucks auf ihrer Brust, sondern weil sie eine dunkle Ahnung überkam.

Langsam, ganz langsam blickte sie nach links. Gegenüber vom Schreibtisch stand ein kleineres Tischchen, an dem der Kardinal manchmal mit Gästen Kaffee trank oder Besprechungen abhielt. Neben diesem Tischchen, und nicht etwa beim Schreibtisch, wo er hingehörte, stand der Drehstuhl des Kardinals – und quietschte. Über die rechte Lehne baumelte ein Arm. Ein Arm, den Miriam Eschweiler sofort erkannte.

»Herr Pachold!«, entfuhr es ihr, obwohl sie ihn nie so nannte. Er duzte sie manchmal, sie ihn nie. Sie redete ihn immer mit »Eminenz« an, wie es sich gehörte.

»Herr Pachold!«

Sie trat in die Pfütze, als sie zu ihm eilte, und hielt sich unwillkürlich an der Rückenlehne fest, weil ihre Knie nachgaben. Falls der Stuhl wieder quietschte, hörte sie es nicht mehr. Der Schrei, den sie ausstieß, als sie ihn ängstlich umrundete, war zu durchdringend.

Tote Augen starrten sie an, aber das war nicht das Schlimmste. Das Schlimmste war der rote Fleck auf der Brust des Kardinals und das, was dort herausragte – der kunstvoll geschnitzte Knauf eines Dolchs.

4

Es dauerte eine Weile, bis Clara der Name eines der beiden Männer einfiel, die sie im Untergeschoss des Diözesanmuseums belauschte. Ein neutestamentlicher und ein alttestamentlicher Name wurden miteinander verknüpft – mit dieser Eselsbrücke hatte sie ihn sich seinerzeit gemerkt. Lukas Jonathan? Johannes Daniel? Nein, Blödsinn. Markus war es … Markus Jonas. Er war der Geschäftsführer einer Film- und Fernsehfirma, die vor allem religiöse Filme produzierte.

Einmal hatte er persönlich Dreharbeiten in ihrem Museum begleitet. Sie arbeiteten gerade an einem Film über Märtyrer und wollten zu diesem Zweck einen Reliquiar bei der Arbeit filmen. Er springe für eine erkrankte Redakteurin ein, hatte Markus Jonas erklärt. Worin genau seine Aufgabe bestand, konnte Clara nicht erkennen, denn er ließ die Kameraleute einfach machen, während sie ihm auf seinen Wunsch hin die Dauerausstellung zeigte. Hinterher roch es im ganzen Museum nach dem Leberkäsebrötchen, das er sich vom Kameraassistenten hatte bringen lassen, und Clara hatte über Nacht die Fenster gekippt.

Beim Namen des anderen Mannes, der eben einen großen Kirchenskandal angedroht hatte, musste sie nicht lange nachdenken. Clemens Peters war das, so groß und hager, dass man immer Angst hatte, er würde gleich in der Mitte durchbrechen. Das letzte Mal, als sie sich gesehen hatten, war sein dunkelblondes Haar noch nicht so schütter gewesen, aber sein Gesichtsausdruck war zwiespältig wie eh und je: Etwas Verdrossenes, Lethargisches lag in seinen Zügen, aber auch etwas Aggressives, Kämpferisches. Dieser Widerspruch schien den Mann stets unter Hochspannung zu setzen, weshalb er selten still stand. Auch jetzt wippte er unruhig von den Fersen auf die Zehenspitzen.

Clara hatte ihn während ihres Theologiestudiums in Sankt Georgen kennengelernt, als sie gemeinsam einen Medienlehrgang bei einem durchgeknallten Jesuiten besucht hatten, der ihnen nichts Vernünftiges beibrachte, sondern ihnen lediglich den Auftrag erteilte, eine Homepage zu designen. Auf der sollten Interessenten künftig gegen Bezahlung erfahren, wie man Taufen, Hochzeiten und Begräbnisse angemessen organisiert. Clara hatte brav ein paar erbauliche Texte über die Liturgie dieser Feste verfasst, während sich Clemens Peters gleich in der ersten Lehreinheit mit dem Jesuiten angelegt hatte. »Ich dachte, wir lernen hier, wie man Interviews führt und Radiobeiträge schneidet, nicht, wie man Menschen für etwas Geld abknöpft, was sie überall gratis haben könnten.«

»Wenn Kirche alles kostenlos anbietet, hat das für die Menschen doch keinen Wert. Wert besitzt etwas nur dann, wenn man dafür bezahlen muss.«

»Na das mit dem Ablasshandel ist doch auch gründlich schiefgegangen.«

Wenn sie es richtig im Kopf hatte, hatte Clemens den Kurs entweder nicht bestanden oder vorzeitig abgebrochen, was ihn nicht daran hinderte, später doch noch Journalist zu werden. Und als solcher war er offenbar einem großen Skandal auf der Spur – auch wenn Markus Jonas das soeben in Abrede stellte.

»Ich bitte Sie, jetzt übertreiben Sie doch nicht so!«, rief er. Seine Stimme klang genervt, doch seine Lippen waren zu einem Lächeln verzogen, das irgendwie schleimig wirkte – ein Eindruck, der von den nach hinten gegelten und dadurch leicht fettig wirkenden Haaren verstärkt wurde. »Nach so einem Thema kräht doch kein Hahn. Die Struktur von RIFIX ist schrecklich kompliziert. Da blicken noch nicht mal die Generalvikare durch, die am Geldhahn sitzen.«

»Sie geben es also zu? Die Kirche gibt Filme in Auftrag, Sie produzieren sie zum Spottpreis, verkaufen sie aber viel teurer und streichen einen Riesengewinn ein. Und da Sie selber im Aufsichtsrat der RIFIX sitzen und folglich über die Vergabe der Gelder und die Produktion von Filmen mitentscheiden, setzt Ihnen niemand Grenzen. Das ist doch wie bei der Mafia! Der, der Geld austeilt, ist derselbe, der's bekommt.«

»Mafia! Also wirklich! Habe ich irgendetwas mit dem nuschelnden Marlon Brando gemein?«

»Sie sind ein abgefeimter Betrüger.«

»Meinetwegen, aber das ist doch langweilig, schrecklich langweilig. Wenn Leute von einem kirchlichen Skandal hören, dann wollen sie einen Mann mit Kutte oder Soutane sehen – keinen wie mich. Ein Bischof, der erster Klasse nach Afrika fliegt, das ist ein schönes Thema, aber doch nicht, wie die Kirche ihr Geld verprasst.«

»Es geht hier nicht um irgendwelches Geld.«

Markus Jonas ging nicht darauf ein. »Wenn sich ein Kardinal einen Mercedes kauft, dann haben Sie ein knackiges Bild, aber nicht, wenn ich damit herumkurve. Sie wissen doch, die Macht der Bilder.«

»Nach dem Mord an Erzbischof Kahlfuß …«

»Sie wollen jetzt aber nicht sagen, dass ich etwas damit zu tun habe?«, unterbrach Markus Jonas ihn scharf, und kurz entglitt ihm sein Lächeln.

Clemens runzelte die Stirn. »Nein, das sage ich nicht. Nur, dass Bischof Kahlfuß sich wie der Rest verhalten hat. Entweder war er zu dämlich, zu korrupt oder zu arrogant, um etwas an den vielen Missständen zu verändern. Aber jetzt wird quasi eine Lupe auf sein Leben gerichtet.«

»Ach, hören Sie mir damit auf! Wie lange ist es her, dass man seinen Leichnam gefunden hat? Ein, zwei Wochen? Und steht noch etwas in den Zeitungen? Das ist doch längst Schnee von gestern. Nein, nein, da haben Sie keinen passenden Aufhänger.«

»Trotzdem, ich werde …«

Markus Jonas klopfte Clemens väterlich auf die Schulter. »Tun Sie, was Sie nicht lassen können. Aber ich gehe mir jetzt die Madonnenskulpturen anschauen.«

Und ehe der Journalist noch etwas erwidern konnte, ließ Markus Jonas ihn einfach stehen. Clara versteckte sich schnell hinter einer Säule mit einer Statue von Christus als Weltenrichter, und Markus Jonas sah nicht in ihre Richtung, als er den Weg nach oben nahm. Clemens Peters hingegen war nicht so blind.

»Mensch, Clara!«, rief er aus, sobald Markus Jonas verschwunden war. »Dich habe ich ja seit Ewigkeiten nicht mehr gesehen.«

Etwas verlegen trat sie aus dem Schatten des Weltenrichters.

»Ich … ich wollte nicht lauschen. Ich habe mich eigentlich hierhin zurückgezogen, um in Ruhe zu telefonieren.«

Clemens zuckte gleichgültig die Schultern. »Glaubst du, dass man hier rauchen darf?«

»Sicher nicht.«

Er zuckte wieder die Schultern und begann, in der Tasche seines weinroten Cordsamtsakkos zu kramen und ein Päckchen Gauloises hervorzuziehen. Fast genauso lange dauerte es, bis er sein Feuerzeug gefunden hatte – der Aufschrift zufolge ein Werbegeschenk des ADAC. Langsam zündete er sich eine Zigarette an und nahm einen tiefen Zug. Danach wartete er eine Weile und blickte skeptisch nach oben. »Der Rauchmelder scheint schon mal nicht anzuspringen.«

Clara lächelte. »Hast du auch eine für mich?«, fragte sie.

»Damals im Studium hast du doch nicht geraucht.«

»Damals war ich auch noch ein braves Mädchen.«

»Ach, komm schon, das bist du doch noch immer! Arbeitest du nicht fürs Frankfurter Museum für sakrale Kunst?«

»Immerhin bin ich geschieden, zählt das nicht als Verbrechen?«

»Oh, was für ein Skandal!«

»Und bei dir?«

»Ich bin nicht geschieden. Ich habe noch nicht mal 'ne feste Freundin.«

»Nein, ich will wissen, welchem Skandal du auf der Spur bist.«

Clemens stieß ein paar Rauchkringel aus und sah zu, wie sie sich langsam im diffusen Licht auflösten. »Ach, eine dieser üblichen Schweinereien, Geldverschwendung ohne Ende. Die einen sind zu gierig und die anderen zu blöd, um es zu raffen …«

»Hat das was mit dem Mord an Rainer Kahlfuß zu tun? Weißt du etwa mehr darüber?«

Clemens sah sich suchend um, wo er die Asche entsorgen konnte. Hinter einem der länglichen Heizkörper stand ein Plastikkübel, den eine Putzfrau dort stehen gelassen haben musste, und er klopfte die Zigarette gegen den Rand. »Ich weiß nur, was in der Zeitung stand … dass er offenbar gefoltert wurde … und dass man ihm den Kopf abgeschlagen hat.«

»Grässlich«, murmelte Clara. Eine große Tageszeitung hatte den Mord zum Anlass genommen, der Geschichte der Enthauptung nachzuspüren, von der mittelalterlichen Hinrichtungsmethode für die Nobilität bis hin zur Erfindung der Guillotine und den Morden des IS.

»Sein Berliner Bistum stand kurz vor dem Bankrott, wusstest du das? Aber keine Angst, die anderen werden es schon wieder auffangen, wobei ich mir nicht vorstellen kann, dass Mainz viel dazu beiträgt. Die Kohle braucht Engelhardt schließlich für sich selbst. Hier werden Gelder in Millionenhöhe unterschlagen – und das, obwohl die Renovierung des Doms ohnehin schon so teuer war. Wenn das ans Licht kommt, kostet es unseren Luxus-Bischof den Kopf … Sorry, war ein schlechter Scherz, den Kopf kann er natürlich behalten, aber sein Amt ist er los.«

Clemens nahm einen tiefen Zug von seiner Zigarette, aber es machte nicht den Anschein, als würde sie ihm besonders gut schmecken; stattdessen erschien ein Ausdruck von Ekel auf seinem Gesicht. Nach drei, vier weiteren Zügen warf er die Zigarette in den Plastikeimer. Eine Rauchsäule stieg hoch, und der unangenehme Geruch nach verbranntem Plastik breitete sich aus. Clara warf einen Blick auf ihre Armbanduhr. Nur noch wenige Minuten bis zum Beginn der Veranstaltung, Patrick suchte sie sicher schon überall. Doch anstatt nach oben zu gehen, lehnte sie sich an die Wand.

»Und welche Rolle spielt Markus Jonas dabei?«

Er sah sie etwas zweifelnd an.

»Na komm schon«, sagte sie, »vor mir musst du deine große Enthüllungsstory nicht geheim halten. Es ist ja nicht so, dass ich sie dir wegschnappe und in der nächsten Pressemeldung vom Frankfurter Dommuseum öffentlich mache.«

»Und warum willst du es dann wissen?«, fragte er misstrauisch.

»Journalisten sind nun mal neugierig.«

»Nur weil du Pressemeldungen für das Dommuseum schreibst, bist du Journalistin?«

»Wenn ich ehrlich sein soll, weiß ich nicht so genau, was ich bin. Ich weiß nur, dass mein Job furchtbar langweilig ist. Also her mit einer Prise Skandal.«

Er grinste flüchtig, wurde aber sofort wieder ernst. »Du hast wahrscheinlich schon mal gehört, dass er nicht nur eine eigene Film- und Fernsehproduktion hat, sondern zugleich im Aufsichtsrat der RIFIX sitzt, die Abkürzung steht für ›Religion in Film und Fernsehen‹, das IX übrigens für Jesus Christus. Die RIFIX ist ein Tochterunternehmen des Verbandes der Diözesen Deutschlands und wurde einst gegründet, um die Medienarbeit der katholischen Kirche zu fördern. Das offizielle Internetportal der katholischen Kirche Deutschlands ist ebenso ein Produkt der RIFIX wie alle religiösen Programme, die in den bundesweiten Fernsehsendern gezeigt werden. Und ich kann dir sagen, das ist ein einziger Sumpf. Ständig werden Gelder für Pilotsendungen ausgegeben, die dann entweder gar nicht realisiert werden oder deren Produktion nur einen Bruchteil der genehmigten Summe kostet.«

Clara musste an den penetranten Geruch der Leberkäsebrötchen denken.

»Den Generalvikaren im Aufsichtsrat kann man alles erzählen, die haben überhaupt keine Ahnung vom Fernsehen«, fuhr Clemens fort. »Bedenkenlos hauen sie das Geld raus. Markus Jonas sackt es ein, und damit alles auch weiter glattläuft, wandert ein Teil seines Gewinns an Engelhardt. Der ist im Moment der Medienbischof und hat das letzte Wort. Du kannst dir vorstellen, welche Lobreden er auf Markus Jonas hält. Schließlich kann er sich mit dem Geld seinen Luxus-Adventskranz kaufen und einen Teich mit Goldfischen anlegen lassen.« Clemens schüttelte empört den Kopf. »Na ja, wer in diesem Verein bleibt und glaubt, dass seine Kirchensteuer am Ende bei den armen Kindern in Afrika landet, ist selber schuld.«

Clara blickte ihn erstaunt an. Schon während des Studiums hatte Clemens sich häufig über die Missstände in der Kirche empört, doch nie hatte er sich so deutlich distanziert.

»Aber diese Geldverschwendung steht nicht wirklich in Zusammenhang mit dem Mord?«

»Bist du etwa unter die Kriminalisten gegangen?«

Clara fühlte, wie ihr die Röte ins Gesicht schoss.

Nein, aber ich kenne einen Kriminalisten … kenne ihn nur allzu gut, dachte sie.

Simon Fabiani war der Mann ihrer Ex-Schwägerin Dora, mit dem sie vor einiger Zeit, als Nicholas Roth in ihrem Museum ermordet worden war, gemeinsam ermittelt hatte. Und dem sie seit damals, aus Gründen, die sie sich nur im Halbschlaf oder unter Alkoholeinfluss eingestand, aus dem Weg ging.

»Ich glaube, ich muss jetzt nach oben, um meine Rede zu halten.«

»Und ich glaube, mir ist die Lust auf Häppchen gründlich vergangen. Irgendwann habe ich bei so einem Katholenempfang mal Shrimps erwischt, wo noch die Schale dran war. Ich hoffe, mindestens eine der Pappnasen erstickt heute daran.«

»Na, na!«

»Keine Angst, Markus Jonas droht keine Gefahr. Der ist so aalglatt, dem flutscht noch jeder Brocken mühelos die Kehle runter.«

Als Clara den Kreuzgang erreichte, stellte sie fest, dass mittlerweile auch Erzbischof Engelhardt zu den Gästen gestoßen war. Eine Menschentraube umgab den kleinen, schmächtigen Mann, dessen linkische Gesten Clara immer ein wenig an einen Schuljungen erinnerten. Seine Stimme war so hoch, als hätte er den Stimmbruch noch nicht hinter sich, und er betonte jedes einzelne Wort so nachdrücklich, als würde er die Messe lesen.

Clara versuchte ihn weiträumig zu umrunden, kam aber nicht umhin, seinen Privatsekretär zu begrüßen, einen Dominikanermönch, den sie noch nie in der weißen Ordenstracht gesehen hatte, sondern immer nur in einem dunkelgrauen Anzug, der an dem dürren Männlein regelrecht schlotterte. Sie konnte sich nicht helfen, aber wann immer sie Pater Cölestin begegnete, hatte sie das Gefühl, einem Klon des Erzbischofs gegenüberzustehen, nur dass der Mönch sogar noch dürrer war und sein Adamsapfel noch etwas größer. Nun gut, seine dunklen Augen waren groß und schön, aber seine Brille hatte offenbar den falschen Dioptrienwert, denn er nahm sie ständig ab und rieb sich die Augen – so auch jetzt.

»Frau Mohr, schön, dass ich Sie noch sehe!«

Wenn sie in den letzten Wochen Einzelheiten bezüglich ihres Exponats klären musste, hatte sie immer mit Pater Cölestin zu tun gehabt. Ihr war zwar nicht klar, warum die Belange des Diözesanmuseums in seinen Aufgabenbereich fielen, aber scheinbar fühlte er sich als Mädchen für alles, ohne dessen ausdrückliche Zustimmung im Bistum nichts passieren durfte.

»Können wir kurz noch mal den Ablauf durchgehen?«, fragte er.

Clara unterdrückte ein Seufzen. Sie hatten ihre Rede doch schon vor zwei Wochen besprochen und dann gestern noch mal am Telefon.

»Ich glaube, das ist nicht so kompliziert. Als Erstes wird Bischof Engelhardt eine Rede halten, dann Herr Rautenberg, am Ende werde ich ein paar Worte zu der Madonnenskulptur aus unserem Museum sagen.«

Pater Cölestin zwinkerte ein paarmal, ehe er sich die Brille wieder aufsetzte. »Ist Ihr Mann heute Abend mitgekommen?«

Er wusste natürlich, dass sie geschieden war, jeder wusste es, aber in Kirchenkreisen wurde es niemals ausgesprochen. »Leider war das nicht möglich«, sagte sie höflich lächelnd. »Er muss auf unsere kleine Tochter aufpassen.«

»Ich hoffe, es geht ihr gut.« Pater Cölestin blickte sich suchend um. »Haben Sie vielleicht Herrn Rautenberg gesehen? Ich suche ihn schon seit einer Weile.«

Clara erinnerte sich daran, dass Rautenbergs Frau sie vorhin nach einer Aspirintablette für ihren Mann gefragt hatte. Wenn sie an den bevorstehenden Abend dachte, hätte sie auch gut eine gebrauchen können. Oder zwei. Oder besser: noch mehr Wein. Eben hatte Patrick sie entdeckt und steuerte wild gestikulierend auf sie zu.

»Er kommt sicher gleich«, sagte sie schnell und floh in die entgegengesetzte Richtung. Leider kam sie nicht weit. Die Besucher standen so dicht gedrängt, dass Patrick sie bald einholte.

»Sag mal, kann es sein, dass du mir ausweichst?«

Clara rang nach Worten und entschied sich schließlich, ehrlich zu sein. »Ja«, sagte sie knapp.

»Aber du hast doch vorgeschlagen, dass ich dich begleite! Wir wollten uns einen schönen Abend machen!«

»Bei so einer langweiligen Veranstaltung ist das etwas schwierig.«

»Ja, warum schleppst du mich dann überhaupt mit?«, fragte er gereizt.

»Gute Frage …«, setzte sie zögerlich an. Sie wusste ja selbst nicht so genau, warum sie sich auf das zweite Date eingelassen hatte, nachdem schon das erste nicht sonderlich berauschend gewesen war. Oder wusste es, aber wollte es sich nicht eingestehen – dass sie nämlich nur darum Zeit mit Patrick verbrachte, um sich hinterher einreden zu können, im Internet seien nur Idioten unterwegs und ihr Single-Status allein dieser Tatsache und nicht etwa der eigenen Angst vor Beziehungen geschuldet war.

»Also wolltest du mich doch verarschen. Weißt du, ich habe diese Sache ernst genommen, aber wenn du auf Spielereien stehst –, dann wird aus uns beiden nichts.«

Endlich kapierte er es.

Ein paar der Gäste drehten sich zu ihnen um, und Clara war dankbar, dass Pater Cölestin sie zu der kleinen Tribüne winkte, auf der bereits Bischof Engelhardt Platz genommen hatte. Von Othmar Rautenberg war weiterhin nichts zu sehen.

»Wir fangen trotzdem an«, erklärte Pater Cölestin, als sie sich zum Bischof gesellte. »Die Gäste sind schon so gespannt …«

Sie sind nicht gespannt, sondern hungrig.

Clara begrüßte Bischof Engelhardt und setzte sich neben ihn.

»Ich habe gehört, Ihr Mann hat es leider nicht geschafft«, murmelte der Bischof.

»Er ist bei unserer Tochter geblieben«, ratterte Clara automatisch herunter.

»Ja, so ist das in unseren Zeiten. In den heutigen Familien müssen Väter und Mütter oft beides sein.« Sein klebriges Lächeln erinnerte sie an das von Markus Jonas. Offenbar lagen ihm noch mehr Worte zur heutigen Familie auf den Lippen, doch das Stimmengemurmel riss so plötzlich ab, dass er darauf verzichtete.

»Ich glaube, das ist mein Stichwort«, raunte er.

Er erhob sich, trat zum Rednerpult und beugte sich übers Mikrofon. Das leise Knacken war das einzige Geräusch. Die Stille war nahezu unheimlich – als würde niemand zu atmen, geschweige denn, sich zu räuspern wagen.

»Sind nicht alle Kirchen Ausdruck von Kultur?«, fragte Bischof Engelhardt in die Stille. »Steinerne Zeichen einer unauflöslichen Verbindung von Ästhetik und Liturgie, von Kunst- und Baugeschichte, von weltlicher und religiöser

Macht, von konfessionellen Eigenheiten und der großartigen Religionsgeschichte des europäischen Kontinents? Sind nicht …«

Abrupt brach er ab, und wieder war nur das Knacken des Mikros zu hören.

Und dann etwas anderes.

Ein Schrei, laut und durchdringend.

Clara, die bis jetzt auf ihre beigen Lackballerinas gestarrt hatte, zuckte zusammen und blickte hoch. Kein einziger der Versammelten sah zu Bischof Engelhardt. Alle starrten zum ersten Stock hinauf.

Wieder ertönte ein Schrei, und diesmal kam er aus dem Mund des Erzbischofs. Der Schrei klang genauso unnatürlich hoch wie seine Stimme, wenn er redete.

Clara hingegen hatte das Gefühl, nie wieder einen Ton hervorbringen zu können. Ihr Mund war ganz trocken.

Die mannshohen, gewölbten Fenster des Ausstellungssaals im ersten Stock waren eigentlich immer geschlossen. Nun war eines sperrangelweit geöffnet. Und auf dem Fenstersims stand ein Mann und machte Anstalten, sich in die Tiefe zu stürzen.

»Benzin?«, fragte Simon Fabiani verdutzt. »Im Büro von Kardinal Pachold wurde Benzin vergossen?«

Hauptkommissar Martin Hartmann nickte. »Damit hätte man locker einen halben Tank vollgekriegt. Hätte sogar für die Fahrt nach Köln gereicht.« Missmutig rümpfte er die Nase.

Simon wusste nicht, was seinen Chef mehr störte – die lange Fahrt von Frankfurt nach Köln und die Überstunden, die das notgedrungen mit sich brachte, oder dass er hier nicht der Herr im Haus war. Die Kölner Kollegen hatten in der Tat so getan, als wäre es ein Entgegenkommen ihrerseits, die Frankfurter zu informieren und ihnen Zutritt zum Tatort zu gewähren – in Hartmanns Augen eine Unverschämtheit. Schließlich war das schon der zweite Mord an einem hochrangigen katholischen Geistlichen, und da der erste in Frankfurt passiert war, stand ihm eigentlich die Rolle des Alphatiers zu. Simon gab ihm insgeheim zwar recht, fand es aber vergnüglich zu beobachten, wie Hartmann hier behandelt wurde – so arrogant und selbstherrlich nämlich, wie ansonsten er selbst mit seinen Kollegen und Untergebenen umsprang.

Seine Bitte, die Haushälterin des Kardinals, Frau Miriam Eschweiler, befragen zu dürfen, war von Kai Erdmann von der Kripo Köln schlichtweg abgelehnt worden. Stattdessen hatte er nur ein paar magere Informationen weitergegeben, so auch, dass man im Büro des Kardinals nicht nur den Toten, sondern auch Palmblätter gefunden hatte. Außerdem war an mehreren Stellen Benzin ausgeschüttet worden.

»Anscheinend wollte der Täter das Opfer verbrennen«, sagte Hartmann. »Vielleicht ist er gestört worden, da musste es eben schneller gehen, und er griff zum Dolch.«

Simon wiegte nachdenklich den Kopf. »Aber wenn er mit der Absicht kam, Kardinal Pachold zu verbrennen, und alles dafür vorbereitet hat – warum hatte er dann überhaupt einen Dolch dabei?«

»Wie soll ich das wissen?«, schnaubte Hartmann. »Vielleicht ist es ein Verrückter, der immer mit so einem Familienerbstück rumläuft.«

So was sollte ich mal sagen, ging es Simon durch den Kopf.

Wenn ich aufgrund von mageren Informationen, die ihr wie Brotkrumen vom Tisch fegt, Mutmaßungen anstelle, stehe ich immer als blöder Psychologe da.

Dabei hatte er den ganz normalen Werdegang eines Polizisten hinter sich und zusätzlich eine Ausbildung als Fallanalytiker – inklusive ausgedehntem Praktikum bei der Royal Canadian Mounted Police – absolviert. Da er sich aus privaten Gründen von Wiesbaden nach Frankfurt hatte versetzen lassen, war er jedoch nicht bei der Operativen Fallanalyse tätig, wo zu dem Zeitpunkt alle Posten besetzt waren. Stattdessen hatte man ihn der Abteilung Gewaltkriminalität und Sexualdelikte zugeteilt, die von Martin Hartmann geleitet wurde.

Simon beschloss, nicht weiter auf Hartmanns gekränktem Ego herumzureiten. Schließlich war es für ihn von Vorteil, dass Hartmann ausnahmsweise nicht ihn als Feind betrachtete, sondern Kai Erdmann.

»Die Frage ist, was ihn davon abgehalten hat, sein Opfer anzuzünden«, sagte Simon. »Etwa die Haushälterin?«

Hartmann schüttelte den Kopf und blickte sich missmutig um. Simon war sich nicht sicher, wozu der Raum diente, in den Kai Erdmann sie vorhin geführt hatte. Er befand sich im Erdgeschoss der bischöflichen Residenz und verdiente die Bezeichnung »Zimmer« eigentlich nicht. Eine Wand war mit Bücherregalen vollgestellt, auf der gegenüberliegenden Seite standen mehrere übereinandergestapelte Tische, die vielleicht zu besonderen Anlässen gebraucht wurden. Diese Rumpelkammer war an sich schon eine Majestätsbeleidigung für Hartmann. Hinzu kam, dass sich die Männer von der Spusi hier umgezogen hatten. Auf den Tischen lagen etliche Jacken, und darunter standen die Schuhe, außerdem ein Paar Stiefel, die so aussahen, als hätte jemand damit ein schottisches Hochmoor durchquert. Der Geruch, der von ihnen ausging, war so grässlich, als hätte derjenige während der Tour sogar darin geschlafen.

»Die Haushälterin hat ausgesagt, dass sie den Kardinal das letzte Mal während des Mittagessens gesehen hat. Am Nachmittag war sie in der Stadt unterwegs, und als sie gegen sechzehn Uhr zurückkam, hat sie den Kardinal tot aufgefunden. Erdmann behauptet, zu diesem Zeitpunkt sei der Mann seit etwa drei Stunden tot gewesen.«

»Das heißt, die Leichenstarre hatte eingesetzt. Nach drei Stunden beginnt sie in den Gesichtsmuskeln und den Muskeln der Augenlider und breitet sich langsam auf die Arme und Beine aus.«

Hartmann warf ihm einen etwas verächtlichen Blick zu, ja, ja, du Klugscheißer, doch zu Simons Überraschung verzichtete er auf einen beißenden Kommentar, sondern begann, unruhig auf und ab zu gehen – sofern das in diesem winzigen Raum überhaupt möglich war.

»Ich frage mich, warum wir hier in der Besenkammer rumsitzen. Wenn Erdmann uns ohnehin nicht die Zeugen befragen lässt, reicht es ja, wenn er uns später die Akten schickt.«

Und du bräuchtest noch nicht mal deinen Arsch zu bewegen, sondern könntest ruhig am Schreibtisch sitzen bleiben …

»Soll ich mal mein Glück versuchen?«, schlug Simon vor.

»Ach, ich kenne solche Typen wie den Erdmann. So tief kannst du dem gar nicht in den Arsch kriechen, dass er dich seine Scheiße riechen lässt.«

Hartmann wurde immer vulgär, wenn er in seinem Stolz gekränkt war, und Simon lag es auf den Lippen zu sagen, na, ihre Schweißfüße lassen uns die Kölner Kollegen aber schon riechen. Doch er verkniff es sich. Hartmann sah nicht so aus, als wäre er für Scherze empfänglich.

»Aber machen Sie nur, machen Sie nur!«, knurrte er immerhin.

Allein schon wegen des Gestanks war Simon froh, dem Raum zu entkommen.

Er trat in einen der beiden Innenhöfe, um die herum die Backsteingebäude kreuzgangartig angelegt waren. Der südliche, größere Teil bildete das Priesterseminar, der nördliche, kleinere Teil die Bischofsresidenz.

Simon atmete die kalte Februarluft tief ein. Nicht nur, dass die Stiefel gestunken hatten – die Luft in der Eingangshalle war derart stickig, als wäre seit Jahren nicht mehr gelüftet worden. Zwei Kölner Kollegen standen in der Nähe einer moosumwitterten Steinstatue und rauchten.

»Na, habt ihr auch eine für mich?«

Simon rauchte nicht, hatte aber die Erfahrung gemacht, dass man mit nichts so leicht Türen öffnen konnte wie mit dem Schnorren von Zigaretten.

Und tatsächlich: Einer der Beamten kramte bereitwillig in seiner Lederjacke und zog ein Päckchen Camel hervor, während der andere ebenso eifrig sein Feuerzeug zückte. Gleich darauf setzten sie ihre Lästereien fort, die der Haushälterin des Kardinals galten, Miriam Eschweiler.

»Hast du mitbekommen, dass sie ständig in der Wir-Form redet?«

»Als wäre sie mit dem Bischof verheiratet gewesen!«

»Die haben doch bestimmt gevögelt. Ich meine, die war jahrzehntelang seine Haushälterin, glaubst du, die hat dem nur seine Suppe gekocht?«

»Ich dachte, die Pfaffen stehen allesamt auf kleine Jungs.«

Höhö, wie originell.

»Stammen die Palmblätter eigentlich von hier?«, fragte Simon und deutete in den dunklen Innenhof. »Hier wächst ja allerhand Gesträuch.«

Zugegeben, Ende Februar so etwas zu behaupten zeugte nicht gerade von botanischem Sachverstand, aber schon bekam Simon die Information, die er haben wollte.

»Nee, nee, so wie's ausschaut, hat der Täter die mitgebracht. Man stelle sich das mal vor: Läuft der mit Benzinkanister und Palmblättern durch die heiligen Hallen. Wie unauffällig.«

»Na ja, so was kann man notfalls auch in Plastiktüten transportieren, ist ja nicht so groß«, meinte Simon. »Und hier ist doch auch nicht besonders viel los, das Priesterseminar steht meines Wissens fast leer.«

Der Beamte, der ihm Feuer gegeben hatte, nickte. »Ein Riesengebäude, aber kaum Insassen. Wen wundert's.«

»Von dort hatte der Täter also keine unliebsamen Zeugen zu befürchten«, pflichtete der zweite bei. »Wenn man wusste, dass der Kardinal heute am frühen Nachmittag hier sein würde, konnte man ihn ungestört antreffen.«

»Was voraussetzt, dass der Täter über den geplanten Tagesablauf Bescheid wusste. Jemand wie der Kardinal hat nachmittags sicher oft Termine. Aber auf gut Glück schleppt man Palmblätter und Benzin ja nicht einfach mit sich rum.«

Erstmals trafen Simon etwas misstrauische Blicke.

»In Frankfurt war's auch so, oder?«, fragte einer der Beamten gedehnt. »Ich meine, der Täter war genau informiert, wo er den Berliner Erzbischof an dem Abend antreffen konnte.«

Simon nickte. »Offenbar hat man ihn im Pfarrhaus abgefangen, wo er nach einem Vortrag die Nacht verbringen wollte. Übrigens habe ich mich noch gar nicht vorgestellt. Simon Fabiani.«

Die anderen zögerten, nannten dann aber auch ihre Namen, Andreas Kuhle und Sebastian Wirth.

»Und du gehörst zu Hartmanns Team?«

Simon nickte. Offiziell stimmte das ja auch. Inoffiziell war er immer noch ein Fremdkörper. Daran hatte sich auch nichts geändert, nachdem er vor einigen Monaten maßgeblich bei der Aufklärung einer Frankfurter Mordserie mitgewirkt hatte. Simon trat von einem Bein aufs andere, weil er langsam zu frieren begann. Bei jedem Zug an der Zigarette musste er sich darauf konzentrieren, nicht zu husten.

»Ihr sitzt jetzt auch zwischen zwei – nein, eigentlich drei Stühlen, nicht wahr?«, meinte Andreas.

Simon hob fragend die Augenbrauen.

»Na der Berliner Erzbischof ist bei euch in Frankfurt ermordet worden, und jetzt hat es auch noch den Kölner Kardinal erwischt.«

»Hätte schlimmer kommen können«, versuchte Simon zu scherzen. »Mit dem Zug ist es nur 'ne gute Stunde von Frankfurt nach Köln. Stellt euch vor, es wäre der Erzbischof von München gewesen.«

»Die Züge sind doch immer verspätet«, sagte Sebastian und klopfte seine Zigarette leicht gegen einen Steinpfeiler. Asche rieselte in die Dunkelheit. »Seid ihr mit dem ICE gekommen?«

Simon nickte. Hartmann hatte zunächst für den Dienstwagen plädiert, dann aber zugeben müssen, dass sie damit deutlich länger unterwegs gewesen wären.

»Und diese Palmblätter«, lenkte er in möglichst beiläufigem Ton das Gespräch wieder zum eigentlichen Thema zurück, »die lagen am Boden verstreut?«

»Drei insgesamt. Echt ein Spinner.«

Simon nickte. »Und dass er ihn erdolcht hat …«

»Da war auf jeden Fall kein Profi am Werk«, sagte Andreas. »Der Dolch hat das Herz verfehlt, das heißt, der Pfaffe ist langsam verblutet.«

»Na ja, immer noch besser, als zu verbrennen«, meinte Sebastian. »Schließlich war sein ganzer Anzug mit Benzin getränkt. Ein kleines Flämmchen, und wusch! Eine lebende Fackel!«

Simon tat so, als wüsste er das bereits. »Ich frage mich, was den Täter letztlich dann doch davon abgehalten hat.«

»Vielleicht hatte er sein Feuerzeug vergessen?«, schlug Andreas spöttisch vor. Er selber wollte sich gerade eine neue Zigarette anstecken, aber da winkte ihr Chef vom Eingang zu ihnen herüber.

»Oder er fand es schade um die schönen Räume«, meinte Sebastian, ließ seine Zigarette auf die feuchte Erde fallen und machte sich nicht die Mühe, sie auszutreten.

Simon war erleichtert, nicht mehr rauchen zu müssen, und auf einmal kam es ihm so vor, als wäre die stickige Luft im Inneren leichter zu ertragen, als in der feuchtkalten Finsternis zu stehen. Beim Gedanken, dass er Hartmann etwas unter die Nase reiben konnte, was der noch nicht wusste und was er selbst so mühelos herausgefunden hatte, breitete sich Wärme in seiner Brust aus.

5

Eine Weile stand der Mann ganz starr auf dem breiten Fenstersims, dann beugte er sich vor. Etliche der Gäste hielten erschrocken die Luft an, manche schlugen sich die Hand vor den Mund. Eine Frau wiederum stieß einen so entsetzten Schrei aus, dass der Mann erschrocken zurückwich. Er wankte wie ein Betrunkener, ehe ein Ruck durch seinen Körper ging und er sich erneut an den Rand des Fenstersimses stellte. Nur mehr ein Schritt, und er würde in die Tiefe fallen. Wegen der geringen Höhe könnte er den Sprung überleben, es sei denn, er sprang mit dem Kopf voran. Und wirklich – eben streckte er beide Arme aus, wie ein Schwimmer, der zu einem Kopfsprung ansetzt.

»Oh, mein Gott!«

Clara fühlte warme Speicheltröpfchen an ihrem Hals. Sie hatte nicht bemerkt, wie Bischof Engelhardt vom Rednerpult zurückgewichen war. Er ließ sich auf seinen Stuhl plumpsen, ganz rot im Gesicht, und japste nach Luft.

Nicht nur Clara drehte sich zu ihm um, auch der Mann, der eben zum Sprung angesetzt hatte, richtete seinen Blick auf Bischof Engelhardt und straffte seinen Körper.

»Ach, jetzt fällt Ihnen Gott wieder ein?«, fragte er heiser, aber vernehmlich von oben.

Es war Othmar Rautenberg, der Bistumsökonom der Diözese und Vorsitzende des Vermögensverwaltungsrats des Bischöflichen Stuhls. Vorhin hatte Clara ihn kurz begrüßt und mit seiner Frau Judith geplaudert.

Na so schlimm können seine Kopfschmerzen nicht sein, dass er sich deswegen gleich umbringen will.

Clara schämte sich ein wenig für diesen zynischen Gedanken, zugleich hatte sie das Gefühl, dadurch nicht mehr ganz und gar vom Entsetzen ausgehöhlt zu sein, und das gab ihr die Kraft, aufzuspringen. Alle Anwesenden starrten auf Othmar Rautenberg, nur sie sah sich nach Judith um, die ihren Mann vielleicht noch zur Vernunft bringen konnte. Leider entdeckte sie sie nirgendwo. War sie immer noch auf der Suche nach Aspirin? Waren die Kopfschmerzen vielleicht ein Vorwand ihres Mannes gewesen, um sie wegzuschicken?

Plötzlich hätte Clara schwören können, dass Othmar Rautenberg nicht springen würde, zumindest nicht sofort. Sonst hätte er sich nicht an den Bischof gewandt.

Er … er will reden …

Oder vielmehr: Er will gehört werden.

Tatsächlich erhob er eben wieder seine Stimme: »Wer das Amt eines Bischofs anstrebt, der strebt nach einer großen Aufgabe. Deshalb soll der Bischof ein Mann ohne Tadel sein, nur einmal verheiratet, nüchtern, besonnen, von würdiger Haltung, gastfreundlich, fähig zu lehren; er sei kein Trinker und kein gewalttätiger Mensch, sondern rücksichtsvoll; er sei nicht streitsüchtig und …« Othmar Rautenberg machte eine kurze Pause, »und er sei nicht geldgierig«, schloss er mit Nachdruck.

Als er zu reden begonnen hatte, war Clara der Gedanke gekommen, er könnte betrunken sein, aber dann erkannte sie den Text. Er stammte aus dem Neuen Testament, genauer gesagt, aus dem Brief des Apostels Paulus an Timotheus, in dem unter anderem das Idealbild eines Bischofs und Diakons entworfen wurde.

Bischof Engelhardt hatte sich wieder ein wenig gefangen und erhob sich. »Was um Himmels willen treiben Sie da?«

»Das wissen Sie ganz genau.«

Clara meinte, das Gesicht des Bischofs sei noch eine Spur röter geworden, aber sie schenkte ihm nicht lange ihre Aufmerksamkeit. Gleich hinter der Tribüne befand sich die Tür zu den Räumen der Sonderausstellung, und von dort führte eine Treppe in den ersten Stock. Während alle anderen wie erstarrt hochblickten, stürzte sie zur Tür, riss sie auf, hastete in den ersten Stock hoch und erreichte durch einen Notausgang jenen langen Gang, in dem alte Heiligenskulpturen, Kruzifixe und Altarbilder ausgestellt wurden.

Othmar Rautenberg stand im dritten Fenster. Obwohl sie noch weit genug von ihm entfernt war und nicht wie er in die Tiefe schauen musste, verursachte ihr allein sein Anblick ein eigentümliches Ziehen im Magen – das gleiche Gefühl, das sie erlebt hatte, als sie einst von den Klippen von Cassis aufs Meer hinuntergeblickt hatte.

»Herr Rautenberg …«

Während sie hochgerannt war, hatte er wohl weitere Verse aus der Bibel zitiert. Nun verstummte er und drehte den Kopf leicht zur Seite. Vergebens suchte sie seinen Blick, er starrte an ihr vorbei auf einen imaginären Punkt. Wie blass er war, leichenblass.

»Herr Rautenberg, was auch immer …«

Er blickte wieder nach unten.

»Sie wissen doch auch, was ihr rotes Gewand bedeutet«, murmelte er.

Clara wusste nicht, ob sie ihn richtig verstanden hatte. Er hatte den Kopf so tief gesenkt, dass sein Hemdkragen seine Stimme dämpfte. Und anders als bei seiner an den Bischof gerichteten Rede hatte er nicht mehr viel Kraft in die Worte gelegt – die letzten Worte, die er dieser Welt zu sagen hatte.

Ehe Clara noch etwas hervorbringen oder einen Schritt auf ihn zumachen konnte, ließ er sich einfach nach vorne kippen. Es sah nicht aus, als würde er absichtlich springen, eher so, als hätte er einfach keine Kraft mehr, das unsichtbare Gewicht auf seinen Schultern zu stemmen.

Als das dumpfe Geräusch verklungen war, das der Aufprall des Körpers verursachte, überlegte Clara, an was es sie erinnerte. An einen Schuss, das Platzen eines Luftballons oder daran, wie eine Wassermelone auf den Boden kracht. Unwillkürlich stieg vor ihren Augen das Bild von rotem Fruchtfleisch auf, aus dem die schwarzen Kerne quellen, und so unpassend das auch war – es überlagerte die Vorstellung, welcher Anblick sich da unten tatsächlich bot. Noch stand sie etwa zehn Schritte vom Fenster entfernt. Sie machte drei, blieb stehen, ging weiter, hielt wieder inne. Die Angst hielt sie auf, eine kranke Gier trieb sie weiter. Sie musste sehen, wie Rautenberg dort unten lag. Erst dann würde sie glauben, dass er wirklich gesprungen war, und nur dann würde sie mit dem, was sie eben erlebt hatte, fertig werden können.

Ehe sie in die Tiefe schauen konnte, ertönte ein Schrei, hysterisch und schrill. Eigentlich war es nicht nur ein Schrei, sondern viele. Kaum einer der Versammelten brüllte nicht sein Entsetzen aus sich heraus, doch als sie schon glaubte, ihr Trommelfell würde gleich reißen, verstummten die Schreie – oder nein, sie verstummten nicht, sie hörte sie nur nicht mehr, hörte nur ein Rauschen und ganz nah an ihrem Ohr eine schwache Stimme.

»Othmar? Othmar, wo bist du denn?«

Clara drehte sich um, ehe sie zum Fenster gelangte und nach unten blicken konnte. Beim Notausgang, durch den sie selbst hereingekommen war, stand Judith Rautenberg mit einer Packung Aspirin in der Hand.

Na die braucht er jetzt nicht mehr, ging es Clara durch den Kopf, und sie fand den Gedanken ebenso komisch wie geschmacklos, zugleich aber so schockierend, dass sie glucksend zu kichern begann. Das letzte Mal hatte sie in ihrer Pubertät so gelacht, als sie vor der ganzen Klasse aus Goethes *Egmont* vorgelesen hatte und zu der Stelle gekommen war, als von einem »rohen Pferd« die Rede war. Auch die mahnenden Blicke der Deutschlehrerin hatten den hysterischen Lachkrampf nicht eindämmen können.

Eine aufgeplatzte Melone … ein rohes Pferd …

»Was … was ist denn los?«

So abrupt, wie sie begonnen hatte, hörte Clara zu lachen auf. Von unten ertönten immer noch Schreie, und sie bewirkten, dass Judith Rautenberg sich aus ihrer Erstarrung löste und zum Fenster hastete. Gerade noch rechtzeitig stürzte Clara auf sie zu und bekam sie an der senffarbenen Bluse zu fassen. Sie zog so heftig daran, dass der Stoff riss und die fleischfarbene Unterwäsche sichtbar wurde.

Das Bild von der Wassermelone und dem rohen Pferd verblasste. Auf ewig würde sie diesen Augenblick mit der zerrissenen senffarbenen Bluse, dem etwas unförmigen geblümten Rock und der Unterwäsche verbinden.

»Nicht! Schauen Sie nicht nach unten!«

Claras Hände waren schweißnass. Kurz hatte sie Angst, dass Judith sich losmachen, sie diesmal nur den Rock zu fassen bekommen und ihr auch den vom Leib reißen würde, und schon wieder stieg ein hysterisches Kichern in ihrer Kehle hoch.

Doch Judith machte sich nicht los, sondern drehte sich langsam zu ihr um. Ihre Lippen zitterten, sie ließ die Packung mit den Aspirintabletten fallen.

»Othmar … was hat er getan … was hat er nur getan?«

In Claras Kopf war ein Rauschen, sie fühlte sich einfach nur überfordert. Mitleid erwachte, der Wunsch, diese verstörte Frau zu umarmen.

»Kommen Sie«, sagte Clara leise.

Sie zog sie ganz sanft mit sich, und diesmal bestand keine Gefahr, dass der Stoff riss, denn Judith folgte ihr willig. Als sie die Treppe erreichten, sackte sie auf die oberste Stufe. Erst jetzt nahm sie wahr, dass ihre Bluse zerrissen war.

»Die ist ruiniert …« Vorhin hatte ihre Stimme gebebt, jetzt klang sie sachlich.

Clara war stehen geblieben. Sie spürte ihre Füße nicht, als wären sie eingeschlafen.

Wie von weit her kamen die Schreie, aus denen nun einzelne Sätze deutlich herauszuhören waren. Der Bischof schrie immer wieder: »Um Gottes willen! Um Gottes willen!«, während eine Frau forderte, man müsse den Notarzt rufen. Ein Mann erklärte, dass jede Hilfe zu spät komme.

Obwohl sie nicht nach unten geblickt hatte, glaubte Clara nun selbst zu sehen, wie Othmar Rautenberg mit unnatürlich verrenkten Gliedmaßen auf dem steinernen Boden lag, sein Gesicht blutig entstellt, die Schädeldecke wie eine Schüssel zersprungen, sodass die Gehirnmasse hervorquoll.

Sie schloss die Augen.

»Clara!«, rief jemand. »Clara, wo bist du denn?«

Patrick.

Na dem habe ich für ein zweites Date was geboten.

Sie hörte Schritte, bald würde er bei ihr sein.

»Ihr Mann …«, murmelte Clara. »Bevor er sprang, hat er etwas gesagt … *Sie wissen doch auch, was ihr rotes Gewand bedeutet.* Was … was hat er damit gemeint?«

Judith starrte sie an, als erwachte sie aus einem düsteren Traum. Sie blickte sich um, als erinnerte sie sich nicht, wie sie hierhergeraten war. Clara berührte sie leicht an der Schulter. »Wissen Sie es?«

Judith schüttelte den Kopf.

»In den letzten Wochen … er … er war nicht mehr er selbst … es … es hat angefangen, als Erzbischof Kahlfuß ermordet wurde … ich verstehe das nicht, er kannte ihn doch nur flüchtig … ich … ich …« Sie blickte auf ihre Bluse. »Ich muss mich umziehen, sofort, so darf mich niemand sehen. Haben Sie … haben Sie irgendetwas da, was Sie mir leihen können?«

Hilflos sah Clara an sich hinab, ließ ungesagt, was ihr durch den Kopf ging und ein neues hysterisches Auflachen provozierte: *Zu einem Empfang des Bistums Mainz nehme ich doch keine Klamotten zum Wechseln mit.*

»Es geschehen noch Zeichen und Wunder«, kommentierte Hartmann wenig später die Tatsache, dass Kai Erdmann sie zur Dienstbesprechung hinzugebeten hatte. »Da könnte man ja fast noch gläubig werden – wobei das nicht ungefährlich ist, wie man an dem armen Kardinal sieht.«

Simon rang sich ein Lächeln ab.

»Und dann müssen wir uns noch nicht mal ein Taxi nehmen, sondern dürfen sogar im Dienstauto mitfahren.«

Das war wohl nicht nur ein Scherz auf Erdmanns Kosten, sondern auch eine wenig subtile Anspielung darauf, dass sie besser doch mit dem eigenen Wagen nach Köln gekommen wären. Simon ging nicht darauf ein, zumal Hartmann während der Fahrt ungewöhnlich schweigsam war. Als sie über die Deutzer Brücke fuhren, starrte er nachdenklich auf das schwarze Wasser des Rheins.

Im Großraumbüro des Präsidiums am Walter-Pauli-Ring stank es nach Schweißfüßen, obwohl der Mann von der Spusi gar nicht da war. Vielleicht entstieg der Geruch dem alten grauen Teppich mit den unzähligen Flecken. Ebenfalls grau war der Tisch, um den herum Stühle aus unterschiedlichen Materialien und in unterschiedlichem Design gruppiert waren.

Drei Beamte hatten ihnen gegenüber in Reih und Glied Platz genommen.

»Tick, Trick und Track«, flüsterte Hartmann. Einer war Andreas Kuhle, die anderen beiden hatte Simon vorhin am Tatort nicht gesehen. Als Simon Hartmann fragte, ob er ihre Namen kenne, zuckte der die Schultern. »Tick, Trick und Track, wie ich schon sagte.«

Kai Erdmann saß nicht, sondern lungerte am Tisch. Er fuhr sich immer wieder mit der Hand über den rotblonden

Bart, während er Aufgaben verteilte. Die Haushälterin stehe noch unter Schock; mittlerweile habe sie vom Arzt ein Beruhigungsmittel bekommen und sei bei ihrer Schwester untergekommen. Heute werde sie keine vernünftige Aussage mehr machen, aber morgen müsse sie erneut befragt werden. Mögliche Zeugen seien auch die Personen, die für gewöhnlich im Gebäude arbeiteten und sich heute Nachmittag dort aufgehalten hatten, der Diözesan-Administrator, wie der Leiter der erzbischöflichen Verwaltung hieß, diverse Mitarbeiter des Offizialats – der bischöflichen Gerichtsbehörde – und natürlich einige Priesterseminaristen. Außerdem hätten der Regens und der Spiritual vom Priesterseminar aus etwas beobachten können.

»Regens? Spiritual? Was 'n das?«, fragte Andreas Kuhle.

»Na die Gefängniswärter von den Nachwuchspfaffen«, warf Hartmann ein, was ihm einen vernichtenden Blick von Kai Erdmann einbrachte.

Leicht schmollend schob Hartmann die Unterlippe vor und sah bewusst zur Seite, hielt das aber nicht lange durch. Schon beugte er sich zu Simon und flüsterte: »Ob die beiden miteinander gevögelt haben?«

»Wer?«, fragte Simon ahnungslos.

»Na der Pfarrer und die Haushälterin.«

»Er war Kardinal!«

»Aber sie war bereits seine Haushälterin, als er noch Pfarrer war.« Vielsagend hob Hartmann eine Braue.

»Das hat Track auch vermutet«, sagte Simon. Eigentlich wollte er Hartmann damit zeigen, wie wenig originell seine Vermutung war, doch der nickte nur befriedigt. »Sag ich's doch.«

Erneut warf Kai Erdmann ihnen einen mahnenden Blick zu.

Simon erwartete, dass Hartmann sich spätestens jetzt mit ihm anlegen und endlich darauf bestehen würde, dass man die Tatmuster verglich, was angesichts der Umstände das Naheliegendste war. Aber in den vielen Monaten, die er nun schon unter Hartmanns Aufsicht arbeitete, hatte er gelernt, dass man nicht immer mit dem Naheliegendsten rechnen durfte.

Anstatt etwas zu sagen, stand Hartmann auf, um sich aus einer blauen Plastikkanne Kaffee einzuschenken, und als er sich wieder setzte, zog er sein Smartphone hervor.

»Schauen Sie mal«, sagte er und hielt Simon das Display vor die Nase. »Da treibt Luis sich gerade rum.«

Simon konnte kaum einen Blick auf die Urlaubsfotos des Kollegen Luis Landorff erhaschen, weil Hartmann rasend schnell von einem zum anderen weiterscrollte. Sandstrand, Meer, eine Frau im pinkfarbenen Bikini, weiße Häuser, die ihn an Griechenland erinnerten. Wobei – war es dort jetzt überhaupt warm? Vielleicht waren die Aufnahmen auch auf den Kanaren gemacht worden.

Simon war sich nicht sicher, was erstaunlicher war – dass Hartmann ihm überhaupt die Fotos zeigte oder dass er es ausgerechnet jetzt tat. Wahrscheinlich machte er nicht nur wegen Erdmanns strengem Blick einen auf beleidigte Leberwurst, sondern auch, weil er vorhin in der erzbischöflichen Residenz mit ihm aneinandergeraten war.

»Die Palmblätter sind ein wichtiges Symbol«, hatte Hartmann erklärt. »Als Jesus in Jerusalem einzog, wurde ihm damit zugewinkt – eine Woche später wurde er gekreuzigt.«

Fast wortwörtlich hatte er Simons Überlegungen wiedergegeben, was ziemlich beachtlich war, denn normalerweise zog er sie eher ins Lächerliche. Erdmann hatte sich zwar nicht über Hartmann lustig gemacht, sich aber über den Bart gestrichen und gegähnt.

»Ich weiß nicht, wie Sie normalerweise vorgehen. Bei uns werden erst einmal die Fakten gesammelt, dann erst Vermutungen angestellt.«

Diese Bemerkung hätte von Hartmann selbst stammen können, weswegen sich Simon nur mühsam ein Grinsen hatte verbeißen können – was jedoch nichts daran änderte, dass die Behauptung Blödsinn war. Als Fallanalytiker war er nie besonders versessen auf die Ergebnisse der Spusi, sondern hatte immer den Tatort als Ganzes im Blick. So oder so hatte Erdmann nun die Rolle des *Bad Guy* weg, weswegen Hartmann mit Simon eine Front bilden musste.

Er war beim letzten Urlaubsfoto angelangt, auf dem irgendein Eintopf mit viel Fleisch, Zwiebeln und roten Paprika in Großaufnahme zu sehen war.

»Da möchte ich jetzt auch sein«, seufzte Hartmann.

Seiner ungesund grauen Gesichtsfarbe nach zu schließen, hatte er seit Ewigkeiten an keinem Strand mehr gelegen. Simon selbst war im Spätherbst mit Dora auf Zakynthos gewesen, ein unerwartet toller Urlaub, was nicht nur am schönen Wetter lag, sondern daran, dass sie sich erstaunlich gut verstanden hatten. Eigentlich war er mit der Erwartung losgefahren, dass ihre Ehe während des Urlaubs endgültig scheitern würde.

Hartmann spielte unbeeindruckt auf seinem Smartphone herum, während Erdmann Kopien von Gebäudeplänen verteilte und weitere Zeugen aufzählte. Erst als Tick, Trick und Track den Raum verlassen hatten, verkündete Hartmann mit süffisantem Grinsen: »Ich glaube, Sie haben etwas Wichtiges übersehen.«

Erdmann lungerte noch immer am Tisch herum, er machte einen müden Eindruck. »Was?«, fragte er gedankenverloren und rieb sich die Augen.

»Na das liegt doch auf der Hand.«

»Können Sie das spezifizieren?«

»Köln und Berlin«, sagte Hartmann vielsagend.

»Ich weiß. Das sind die beiden Bistümer, denen die Mordopfer vorstanden.«

»Geben Sie mal das Stichwort Kirchenskandal ein. Und die Namen der beiden Städte. Dann werden Sie sehen, dass sowohl der Berliner Erzbischof als auch der Kölner Kardinal jede Menge Dreck am Stecken hatten. Ich kann mir vorstellen, dass es ein paar Leutchen gibt, die ziemlich wütend auf sie sind.«

Eine Weile blieb es still im Raum. Während Hartmann sein eigenes Smartphone triumphierend hochhielt, gab Simon in seines die genannten Stichworte ein. Erdmann tat das offenbar auch.

Was wäre die polizeiliche Ermittlungsarbeit ohne Google?

Manchmal lieferte die Suchmaschine nur jede Menge Schrott, diesmal aber wurden für beide Bistümer gleich zig Artikel aufgelistet. Als Simon den ersten überflog, konnte er sich vage erinnern, schon mal von dem Skandal im Berliner Bistum gehört zu haben. Dora hatte sich furchtbar darüber aufgeregt. Dora regte sich immer über alle möglichen

Skandale auf, und meistens führte das dazu, dass sie für eine Woche ihr Leben änderte. Nach Fukushima hatte sie fest vorgehabt, die Grünen zu wählen, obwohl sie ansonsten eine bekennende Konservative war, aber bis zur nächsten Wahl hatte sie das wieder vergessen.

In Berlin gab es ein katholisches Krankenhaus, in dem vor knapp zwei Jahren eine zweiunddreißigjährige Frau mit starken Unterleibsschmerzen eingeliefert worden war. Sie war in der sechzehnten Woche schwanger, und alle Anzeichen deuteten auf eine drohende Fehlgeburt aufgrund einer bakteriellen Infektion hin. Anstatt sie schnellstmöglich zu behandeln, was wahrscheinlich eine Ausschabung der Gebärmutter notwendig gemacht hätte, verweigerte die Oberärztin jeglichen Eingriff. Solange das Herz des Kindes noch schlage, könne man nichts tun. Schließlich seien in katholischen Krankenhäusern Schwangerschaftsabbrüche streng verboten, ebenso wie auch die Pille danach. Es dauerte zweieinhalb Tage, bis das Baby starb. Erst anschließend, erst als die Patientin bereits Anzeichen eines septischen Schocks zeigte, schritt man zur notwendigen Operation, und der Fötus wurde entfernt. Doch es war zu spät. Zwei Tage später erlag die junge Frau einer Sepsis.

Deutschlandweit war von diesem Fall berichtet worden. Eine Welle der Empörung schwappte über die katholische Kirche, und sie ebbte nicht ab, solange im Bistum einer dem anderen den Schwarzen Peter zuschob. Die Oberärztin erklärte, sie habe sich den kirchlichen Statuten des Krankenhauses verpflichtet gefühlt. Der Generalvikar hielt entgegen, dass es sich bei den Statuten nicht um verbindliche Weisungen, sondern nur um Empfehlungen handele. In einer Pressekonferenz, die die Ärztin daraufhin einberief, hatte sie ihn öffentlich gefragt, seit wann die kirchlichen Moralvorstellungen nur »Empfehlungen« seien.

Der Erzbischof selbst trat erst recht ins Fettnäpfchen. Zwar entschuldigte er sich öffentlich beim Ehemann der verstorbenen Frau, doch nutzte er die Gelegenheit, um etwas verworren darüber zu philosophieren, welch wichtigen Beitrag die kirchlichen Krankenhäuser für das Gesundheitswesen leisteten – Krankenhäuser, die aus Kirchensteuergeldern von Katholiken finanziert würden, was aber nicht bedeute, dass man dort keine Nichtkatholiken behandele. Ob das nicht ein Beweis für die Toleranz, Weltoffenheit und Nächstenliebe der Kirche sei?

Umso peinlicher war es, als wenig später etliche Journalisten den Nachweis erbrachten, dass weder Bau noch Betrieb auch nur eines einzigen katholischen Krankenhauses in Deutschland von der katholischen Kirche finanziert wurden. Die Krankenhäuser befanden sich zwar in kirchlicher Trägerschaft, doch das Geld kam vom Staat oder den Krankenkassen – auch für die Mitarbeiter, obwohl diese verpflichtet waren, in Übereinstimmung mit der katholischen Morallehre zu leben und zu handeln.

Nach dem Skandal hatte es eine Unterschriftenaktion gegeben, wobei Simon aus dem Artikel nicht ersehen konnte, was sie bezwecken sollte. Auf jeden Fall waren die Listen dem damaligen Berliner Bürgermeister Wowereit vorgelegt worden, der eine Überprüfung der Zusammenarbeit mit den katholischen Krankenhäusern ankündigte.

Der »Skandal« im Bistum Köln war anders gelagert. Hier betraf es ein Thema, das nicht spezifisch dieses Bistum betraf, sondern in ganz Deutschland hohe Wellen geschlagen hatte: Es ging um einen Fall sexuellen Missbrauchs, den schon der Vorgänger von Kardinal Pachold über Jahre zu vertuschen versucht hatte.

Ein Priester hatte über einen langen Zeitraum hinweg etliche Jugendliche missbraucht, woraufhin sich mehrere Eltern an die Bistumsleitung gewandt hatten. Doch dort hatte man ihnen entweder gar kein Gehör geschenkt oder sie sogar als böswillige Verleumder und Kirchenhasser beschimpft. Schließlich hatte der Kardinal den Pfarrer aus der Gemeinde abgezogen – jedoch nur, um ihn zum Jugendseelsorger des Bistums zu machen. An dieser Personalentscheidung trug Kardinal Pachold zwar keine Mitverantwortung, er hatte jedoch bei seinem Amtsantritt besagten Priester in seinem Amt bestätigt, obwohl er von mehreren Seiten darauf hingewiesen worden war, was der auf dem Kerbholz hatte.

Wie viele andere Missbrauchsfälle wurde auch dieser während der öffentlichen Debatte im Jahr 2010 breit diskutiert, doch es hatte zwei weitere Jahre gedauert, bis der Priester vom Amt des Jugendseelsorgers suspendiert wurde.

»Da hat man ja den Bock zum Gärtner gemacht«, murmelte Erdmann, der sich offenbar auf diesen Fall konzentriert hatte.

»In dem Fall war es ein sehr geiler Bock«, sagte Hartmann. »Mittlerweile ist er Seelsorger in einem Altersheim – na die zahnlosen Siechen werden sich nicht wehren, da ist also kein Aufruhr zu befürchten. Ich kann mir aber gut vorstellen, dass sich der Pfaffe nach etwas Knackigerem sehnt.«

Erdmann schien die Geschmacklosigkeit zu entgehen, denn er starrte angestrengt auf sein Smartphone. »Wir müssen unbedingt überprüfen, ob es irgendeinen Zusammenhang zwischen den Fällen gibt.«

»Irgendeinen Zusammenhang?«, rief Hartmann entrüstet. »Die Sache ist doch ziemlich klar. Da hat einer ordentlich Wut angestaut – und jetzt rächt er sich an der ganzen Mischpoke.«

Simon wollte Hartmann nicht widersprechen, schon gar nicht vor Erdmann, aber er war dennoch skeptisch. Zwar boten beide Skandale ein ausreichendes Motiv für einen Mord, aber er war dahingehend geschult, nicht nur auf die Parallelen zu achten, sondern auch auf die Unterschiede.

»Die Bischöfe sind übrigens in beiden Fällen an die Öffentlichkeit gegangen«, sagte Erdmann. »Sie haben eine Kommission eingerichtet, die die Vorgänge jeweils prüfen sollte.«

»Ach, solche Kommissionen kennt man ja«, tat Hartmann das Argument ab. »Das ist doch wie bei uns. Da setzt man Leute ein, die man irgendwie beschäftigen muss, und der Abschlussbericht, der nach Monaten oder Jahren endlich vorliegt, verschwindet in der Schublade. Ich bin sicher, hinter den Morden steckt ein Kirchenhasser. Und davon gibt es hier in Deutschland doch genug. Haben vor einigen Jahren nicht zwei Verrückte während eines Fernsehgottesdienstes die Kirche gestürmt und die Messe gestört?«

»Zunächst sollten wir herausfinden, was diese zurückgelassenen Gegenstände am Tatort bedeuten«, schaltete sich Simon ein. »Ich bin überzeugt, dass sie eine klare Botschaft haben.«

»Was wiederum für einen Täter spricht, der sich mit dem ganzen religiösen Krempel auskennt«, sagte Hartmann.

Erdmann blickte etwas müde von einem zum anderen.

»Wir müssen überlegen, wie wir sinnvoll zusammenarbeiten können«, erklärte er.

»Darauf will ich doch schon die ganze Zeit hinaus«, sagte Hartmann befriedigt.

»Jeder konzentriert sich auf seine Ermittlungen, und dann gleichen wir sie miteinander ab.«

»Das ist doch Blödsinn. Am besten, wir bilden eine gemeinsame Mordkommission.«

»Das ist nicht die übliche Vorgehensweise!«

»Jetzt seien Sie doch nicht so unkooperativ!«

»Ich glaube nicht, dass Sie …«

Ehe die Auseinandersetzung in einen Hahnenkampf ausarten konnte, erhob sich Simon. »Größtmögliche Transparenz würde für den Anfang schon reichen. Das heißt, alle Informationen werden sofort weitergegeben.«

Erdmann machte den Eindruck, als hätte Simon von ihm verlangt, sich nackt auszuziehen. Zum ersten Mal war er dankbar, für jemanden wie Hartmann zu arbeiten. Scheinbar ging es immer noch schlimmer. Doch ehe Erdmann eine Entscheidung treffen konnte, läutete dessen Smartphone. Er drehte sich von ihnen weg, als er den Anruf entgegennahm. Aus den knappen Antworten, die meist nur aus einem Ja oder Nein bestanden, ließen sich keine Rückschlüsse ziehen, worum es ging.

Hartmann verdrehte die Augen, während Simon das Fenster kippte. Die Luft war immer noch zum Schneiden dick.

Erdmann seufzte, als er auflegte. »Jetzt haben wir auch noch die Mainzer am Hals …«

»Noch ein Bischofsmord?«, fragte Simon.

»Nein, diesmal hat es keinen Bischof erwischt. Und es war

auch kein Mord, sondern ein Selbstmord. Ein hochrangiger kirchlicher Mitarbeiter – wenn ich es richtig verstanden habe, hatte er irgendwas mit Finanzen zu tun – hat sich aus dem Fenster gestürzt, noch dazu während eines Empfangs, bei dem auch der Erzbischof von Mainz anwesend war.«

6

Simon trat auf die Kupplung – zumindest wollte er das, stattdessen trat er ins Leere. Klar, in diesem Auto gab es gar keine Kupplung. Er hasste Automatikgetriebe, aber auf die Schnelle war dies das einzige Auto gewesen, das er hatte mieten können. Und dass er eins mietete, war wiederum unumgänglich gewesen, weil die Kölner Kollegen nicht in der Lage waren, ohne bürokratischen Schwerstaufwand, der mindestens eine Stunde und das Ausfüllen von zig Formularen in Anspruch genommen hätte, ein Dienstfahrzeug zur Verfügung zu stellen.

Hartmann hatte sich einerseits schrecklich darüber geärgert, zugleich hatte er aber auch seinen Triumph ausgekostet: »Wir hätten eben doch nicht mit der Bahn kommen sollen.«

Simon war mit dem Leihwagen schließlich allein losgefahren, da Hartmann überzeugt war, in Köln noch gebraucht zu werden. Erdmann sah das anders, aber auf den hörte er nicht. »Und außerdem sind Sie ja jetzt mit den beiden Bischofsmorden vertraut.«

Simon hatte keine Ahnung, ob man von »vertraut« reden konnte. Es ließ sich nicht einmal mit Gewissheit sagen, dass die zwei Bischofsmorde zusammenhingen, und es gab schon gar keinen Anhaltspunkt dafür, dass der Selbstmord in Mainz damit zu tun hatte. Ausschließen ließ sich eine Verbindung natürlich nicht. Und er stimmte Hartmann insgeheim auch zu, als der Erdmann als Beamtenarsch bezeichnete – selbst wenn er persönlich eine andere Beleidigung gewählt hätte.

»Diese Geschichte mit dem Leihauto wird Theater bei der Abrechnung geben«, hatte Hartmann zuletzt gemeint.

Simon hatte die Augen verdreht. »Dann zahle ich es eben privat.«

Hartmann starrte ihn ungläubig an, er war im ganzen Präsidium für seinen Geiz bekannt.

»Na ja, Sie haben's ja …«, meinte er schließlich.

Wunderbar! Das Vorurteil, er schwimme in Geld, weil er zufällig mit einer Frau verheiratet war, die einen Adelstitel trug und ein großes Haus in Frankfurt-Sachsenhausen geerbt hatte, hatte sich bis zu Hartmann herumgesprochen!

»Na gut, geben Sie mir später Bescheid, was Sie herausgefunden haben. Ich halte erst mal hier die Stellung …«

Simon vermutete, dass Hartmann spätestens in zehn Minuten seinen Arbeitstag für beendet erklären und nach Frankfurt aufbrechen würde, aber er sagte nichts. Kaum saß er im Auto, läutete sein Smartphone, und als er Doras Nummer auf dem Display sah, überkam ihn eine vage Ahnung, was sie von ihm wollte. Er hatte das Telefon schon in der Hand, ließ es aber sechsmal läuten, anstatt den Anruf entgegenzunehmen.

Als er schon auf der Autobahn war, kam eine SMS. Er warf einen flüchtigen Blick darauf, beantwortete sie jedoch nicht, woraufhin kurz hinter Bonn eine zweite eintrudelte. Widerstrebend schaute er erneut aufs Display.

»Das Zeitfenster schließt sich. Du solltest bis 24.00 Uhr hier sein.«

Simon unterdrückte ein Seufzen. Es war kurz vor neun. Wenn er Glück hatte, war er gegen zehn in Mainz. Bis Mitternacht würde er es nie nach Hause schaffen. Fürchtete er. Nein, hoffte er.

Er tippte etwas ins Smartphone. Eigentlich wollte er schreiben: Komme nicht weg. Selbstmord, Mainz. Doch er verschrieb sich, und statt Selbstmord stand da jetzt Saumord.

Er korrigierte die SMS.

»Warum Mainz?«, kam postwendend die Antwort. »Dafür bist du doch nicht zuständig.«

Dora würde sich mit Kai Erdmann bestens verstehen.

Hängt mit einem Mord zusammen, schrieb er, aber wieder korrigierte er den Text: »Hängt mit einem anderen Fall zusammen.«

Als er die SMS abschickte, blitzte es. Er fuhr hundertfünfzig Stundenkilometer, erlaubt waren nur hundertdreißig. Na wunderbar, jetzt hatte man ihn auch noch mit Smartphone in der Hand erwischt!

Eine knappe Stunde später bog er in die Domstraße in Mainz ein, die unmittelbar zum Museum führte. Mehrere Polizeifahrzeuge standen dort, und ein Kollege winkte ihm hektisch zu. Als er das Fenster herunterkurbelte, um zu erklären, wer er war, wurde er angeblafft: »Hier können Sie nicht parken.«

Simon zückte seinen Ausweis, was den Kollegen allerdings nicht zum Nachgeben veranlasste. Stattdessen holte er zwei weitere Beamte, deren Blicke erst misstrauisch wirkten, dann regelrecht vorwurfsvoll.

»Hören Sie, ich komme aus Köln und …«, setzte Simon an.

»Ich dachte, Sie arbeiten für die Kripo Frankfurt.«

»Ja, bei uns wurde vor zwei Wochen ein Erzbischof ermordet, in Köln heute ein Kardinal. Vielleicht gibt es einen Zusammenhang.«

Schon eine Schweinerei, fügte Simon im Stillen hinzu. Dass sich Mörder und Selbstmörder so gar nicht an Hoheitsgebiete halten können!

Schließlich nickten die Beamten und wiesen ihm eine winzige Parklücke zu.

Wieder trat er ins Leere statt auf die Kupplung, außerdem brauchte er eine Weile, bis er herausgefunden hatte, wie man den Rückwärtsgang einlegte. Die Blicke der Mainzer Kollegen machten das Einparken nicht leichter. Als er es endlich geschafft hatte, ohne eine Mülltonne und einen Streifenwagen zu rammen, kam wieder eine SMS von Dora: »Wenn es irgendwie doch möglich ist, dann beeil dich. Es ist die letzte Gelegenheit.«

Simon ließ das Smartphone im Auto liegen.

Etwa zwanzig Minuten später hatte er die wichtigsten Informationen erhalten.

»Der hat noch mal einen ganz großen Auftritt hingelegt«, erklärte Fritz Stolte, ein ziemlich junger Beamter, dem man wahrscheinlich aufgrund seiner Unerfahrenheit die Aufgabe zugeteilt hatte, den Störenfried aus Frankfurt abzufertigen. »Ich meine, er ist vor über hundert Gästen gesprungen. Und bevor er sprang, hat er noch eine Ansprache an den Bischof gehalten, offenbar hat er Bibelverse zitiert.«

Simon ließ seinen Blick durch den Kreuzgang vor dem Diözesanmuseum schweifen. Der Leichnam war schon fortgebracht worden, und die Fläche, wo der Körper aufgeprallt war – ironischerweise eine Grabplatte im Innenhof des Kreuzgangs –, hatte man weiträumig abgesperrt. Offenbar war Othmar Rautenberg sofort tot gewesen. Etliche Beamte standen herum – es war nicht klar, worin ihre Aufgabe bestand –, während die meisten Gäste des Empfangs den Schauplatz längst verlassen hatten. Sie alle hatten ihre Namen angegeben, doch es waren nur einige wenige befragt worden.

»Die Leute standen unter Schock, hat kaum was Brauchbares ergeben. Das übliche Blabla, niemand kann sich angeblich erklären, warum er es getan hat.«

Simon sah ihn stirnrunzelnd an. So jung und schon Zyniker?

»Erzählen Sie mir mehr über den Toten«, verlangte er. »Er war Bistumsökonom, was genau waren da seine Aufgaben?«

»Na ja, die ganzen Finanzen überwachen, die Kirche ist ja nicht gerade arm.«

»Können Sie etwas konkreter werden?«, fragte Simon barsch.

»Er … er war auch Vorsitzender des Vermögensverwaltungsrats«, stammelte Stolte.

»Und wofür war er in dieser Funktion verantwortlich?«

Die Antwort fiel erstaunlich aussagekräftig aus. »Der Vermögensverwaltungsrat besteht aus dem Bistumsökonomen und drei weiteren Mitgliedern, die vom Bischof für fünf Jahre ernannt werden. Der Rat entscheidet über die Verabschiedung des Haushaltsplans. Wenn Immobilien oder bewegliche Güter mit hohem Wert erworben oder veräußert werden, ist seine Zustimmung erforderlich.«

Er sagte es wie auswendig gelernt auf, wahrscheinlich hatte er das irgendwo nachgelesen. Vertraulich beugte er sich zu Simon. »Am Ende bringen sie sich alle aus zwei Gründen um – entweder sind Weiber im Spiel oder Geld.«

Simon lagen angesichts des unpassenden Kommentars zurechtweisende Worte auf den Lippen, doch da ertönte hinter ihm ein Hüsteln.

»Stimmt es, dass Kardinal Pachold grausam aus dem Leben gerufen worden ist?«

Allein aufgrund der Wortwahl hatte Simon eine bestimmte Vorstellung von dem Mann, der sich von hinten angeschlichen hatte. Als er sich umdrehte, zeigte sich, dass er sich nicht getäuscht hatte. Vor ihm stand ein kleiner, dünner Priester mit hervorstechendem Adamsapfel. Sein Gesichtsausdruck ließ sich nicht so recht deuten. Seine Augen waren schreckgeweitet, aber seinen Mund umspielte ein Lächeln, das etwas aufgesetzt wirkte.

Der Kirchenfunk funktionierte offenbar rasend schnell. Erdmann hatte eigentlich alle Zeugen gebeten, vorerst nichts über den Mordfall nach außen dringen zu lassen.

»Wer sind Sie?«, fragte er.

»Pater Cölestin«, sagte der Priester. So etwas wie einen Nachnamen benutzten Ordensbrüder offenbar nicht. »Ich bin der Privatsekretär von Bischof Engelhardt. Wie es aussieht, werden wir in diesen Tagen aufs Härteste geprüft.«

Simon war nicht sicher, wen er mit »wir« meinte – sich und seinen Bischof oder die Kirche als Gesamtes.

Fritz Stolte nutzte die Gelegenheit, den Frankfurter Ermittler einfach stehen zu lassen, und obwohl der sich darüber ärgerte, wollte er sich nicht die Gelegenheit entgehen lassen, persönlich mit einem Zeugen des Suizids zu sprechen.

»Kardinal Pachold wurde tatsächlich von seiner Haushälterin tot aufgefunden«, sagte er.

Pater Cölestin nickte. Er schien mit allen Details vertraut zu sein, zumindest fragte er nicht nach dem Wann und

Warum und in welchem Zustand der Tote entdeckt worden war. Er meinte lediglich: »Es ist doch derselbe Täter wie in Frankfurt, oder?«

»Über die laufenden Ermittlungen kann ich nichts sagen.«

»Natürlich, natürlich!«, sagte Pater Cölestin dienstbeflissen. »Ich will lediglich – auch im Namen des Erzbischofs – klarmachen, dass wir unseren Beitrag leisten wollen, damit diese schrecklichen Verbrechen aufgeklärt werden. Und selbstverständlich haben wir großes Interesse zu erfahren, warum unser lieber Herr Rautenberg keinen anderen Ausweg sah, als …« Er schwieg vielsagend. »Leider wurde bis jetzt kein Abschiedsbrief gefunden, der die Tat erklärt«, fügte er hinzu.

Dieses Detail war Simon neu.

Pater Cölestin beugte sich vor. »Wir sind natürlich auch bereit, alle notwendigen Unterlagen offenzulegen. Es ist üble Nachrede, wenn behauptet wird, dass die Kirche jegliche Transparenz verweigert.«

»Üble Nachrede?«, fragte Simon.

»Na Sie wissen schon … Es gab jüngst ja einige Medienberichte, auch was unser Bistum anbelangt.«

Simon dachte an die Skandale in Köln und Berlin. Gab es einen Zusammenhang mit dem Bistum Mainz? Oder hatten sie hier ihren eigenen Skandal?

Der Blick von Pater Cölestin wurde irgendwie lauernd, und Simon wusste kurz nicht, wie er reagieren sollte. Er entschied, bei der Wahrheit zu bleiben. »Medienberichte?«, fragte er ahnungslos.

»Ach, diese Journaille, dass sie auch immer auf unserem Bischof rumhacken müssen. Er tut so viel für unser Bistum.«

»Und was ist der Grund für die Vorwürfe?«

»Sie haben noch nicht davon gehört? Umso besser. Durch Ignoranz und Totschweigen ...« Er brach ab, weil er wohl gemerkt hatte, dass diese Wortwahl nach zwei Morden und einem Selbstmord unpassend war. »Ich meine ja nur, auf diese Schmierfinken reagiert man am besten, indem man gar nichts tut oder sagt.«

Während er sprach, hatte Pater Cölestin seine Brille abgenommen und rieb sich die Augen. Danach waren sie gerötet.

Simon entschied sich für die Good-guy-Taktik. »Ich verstehe, dass Sie Ihren Bischof schützen wollen. Leider darf man heute den Respekt vor seinem Amt nicht mehr selbstverständlich nehmen. Aber falls Sie einen Anhaltspunkt haben, inwiefern der Selbstmord von Herrn Rautenberg im Zusammenhang mit diesen Morden stehen könnte ...«

Abrupt trat Pater Cölestin einen Schritt zurück. Als er sich die Brille wieder aufsetzte, schwand erstmals das Lächeln von seinen Lippen. »Ich bin sicher, dass diese Morde das Werk eines Fanatikers sind, der die Kirche voller Hass verfolgt. Was Othmar Rautenbergs traurige Tat anbelangt, so stecken da wohl persönliche Probleme dahinter. Seine Ehefrau ... Sie wissen schon ...«

Simon konnte regelrecht fühlen, dass er log. »Nein, darüber weiß ich nichts.«

»Nun, die beiden leben getrennt«, sagte Pater Cölestin, um sich gleich darauf zu korrigieren: »Zumindest während der Woche.«

»Es soll funktionierende Wochenendbeziehungen geben.«

Pater Cölestin sah ihn an, als wäre er nicht recht bei Verstand.

»Warum leben sie denn unter der Woche getrennt?«, hakte Simon nach.

»Frau Rautenberg pflegt ihre Mutter in Koblenz. Die alte Dame will unbedingt in ihren eigenen vier Wänden bleiben, ein Heim komme nicht infrage, am Wochenende übernimmt offenbar der Bruder die Pflege.«

»Das sind doch ehrenwerte Gründe für eine Wochenendbeziehung.«

Pater Cölestin kam nicht umhin, ein moralisches Dilemma einzugestehen. »Nun ja, ich denke, die schreckliche Tat hat mit dieser familiären Belastung zu tun. Aber Sie entschuldigen mich jetzt – ich habe schon ausführlich mit Ihren Kollegen aus Mainz gesprochen. Ich muss mich um den Bischof kümmern. Dass er so etwas mit ansehen musste, er ist doch ein Mann des Friedens …«

Und die anderen hundert Gäste waren Männer und Frauen des Krieges?

Simon blickte ihm nach. Er wollte lieber nicht darüber nachdenken, welchen Kommentar Hartmann jetzt parat haben würde, sondern hielt nach Fritz Stolte Ausschau, um sich zu erkundigen, was die Befragung von Rautenbergs Frau ergeben hatte. Doch der junge Beamte war nicht zu sehen, und als Simon das Dommuseum betrat, stieß er stattdessen auf jemanden, mit dem er hier am allerwenigsten gerechnet hatte.

Sie war blass, aber das war sie eigentlich immer. Dora sprach von ihr oft als farblose graue Maus. »Sie ist doch nicht unhübsch«, pflegte seine Frau zu sagen. »Sie könnte durchaus etwas aus sich machen, aber dazu muss man sich für sein eigenes Erscheinungsbild halt ein bisschen interessieren. Leider ist Clara überhaupt nicht eitel.«

Simon war anderer Meinung. Nicht, was die Eitelkeit anbelangte, aber die Graumäusigkeit. Auf ihre Weise war Clara durchaus attraktiv. Dora sagte er das natürlich nicht, erst recht nicht in den letzten Monaten, nachdem er mit Claras Hilfe eine Frankfurter Mordserie aufgeklärt hatte. Bis dahin war Clara nur Doras Freundin gewesen, genauer gesagt ihre Ex-Schwägerin, denn sie war mit Doras Bruder Philip verheiratet gewesen. Doch seit damals dachte Simon häufiger an sie, als ihm lieb war. Und er verglich sie ständig mit Dora; gemessen an deren Exzentrik war Clara wohltuend unkompliziert und zurückhaltend.

Wenn sie im Restaurant bestellte, hatte sie nicht zig Extrawünsche wie Dora – ich nehme den Rucolasalat mit den gebratenen Champignons, aber achten Sie darauf, dass keine Zwiebeln dabei sind, und wenn, dann keine weißen, die roten esse ich, und als Marinade eine Vinaigrette, aber nur mit Balsamico und Olivenöl, keine fertige Mischung, und die Champignons sind doch nicht angebrannt, eigentlich würde ich sie lieber roh bekommen, geht das auch? Ein Wunder, dass sie statt des Rucolas keinen Eisbergsalat forderte.

Clara hingegen aß, was man vor sie hinstellte. Und sie würde später auch an dem Mann, der vor dem Restaurant Tuba spielte, vorbeigehen, während Dora es witzig fand, ihm zwei Euro direkt in die Tuba zu werfen und hinterher so laut zu lachen, dass sich die Leute auf der Straße umdrehten. Der Musiker musste natürlich mitlachen, wenn auch etwas gequält, und ihr ein Ständchen geben – was Dora als Einladung zum Tanz auffasste. Simon machte in solchen Fällen widerwillig mit, aber eigentlich fühlte er sich wie ein Fremdkörper an Doras Seite. Er konnte förmlich die Blicke spüren: Was macht denn ein derartiger Langweiler an der Seite von so einer Frau?

Clara saß in sich zusammengesunken auf der untersten Stufe der Treppe, die zu den Ausstellungsräumen im ersten Stock führte. Seine erste Regung war, sich abzuwenden und zu fliehen, ehe sie ihn bemerkt hatte, aber dann siegte die Professionalität über seine widersprüchlichen Gefühle – Freude, sie zu sehen, und das schlechte Gewissen über diese Freude.

Wenn sie Zeugin von Othmar Rautenbergs Selbstmord geworden war, musste er unbedingt mit ihr reden.

Ehe er sie erreichte, näherte sich ihr von der anderen Seite jedoch ein Mann. Mit den dunklen Augen und den vielen Locken wirkte er durchaus attraktiv, wegen seiner schleimigen Stimme war er Simon jedoch sofort unsympathisch.

»Was für eine grässliche Sache, du musst ja völlig fertig sein.«

Clara blickte wie in Zeitlupe hoch. »Du bist ja immer noch hier. Ich habe doch gesagt, dass du nach Hause fahren kannst.«

Bevor sie aufstehen konnte, ließ sich der Fremde neben ihr auf die Stufe fallen. Er zog sie an sich, obwohl sie sich versteifte. »Ich lasse dich doch nicht einfach allein. Und ich verstehe dich ja, du hast einfach Angst vor Beziehungen, aber wenn du dich erst einmal darauf einlässt … Glaub mir, ich will wirklich nicht nur schnellen Sex. Die letzten fünf Jahre habe ich genug davon gehabt.«

Simon wollte nichts hören, was nicht für seine Ohren bestimmt war, doch ehe er sich zurückziehen konnte, hatte Clara ihn entdeckt. Sie verdrehte die Augen, ein Zeichen, dass der Mann sie nervte, und ehe Simon sich's versah, war sie aufgesprungen und zu ihm gelaufen.

»Aber ich«, sagte Clara, »ich stehe auf schnellen Sex. Darf ich dir meinen aktuellen Lover vorstellen?«

Simon konnte nicht verhindern, dass er leicht zusammenzuckte – nicht nur wegen ihrer Worte, sondern auch, weil sie sich unversehens an ihn schmiegte und ihn sogar auf die Lippen küsste.

In all den Monaten, da er ihr aus dem Weg gegangen war, hatte er sich gesagt, dass sie nur die Freundin seiner Frau war und es darum keinen Sinn hatte, mehr Zeit als nötig mit ihr zu verbringen. Jetzt wusste er, warum er sich das eingeredet hatte. Aus Angst. Angst davor, dass sie ihn umarmen und er sie nie wieder loslassen würde. Und dass ein Kuss, noch dazu ein kurzer, flüchtiger, viel zu wenig für ihn wäre.

Zugegeben, der Blick des Mannes war unbezahlbar.

»Ich glaube, du weißt nicht, was du willst«, rief er böse, ehe er sich umdrehte und davonging.

Sofort löste sich Clara von Simon – oder er von ihr, Simon war sich nicht sicher, wer zuerst zurückgewichen war. Sanfte Röte breitete sich auf ihren Wangen aus, aber das musste nicht unbedingt von dem Kuss herrühren. Ihr Blick war so leer wie der eines Menschen, der unter schwerem Schock stand. Simons schlechtes Gewissen wuchs – nicht nur wegen der Umarmung, sondern weil er in diesem Augenblick nicht an das gedacht hatte, was sie durchgemacht hatte, sondern nur daran, wie zart sich ihr Körper anfühlte.

»Patrick irrt sich«, murmelte sie und hob den Blick. »Ich

glaube, ich weiß genau, was ich will. Einfach nur nach Hause.«

Simon war sich darüber im Klaren, dass Hartmann toben würde, aber dann sagte er sich, dass dies die beste Gelegenheit war, um ausführlich mit ihr zu reden. »Ich … ich bringe dich heim.«

Im Auto war es eiskalt. Simon drehte eine Weile an diversen Knöpfen, ohne dass sich etwas daran änderte.

»Ein Leihwagen«, erklärte er. »Ich weiß nicht, wie man die Heizung einschaltet.«

»Lass mich mal machen.«

Clara fand auf Anhieb den richtigen Knopf. Lautes Gebläse ertönte, und ein heißer Lufthauch von der Stärke eines Wüstensturms traf ihr Gesicht. Sie drehte noch einmal, das Gebläse verstummte, aber nun wehte sie eiskalte Luft an.

»Scheißding«, entfuhr es Simon.

Clara musterte ihn verwundert von der Seite. Er schien angespannt zu sein, normalerweise fluchte er nie.

»Warum hast du dir überhaupt ein Leihauto genommen?«

»Eine lange Geschichte. Ich war in Köln …«

»Wegen des Mordes an Kardinal Pachold, oder?«

»Der Kirchenfunk arbeitet wirklich tadellos.«

Sie zuckte die Schultern. »Immerhin ist das schon der zweite Mord an einem katholischen Würdenträger.«

Er schwieg lange, er schwieg eigentlich immer, wenn sie sich sahen, was selten genug war. Zumindest behandelte Simon sie seit damals, als er sie vor Alexander Roth gerettet hatte und sie in seine Arme gesunken war, wie eine Fremde.

»Wie geht es Dora?«, fragte sie.

Simon beugte sich vor, drückte versehentlich jedoch nicht den Knopf der Heizung, sondern den des Radios. »Jippie-ja-ja-jippie-jippie-jey«, schallte die Werbung einer Baumarktkette durchs Auto.

Simon schaltete das Radio wieder aus. Diesmal fluchte er nur verhalten.

»Ich dachte, ihr hättet euch erst letzte Woche getroffen«, sagte er.

»Ja, da habe ich endlich die Fotos von Zakynthos gesehen. War sicher sehr erholsam. Traumhafte Strände, nicht wahr?«

»Na ja, in den Werbeprospekten sehen die Felsen immer weißer, das Wasser klarer und die Strände paradiesischer aus.«

»Dora meinte, es sei eine tolle Zeit gewesen.«

»War es ja auch. Leider ist der Urlaub schon wieder ewig her. Aber hat uns gutgetan, wirklich, war ja alles ein wenig stressig zuvor …«

Er brach ab.

Von Stress hatte auch Dora geredet. Beziehungsstress. Aber nach dem Urlaub und ein paar bombastischen Sexnächten sei alles wieder in Ordnung gewesen. Jetzt sei es Zeit für den nächsten Schritt. Und als Clara sie fragend ansah, hatte sie gesagt: »Na du weißt schon.«

»Ihr wollt ein Kind?«

»Verschrei's doch nicht! Ich will es nicht aussprechen, solange es nicht geklappt hat.«

Umso erstaunlicher, dass sie es ihr gegenüber überhaupt erwähnte.

»Ich sag's nur dir, sonst niemandem«, hatte sie verschwörerisch erklärt.

Warum? Weil sie sich nahestanden? Oder weil Dora instinktiv spürte, wie angespannt Claras Verhältnis zu Simon neuerdings war? Ob sie Vermutungen anstellte, woran das lag, und sicherheitshalber ihr Revier markieren wollte?

»Wie läuft's mit Hartmann?«, fragte sie.

»Ganz gut. Gerade haben wir einen gemeinsamen Feind, Kai Erdmann, ein Kölner Kollege.«

»Erst Kahlfuß, dann Pachold, ganz schön erschreckend. Habt ihr schon eine erste Spur?«

Simon schüttelte den Kopf. »Dir kann ich's ja sagen – wir tappen komplett im Dunkeln. Die Ermittlungen zum Mord an Kahlfuß haben rein gar nichts ergeben. Keinerlei Spuren am Tatort, keinerlei Verdächtige im nächsten Umfeld …«

»Denkst du, dass es einen Zusammenhang mit Othmar Rautenbergs Selbstmord gibt?«

»Fällt dir denn eine Verbindung ein?«

»Dazu weiß ich zu wenig über die Morde.«

Simon dachte eine Weile nach. »Eigentlich wollte ich ohnehin mit dir darüber sprechen. Hartmann würde das zwar nicht gefallen, aber du bist immerhin studierte Theologin, vielleicht kannst du uns weiterhelfen.«

Clara versteifte sich etwas. So schnell hatte sie mit Mord und Totschlag eigentlich nichts mehr zu tun haben wollen. Allerdings war es irgendwie verlockender, über tote Bischöfe zu reden, als über Doras und Simons Ehe.

»Nur zu!«, forderte sie ihn auf.

»Am Tatort in Köln wurden Palmblätter gefunden. Und offenbar wurde das Opfer mit Benzin übergossen. Vielleicht wollte der Täter ihn verbrennen, ist dann aber gestört worden. Am Ende wurde der Erzbischof erdolcht. Die Palmblätter könnten doch einen Bezug zum Palmsonntag haben, oder?«

Clara nickte: »Als Jesus in Jerusalem einzog, jubelte ihm die Volksmenge zu und streute Palmblätter. Im Mittelmeerraum wurde die Palme damals vielerorts als heiliger Baum verehrt, sie galt als Sinnbild des Lebens und des Sieges. In Israel war sie sogar schon zu alttestamentlichen Zeiten ein Symbol für die Unabhängigkeit und den siegreichen König. Von daher war dieser Einzug eine regelrechte Provokation für die Römer. Dass Jesus wiederum auf einem Esel ritt, war Ausdruck seiner Bescheidenheit und seiner Gewaltlosigkeit.«

»Wow, du bist echt ein wandelndes Lexikon!«

»Na ja, jeder mit Internetzugang könnte das genauso schnell herausfinden.«

»Ist es nicht so, dass die Menschenmenge, die Jesus eben noch zugejubelt hatte, wenige Tage später seine Kreuzigung verlangte? Vielleicht ist das die Botschaft des Mörders. Du denkst, dein Amt verspricht Ruhm und Ansehen – aber am Ende bist du tot.«

»Aber warum hätte der Täter Pachold dann ausgerechnet verbrennen wollen?«

»Hat man das früher nicht mit Ketzern gemacht?«

»Das stimmt. Im elften Jahrhundert wurde das erste Mal ein Ketzer verbrannt – seit damals war es die Strafe für Häresie. Übrigens wurden die Todesurteile nicht von der Kirche ausgesprochen, sondern von der weltlichen Macht. Schließlich durfte die Kirche keine Todesurteile vollstrecken. Wie auch immer, der Feuertod bedeutete die völlige Vernichtung des Menschen. Ansonsten wurde die Feuerbestattung ja abgelehnt, weil man das mit dem Glauben an die Auferstehung des Fleisches als unvereinbar ansah. Man tötete den Menschen also nicht nur ein Mal, sondern quasi zwei Mal – er verlor sein irdisches und sein ewiges Leben.«

»Palmzweige, Scheiterhaufen … das passt doch alles nicht zusammen.«

»Erzbischof Kahlfuß ist enthauptet worden, oder?«

»Ja, und vorher gefoltert.«

»Wie denn?«

»Man hat ihn ausgepeitscht.«

»Was wiederum an die Geißelung Jesu erinnert«, überlegte Clara.

»Da war noch was«, sagte Simon zögernd. »Wie bei Pachold in Köln wurde auch bei Kahlfuß etwas am Tatort gefunden. Diesmal keine Palmblätter, sondern Hühnerfedern. Wir haben es allerdings geschafft, dass nichts davon an die Öffentlichkeit dringt.«

Ein Schauer überlief Clara. Federn hatten damals auch beim Mord an Nicholas Roth eine Rolle gespielt. Der Mörder hatte den Toten so zugerichtet, dass er Luzifer, dem gefallenen Engel, glich. Sie schüttelte den Kopf, um der aufsteigenden Erinnerungen Herr zu werden.

»Die haben doch sicher auch eine theologische Bedeutung, oder?«, fragte Simon. »Ich habe mir überlegt, dass die Federn vielleicht auch von einem Hahn stammen können, statt von einem Huhn. Der Hahn kräht doch drei Mal, nachdem Petrus Christus verleugnet hat.«

Clara nickte. »Und das, nachdem Petrus kurz zuvor noch bekräftigt hatte: ›Und wenn ich mit dir sterben müsste – ich werde dich nie verleugnen.‹ Später war er dann ein umso entschiedenerer Zeuge des Auferstandenen – übrigens auch der erste Bischof von Rom und somit der erste Papst. Aber das weißt du natürlich alles.«

»Es könnte also sein, dass die Federn ein Zeichen dafür sind, dass dieser Bischof sich etwas hat zuschulden kommen lassen. Dass er nicht dem gläubigen, sondern dem leugnenden Petrus nachgefolgt ist. Aber ich komme trotzdem auf kein Tatmuster, das die beiden Morde eindeutig miteinander verbindet. Beim ersten Mord wurde das Opfer zunächst ausgepeitscht und starb dann relativ schnell, wenn auch martialisch. Beim zweiten gab es keine Folterung. Es war ursprünglich eine grausame Todesart vorgesehen – Verbrennen bei lebendigem Leib –, doch am Ende wurde der Mann erdolcht.«

»Vielleicht hat der Täter ihm ein Bekenntnis abgerungen. Und für das Schuldeingeständnis wurde er mit einem schnelleren Tod belohnt.«

»Aber das erklärt noch nicht die Federn und die Palmblätter.«

»Ich könnte ein bisschen recherchieren, vielleicht fällt mir ja noch was ein. Ich frage mich nur, ob Othmar Rautenbergs Selbstmord etwas damit zu tun hat, und wenn ja, was.«

»Wie gut kanntest du ihn?«

»Eher flüchtig. Ich habe manchmal mit seiner Frau geredet, aber das war nur Small Talk. Man trifft sich immer mal wieder bei kirchlichen Veranstaltungen, lauscht langweiligen Reden, isst vom Büfett, aber man kennt sich nicht wirklich.« Sie starrte auf ihre Hände. »Er hat noch etwas zu mir gesagt, bevor er sprang. *Sie wissen doch auch, was ihr rotes Gewand bedeutet*.«

»Und? Was bedeutet es?«

»Na die Kardinäle tragen Rot. Nur dass Engelhardt kein

Kardinal ist – und ihn hat Rautenberg kurz zuvor noch angeklagt. Engelhardt wäre natürlich gerne Kardinal, und ein Mainzer Erzbischof hat eigentlich gute Chancen, dazu ernannt zu werden. Aber ich fürchte, im Moment kann er sich das abschminken, dazu hat er zu viel Unruhe gestiftet.«

»Pater Cölestin hat angedeutet, dass er häufig von Journalisten angegriffen wird – natürlich völlig zu Unrecht.«

Simon grinste schief, und Clara verdrehte die Augen. »Engelhardt war von Anfang an sehr umstritten. In seinem Bistum geht es beinahe zu wie bei der Stasi, das heißt, jeder bespitzelt und denunziert jeden. Auf alle wichtigen Posten setzt er Hardliner, und um Leute loszuwerden, die seinen Kriterien nicht entsprechen, bedient er sich übler Nachrede. Der Leiter einer Bildungseinrichtung hat zum Beispiel im privaten Gespräch mit seiner Sekretärin die Kirche kritisiert. Es waren ziemlich harmlose Worte – für die es, wie gesagt, keine andere Zeugin als die Sekretärin gab. Trotzdem wurde er sofort seines Amtes enthoben, ohne dass er auch nur die geringste Möglichkeit bekam, sich zu rechtfertigen oder seine Sicht der Dinge darzustellen. Und zu derartigen Vorfällen kommt es scheinbar andauernd.«

»Aber gibt es dafür nicht so etwas wie eine Personalvertretung?«

»Natürlich kann der Bischof nicht wahllos Leute entlassen. Aber in der Kirche gibt es nun mal viele Wahlämter. Wenn er jemanden seines Amtes enthebt, landet diese Person nicht gleich auf dem Arbeitsamt. Schlimmstenfalls wird sie allerdings in eine verstaubte Bibliothek strafversetzt. Ein anderer Fall, der ziemlich hochkochte, war der einer Erzieherin in einem katholischen Kindergarten. Sie wollte im Winter standesamtlich heiraten, im Mai dann kirchlich. Ihr wurde das Ultimatum gestellt, sofort kirchlich zu heiraten oder ihren Job zu verlieren. Schließlich dürfe sie nicht in Sünde leben, wie es so schön heißt.«

Simon schüttelte den Kopf »Wirklich unfassbar.«

»Aber ich glaube, die eigentliche Welle, in der der Bischof zu ersaufen droht, rollt erst heran. Er ist für seine Verschwendungssucht bekannt, die eine oder andere Geschichte kursierte schon. Heute habe ich zufällig mitbekommen, dass er offenbar in großem Stil Gelder veruntreut hat – ich vermute sogar, aus dem Kirchensteuertopf. Das ist natürlich noch mal was anderes, als erster Klasse Bahn zu fahren.«

»Wovon Othmar Rautenberg als Bistumsökonom gewusst haben dürfte«, warf Simon ein.

»Vielleicht hat er ihn sogar gedeckt und hatte Schuldgefühle. Aber deswegen hat er sicher nicht vor seinem Suizid noch schnell zwei Bischöfe gemeuchelt …«

»In deren Bistümern es aber auch Skandale gab. Rund um eine verweigerte Abtreibung und um den jahrelangen Missbrauch von Jugendlichen.«

»Davon habe ich gehört.«

»Das ist zumindest eine Parallele. Hartmann vermutet, dass ein Kirchenhasser am Werk ist.«

»Wenn das so ist, wäre Engelhardt akut gefährdet. Ich glaube, es würde ihm richtig gut gefallen, wenn ihr ihn unter Polizeischutz stellt. Dann könnte er sein geliebtes Märtyrerimage pflegen.«

Simon seufzte, sagte aber nichts mehr, sondern konzentrierte sich auf den zähflüssigen Verkehr.

Sie hatten die Autobahn verlassen, fuhren die Miquelallee

entlang, bogen in die Eschersheimer Landstraße und erreichten schließlich das Allerheiligentor. Von dort war es nicht mehr weit bis zu Claras Wohnung in der Schwanenstraße, doch wegen des komplizierten Einbahnstraßensystems mussten sie eine Extrarunde drehen. Sie kamen am Hotel Luxor vorbei, in dem Clara einmal drei Nächte verbracht hatte, als es in ihrer Wohnung einen Wasserschaden gab.

Wie so oft war in der Schwanenstraße kein Parkplatz frei, weswegen Simon vor einer Ausfahrt hielt. Clara verabschiedete sich rasch und wollte schon die Autotür öffnen, als er unvermittelt fragte: »Wie geht es dir eigentlich?«

Clara zuckte die Schultern. »Du hast mein tolles Date ja kennengelernt. Ich fürchte, das war ein echter Reinfall ... Dora findet es übrigens großartig, dass ich mich mit Männern treffe, selbst wenn sie Idioten sind. Hauptsache, ich komme mal raus aus dem Schneckenhaus.«

»Ich meinte eigentlich ... na ja, du hast ja gesehen, wie Othmar Rautenberg gesprungen ist ... das muss doch ...«

Er brach ab.

»Ach so«, sagte Clara nur. Sie errötete, auch wenn sie nicht sicher war, warum.

»Es tut mir leid, dass du schon wieder so etwas durchmachen musst«, fügte er hinzu.

»Ehrlich gesagt ist es mir lieber, dass ich gesehen habe, wie er sprang, als wie er aufprallte. Klingt das jetzt zynisch?«

Simon lächelte unbeholfen. Er machte Anstalten, auszusteigen, um ihr die Tür zu öffnen, doch sie hielt ihn davon ab, indem sie ihre Hand auf seine legte. »Lass nur, du musst doch noch den Wagen zurückbringen, oder? Ich will dich nicht aufhalten, danke fürs Heimbringen. Und wie gesagt, ich werde ein wenig nachforschen, was die Federn und die Palmblätter anbelangt.«

Ihr entging nicht, wie Simon sich kurz versteifte, ehe seine Hand zurückzuckte, als hätte er sich verbrannt. »Wenn ich etwas Neues erfahre, melde ich mich selbstverständlich bei dir«, sagte er rasch.

»Ich freue mich übrigens, dass bei euch wieder alles in Ordnung ist. Ich meine, bei dir und Dora.«

»Ja … natürlich …«

Sie stieg aus, während er so tat, als würde er auf den Knöpfen herumdrücken. Ehe er das Radio wieder eingeschaltet hatte, war sie schon zur Haustür gelaufen.

Simon fuhr gerade durch die Uhlandstraße, als das Brummen seines Smartphones signalisierte, dass eine neue SMS eingegangen war. Er warf einen Blick aufs Display. Dora, natürlich. »Weißt du schon, wann du zu Hause bist?«

Er sah auf die Uhr. 23.19 Uhr. Was hatte sie noch über das sogenannte Zeitfenster gesagt? Dass es bis Mitternacht offen stand?

Eben fuhr er an einer Parklücke vorbei. Er schaute sehnsüchtig dorthin, fuhr aber weiter, ja beschleunigte sogar. Am Ende der Straße blieb er jedoch abrupt stehen.

Wenn hinter mir jemand kommt, muss ich weiterfahren, sagte er sich.

Aber die Straße hinter ihm war leer. Simon legte den Rückwärtsgang ein, fuhr zurück zu der Parklücke und schaffte es auf Anhieb, einzuparken. Er stieg aus. Ein Pärchen kam die Straße entlang, beide etwas angeschickert. Er konnte nicht erkennen, wer wen stützte, jedenfalls lachten sie sehr laut.

»Ist hier irgendwo in der Nähe eine Bar?«, fragte er.

Sie sahen ihn so verwirrt an, als hätte er nach der nächsten Raumstation gefragt, lachten noch lauter, ohne eine Antwort zu geben, und torkelten davon.

Simon ging in die Richtung, aus der sie gekommen waren, und fand an der Ecke eine Apfelweinkneipe. Die hölzernen Tische sahen so aus, als hätten sie schon das neunzehnte Jahrhundert erlebt. Nur einer war besetzt, mit einem stoisch dreinblickenden alten Mann, der sich an seinem Bierglas regelrecht festklammerte. In der Luft hing der stickige Geruch nach altem Bratfett und Zigarettenrauch. Hier beachtete wohl niemand das Rauchverbot. Hinter dem Tresen stand eine Frau mit grellroten Haaren und hantierte mit einem Geschirrtuch.

»Was darf's sein, Süßer?« Die Stimme war sogar noch schriller als die Haarfarbe.

Simon setzte sich ans Fenster, nicht ohne es zuvor gekippt zu haben. Auf der Fensterbank standen zwei erstaunlich grüne Topfpflanzen. Als er die Blätter berührte, bemerkte er, dass sie aus Stoff waren.

Er bestellte ein Bier, tippte eine SMS.

Ich muss leider noch in Mainz bleiben, komme heute nicht mehr rechtzeitig nach Hause, tut mir leid.

7

Als Clara die Wohnungstür aufschloss und sie öffnen wollte, stieß sie auf Widerstand. Ein Papierkrokodil hatte sich unter das Holz der Tür geschoben. Sie hatte es letztes Wochenende mit Katharina aus Klopapierrollen gebastelt. In der Schule hatten die Kinder so etwas auch gemacht, nur war dort das Ergebnis deutlich schöner ausgefallen. Claras Krokodil glich einer Schlange, die mindestens eine halbe Antilope verschluckt hat: Der Bauch war aufgequollen, Kopf und Schwanz hingegen waren viel zu dünn geraten.

»Das ist gar kein Krokodil«, hatte Katharina vorwurfsvoll gemeint.

»Doch, es ist ein Krokodil. Aber nicht irgendeins. Es ist das hässlichste Krokodil der Welt.«

»Und jetzt basteln wir das hässlichste Meerschweinchen und den hässlichsten Hund und die hässlichste Katze der Welt«, hatte Katharina begeistert gerufen.

Immer wenn sie so begeistert war, überkam Clara ein Gefühl der Erleichterung. Sie mag mich doch, es ist keine Zumutung, regelmäßig das Wochenende bei mir zu verbringen.

Nachdem Katharina wieder von ihrem Vater abgeholt worden war, hatte Clara im Internet recherchiert und herausgefunden, dass man im kalifornischen Petaluma tatsächlich jedes Jahr den hässlichsten Hund der Welt kürte.

Letztes Mal waren neunundzwanzig Hunde im Kampf um

die fünfzehnhundert Dollar Preisgeld gegeneinander angetreten – gewonnen hatte ein Hund namens Peanut, der weder Zähne noch Augenlider hatte.

Den Artikel konnte sie Katharina beim nächsten Besuch zeigen, aber der war erst fürs übernächste Wochenende geplant. Je länger sie das Klopapierrollenkrokodil betrachtete, desto größer wurde ihr Bedürfnis zu heulen.

Vielleicht sollte sie morgen Gabriele Borchert anrufen, ihr sagen, dass sie sich entschieden habe, für das geteilte Sorgerecht und ein erweitertes Besuchsrecht zu kämpfen. Am besten wäre es, wenn Katharina im wöchentlichen Wechsel bei ihr und Philip leben würde. Aber was, wenn Katharina dann nicht mehr so leicht zu begeistern wäre? Wenn sie das Krokodil im Klo versenken würde, wie früher einmal eine Barbiepuppe? *Bin ich die schlechteste Mama der Welt, die egoistischste?*

Clara zog ihr Smartphone aus der Tasche und musterte es wie einen Feind. Sie könnte Gabriele Borchert schon jetzt eine SMS schreiben und erklären, dass sie sich entschieden hatte. *Legen Sie los!* Wenn sie erst mal Nägel mit Köpfen gemacht hätte, könnte sie das nicht einfach wieder zurücknehmen.

Aber gab es überhaupt Nägel ohne Köpfe? In freier Natur gab es nicht mal ein Krokodil ohne Schwanz. Dafür einen Hund ohne Augenlider …

Clara schrieb keine SMS, sondern ging stattdessen an den Computer.

Spaßeshalber tippte sie ins Suchfeld ein: Der hässlichste Priester Deutschlands, aber natürlich wurden keine Ergebnisse angezeigt.

Sie gab weitere Stichworte ein – Kirche, Skandal, Erzbistum Berlin. Sofort wurde eine Fülle an Meldungen angezeigt, und fast alle kreisten um den Fall der Frau, die nach einer Fehlgeburt an einer Sepsis gestorben war.

Als Nächstes tippte sie Köln, Missbrauch und Jugendseelsorger ein. Wieder erschienen zahlreiche Artikel, die mal nüchtern, mal voller Empörung, manchmal sogar hasserfüllt über den Fall des Priesters berichteten, der jahrelang Kinder missbraucht hatte, irgendwann zwar aus der Pfarrei abgezogen, aber danach zum Jugendseelsorger ernannt worden war.

Clara scrollte ans Ende eines Artikels und überflog diverse Leserkommentare.

»Geldgieriges Pack. Ich habe nie etwas von unserem Gemeindepfarrer gehört. Erst als ich aus der Kirche ausgetreten bin, bekam ich einen Anruf vom Pfarramt. Die wollten mich persönlich sprechen.«

»Schafft diesen Mumpitz endlich ab. Die Kirche passt nicht mehr ins 21. Jahrhundert. Die Pfaffen sollen mal einer ordentlichen Arbeit nachgehen. Die verarschen seit Jahrhunderten die Leute.«

»Dieses ganze Brimborium ist wirklich zum Schießen – nur dass die meisten Menschen in der Kirche diesen Hokuspokus tatsächlich glauben.«

»24 Millionen Mitglieder der katholischen Kirche in Deutschland? Sind immer noch zu viel für diesen Mafiaverein.«

»Scheisblöde Pfafen. Alles Kinderfigger.«

»Religion und Kirche ist das Perfideste, was sich der Mensch ausgedacht hat. Religion ist die größte Lüge. Wir leben in einer Lüge und lügen ein Leben.«

Die übliche Mischung aus Wut, Frust, Enttäuschung, mal originell, mal rechthaberisch, mal ziemlich primitiv.

Clara wollte die Seite schon wieder schließen, als ihr Blick plötzlich an einem Detail hängen blieb. Der Name des Journalisten, der den Artikel verfasst hatte, das war nicht irgendwer, sondern …

Ihr Smartphone vibrierte. Auf dem Display erschien die Anzeige »Unbekannter Anrufer«.

»Hallo?«

»Ich bin's, Patrick.«

Der hatte ihr gerade noch gefehlt. Clara überlegte kurz, einfach aufzulegen, fragte dann aber doch knapp: »Was gibt's?«

»Hm«, machte er, um nach einer langen Pause hinzuzufügen: »War ein bisschen blöd von mir, dass ich vorhin so abgerauscht bin. Ich … ich habe nachgedacht. Weißt du, ich will das nicht einfach alles so enden lassen. Wir haben uns doch ganz gut verstanden, oder? Und da wollte ich dir einen Vorschlag machen.«

»Nämlich?«

»Lass uns doch erst mal entspannt plaudern. Ich habe gerade ein Fläschchen Wein geöffnet. Einen Asmodeus Nero d'Avola.«

»Du lieber Himmel! Das klingt ja wie die Einleitung zu einer Teufelsaustreibung.«

Patrick ging nicht darauf ein. »Auch wenn wir uns nicht sehen – ich würde es schön finden, wenn du auch ein Glas Wein trinkst. Und jeder macht sich's auf dem Sofa gemütlich.«

Clara überlegte wieder, den Anruf wegzudrücken, konnte sich dann aber nicht verkneifen, zu scherzen: »Muss es unbedingt ein Kater Nero sein? Darf ich mir, statt Wein zu trinken, auch einen Malzkaffee machen?«

Eigentlich hatte sie gar keinen Malzkaffee zu Hause, aber es war das spießigste Getränk, das ihr auf die Schnelle einfiel.

»Wenn du magst«, sagte Patrick etwas pikiert.

»Also«, sagte sie, nachdem sie in die Küche gegangen, den Wasserkocher ein- und wenig später wieder ausgeschaltet hatte. Sie hielt ihr Smartphone ganz dicht daran, damit er das Brodeln hören konnte. »Jetzt, wo ich meinen Malzkaffee fertig habe – ach, warte, ich gebe noch ein bisschen Agavensirup rein –, also, worüber sollen wir denn ganz entspannt plaudern?«

»Wir wär's über … Sex.«

Clara wusste sofort, worauf er hinauswollte. Kurz war die Versuchung groß, den Anruf nicht einfach nur wegzudrücken, sondern das Smartphone in den Wasserkocher zu werfen.

»Aha«, sagte sie.

»Was bist du denn da für ein Typ?«, fragte er.

»Wie ich schon sagte, ich liege auf dem Rücken und denke an England.«

»Jetzt mal keine Scherze. Nachdem ich deinen Lover kennengelernt habe, können wir doch ganz offen zueinander sein.«

»Waren wir das nicht? Du hast mir erklärt, du willst eine ernsthafte Beziehung, ich habe klargemacht, dass ich im Moment lieber etwas Unverbindliches hätte.«

»Ja, aber ich dachte, es wäre irgendwie schade, du bist doch ’ne attraktive Frau, individuell, durchaus witzig, da … da könnten wir doch wenigstens eine Affäre haben.«

Clara unterdrückte ein Gähnen. Klar doch. Patrick hatte immerhin einen ganzen Nachmittag und einen Abend in diese »Beziehungsanbahnung« investiert, das sollte keine verlorene Zeit sein. Selbst wenn er am Ende nicht mit einer ernsthaften Beziehung belohnt wurde – wenigstens ein paarmal vögeln sollte drin sein.

»Also, was meinst du, die Chemie zwischen uns hat doch gestimmt? Du findest mich doch auch attraktiv?«

Clara war wieder zurück ins Wohnzimmer gegangen. Ihr Laptop war noch immer geöffnet.

»Willst du wirklich wissen, was ich von dir halte?«

»Klar doch! Immer ehrlich sein, das ist mein Motto.«

Clara überflog weitere User-Kommentare zu einem Artikel über die katholische Kirche.

»Dieses selbstherrliche und arrogante Pack soll sich selbst ihren Scheiterhaufen aufschichten.«

»Katholische Kirche = Treppenwitz der Geschichte.«

»2000 Jahre lang haben die wichtigtuerischen Pfaffen einen fanatischen Wanderprediger zu einer riesigen Seifenblase aufgebläht. Lasst Jesus endlich in Frieden ruhen.«

»Na jetzt sag schon«, drängte Patrick.

»Also gut.« Clara atmete tief durch. »Ich halte dich für selbstherrlich und arrogant, für einen Treppenwitz, für einen dieser wichtigtuerischen Prediger mit aufgeblähtem Ego. Lass mich endlich in Frieden.«

Am anderen Ende der Leitung blieb es lange still. Vielleicht hatte er sich an seinem Nero-Dingsbums verschluckt.

»Gut, dann weiß ich Bescheid.« Er klang ganz nüchtern, noch nicht mal beleidigt. Ein würdevoller Abgang, wie Clara fand. Aber leider blieben das nicht die letzten Worte, die er ihr zu sagen hatte.

»Weißt du, Clara, ich dachte wirklich, du wärst ein origineller Typ, dabei bist du nur eine dieser frustrierten, unbefriedigten Fotz...«

Clara drückte den Anruf weg. »Das hätten wir schon mal geklärt«, sagte sie in die Stille.

Jetzt wäre ihr doch nach einem Glas Wein zumute gewesen, notfalls sogar die Billigvariante im Tetrapak – was übrigens auch eine gute Möglichkeit gewesen wäre, Patrick zu provozieren. Aber die Belustigung darüber schmeckte plötzlich genauso säuerlich wie so ein Fusel.

Clara versuchte, das Telefonat so schnell wie möglich zu vergessen, und konzentrierte sich wieder auf den Artikel über den Missbrauchsskandal in Köln, den sie aufgerufen hatte. Richtig, vorhin war ihr aufgefallen, wer ihn verfasst hatte, nämlich niemand anders als Clemens Peters, ihr Studienkollege, der bei dem Empfang in Mainz diesem katholischen Filmfuzzi Markus Jonas gedroht hatte, einen weiteren Skandal um die katholische Kirche heraufzubeschwören.

Nach einer Weile hatte Clara etliche Artikel gelesen und einige davon auch ausgedruckt. Fast alle Zeitungen – ob regionale oder überregionale – berichteten in irgendeiner Form über die Skandale. Aber es war immer derselbe Journalist, der die Geschichte aufgedeckt und als Erster darüber berichtet hatte: Clemens Peters. Und seine Artikel waren alle im »Mainzer Merkur« erschienen.

Clara erinnerte sich vage, dass Clemens ihr heute Abend erzählt hatte, er sei freier Journalist, wobei das natürlich auch bedeuten konnte, dass er als »fester Freier« regelmäßig mit einer bestimmten Zeitung zusammenarbeitete. Dass das ausgerechnet der »Mainzer Merkur« war, wunderte Clara allerdings.

Zwar hatte er im Gespräch mit Markus Jonas klargemacht, dass er nicht zögern würde, der Kirche Schaden zuzufügen, und später hatte sie selbst festgestellt, dass er nicht mehr der Idealist von einst war. Trotzdem fand sie es erstaunlich, dass ausgerechnet er für eines der radikalsten Blätter der Republik arbeitete – eines, das nicht nur an der Kirche kein gutes Haar ließ, sondern gegen alles einen Kreuzzug führte, was für das Establishment stand.

Allein der Name – »Mainzer Merkur« – war eine Kampfansage. Auf diese Weise machte sich die Zeitung zum bewussten Gegenentwurf des »Rheinischen Merkur«, einer überregionalen Wochenzeitung mit christlicher und konservativer Ausrichtung, deren Träger im Wesentlichen acht deutsche Bistümer waren, darunter das Erzbistum Köln. Wenn sie es recht im Kopf hatte, war in den »Rheinischen Merkur« auch jede Menge Geld geflossen oder vielmehr versickert. Mittlerweile hatte man die Zeitung wegen schlechter Verkaufszahlen eingestellt, während der »Mainzer Merkur«, das linksalternative, selbst verwaltete Zeitungsprojekt, wachsende Auflagen verzeichnen konnte.

Clemens war offenbar für Kirchenthemen zuständig, wobei das nicht nur die Aufdeckung von irgendwelchen Skandalen beinhaltete, sondern auch eine regelmäßige Glosse, in der er kirchliche Themen durch den Kakao zog. In einer machte er sich über den Rechtsstreit zwischen Papst Benedikt und dem Satiremagazin »Titanic« lustig: Der Papst hatte eine einstweilige Verfügung erwirkt, nachdem das Oberhaupt der katholischen Kirche auf dem Titelbild in einer weißen Soutane und mit einem großen hellgelben Fleck im Schritt gezeigt worden war. »Halleluja im Vatikan – Die undichte Stelle ist gefunden«, hieß es dazu in Anspielung auf die »Vatileaks«-Affäre um den Verrat von Vatikan-Interna. Auf der Rückseite des Magazins war der Papst von hinten abgebildet, diesmal mit einem großen braunen Fleck auf der Kleidung und dem Kommentar: »Noch eine undichte Stelle gefunden!«

Clemens hatte mit spitzer Feder argumentiert, dass das doch keine Beleidigung für Papst und Kirche sei, sondern vielmehr zeige, welche immens gute Verdauung die Institution habe. Irgendwie sei es ihr gelungen, jahrhundertelang noch die allergrößten Verbrecher, Machtpolitiker, Verschwender, »Korrupteure«, Denunzianten und Opportunisten zu schlucken und wieder auszuspucken.

Und jetzt bereitete Clemens scheinbar den neuesten Streich vor. Diesmal ging es nicht um Abtreibung und Missbrauch, sondern um Geld, das – mit Markus Jonas' Hilfe – offenbar direkt in Engelhardts Tasche wanderte, anstatt dem Bistum zugutezukommen.

Clara rief sich ihr heutiges Gespräch mit Clemens in Erinnerung und wie es geendet hatte. Sie war doch als Erste nach oben gegangen, oder nicht? Schließlich hatte sie ihre kleine Rede halten müssen. Was Clemens danach wohl gemacht hatte? Unter den Gästen war er ihr nicht aufgefallen, und auch nach Rautenbergs Selbstmord hatte sie ihn nicht mehr gesehen. Ob er die Möglichkeit gehabt hatte, vor der schrecklichen Tat mit Rautenberg zu sprechen?

Auf jeden Fall war er ein mögliches Verbindungsglied zwischen den beiden Morden und dem Selbstmord.

Sie griff zum Telefon, um Simon anzurufen, aber obwohl sie seinen Namen im Adressbuch schon aufgerufen hatte, entschied sie sich dagegen. Sie wollte ihn nicht stören, ihn und Dora, bei der er jetzt bestimmt war. Dora, die sich ein Kind wünschte und die sich Clara gar nicht als Mutter vorstellen konnte.

Und Simon als Vater …

Clara schüttelte den Kopf. Nein, sie wollte nicht an Simon denken, geschweige denn, mit ihm reden. Sie scrollte in ihrem Adressverzeichnis nach unten und stieß tatsächlich unter dem Buchstaben C auf die Nummer von Clemens.

Sie war nicht sicher, ob die nicht längst veraltet war, wählte sie aber trotzdem, und nach zweimaligem Läuten landete sie auf der Mailbox. »Hier Clemens Peters. Hinterlassen Sie eine Nachricht.«

Die knappe, etwas mürrisch vorgetragene Ansage passte zu ihm.

»Hallo Clemens, Clara hier … ich weiß nicht, ob du es miterlebt hast … die Sache mit Othmar Rautenberg … auf jeden Fall muss ich dich was fragen … ruf mich doch bitte zurück.«

Clara wusste, dass sie nach den Erlebnissen des heutigen Abends nicht so bald würde einschlafen können. Bis halb zwei putzte sie Bad und Klo – beides war dringend nötig – und räumte auf. Sie verstaute das Papierkrokodil in einer Schublade, wo schon etliche andere selbst gebastelte Monster warteten, unter anderem der Grüffelo aus dem Kinderbuch, dessen grüne Warze bei der Papierversion deutlich größer war.

»Ich will nicht, dass du ihren Hang zum Morbiden auch noch verstärkst«, hatte Philip einmal gesagt und in Wahrheit gemeint: Ich will nicht, dass sie wird wie du, jemand, der sich nicht am Schönen erfreut, sondern eine merkwürdige Faszination für alles Hässliche, Kaputte hegt.

Anschließend ging sie daran, Kinderbücher in ein Regal zu räumen. Momentan stand, obwohl es Februar war, ein Weihnachtsbuch hoch im Kurs.

»Ich will, dass sie ein Gespür für den Jahreskreis bekommt«, hatte Philip gemäkelt, »dass sie nicht so wird wie du, der alles scheißegal ist und die im Advent Ostereier färbt.«

»Ich habe noch nie im Advent Ostereier gefärbt«, hatte sie ihm entgegengehalten. »Ich habe überhaupt noch nie Ostereier gefärbt.«

Darauf hatte er nichts mehr zu sagen gewusst.

Unter dem Sofa fand sie eine Socke von Katharina. Eigentlich war sie schon zu klein und außerdem an der Ferse löchrig, und Philip wollte, dass sie sie endlich wegwarf, aber Clara brachte es nicht über sich. Katharina liebte die Socken, weil der Mondbär darauf abgebildet war.

»Du bist viel zu nachgiebig. Ich weiß, das ist die Krux der Wochenendeltern, aber wir müssen an einem Strang ziehen.«

Wochenendeltern, was für ein Wort! »Ende« und »Eltern«, das passte doch nicht zusammen!

Kurz vor zwei vibrierte ihr Smartphone, sie sprang auf, hoffte, dass Clemens sich meldete, aber die SMS war von Dora. »Simon hat mir erzählt, was passiert ist. Hoffe, du hast dich wieder gefangen. Ruf mich an, wann immer du willst …«

Na prima. Und was, wenn ich mitten in eurem Zeugungssex anrufe?

Clara steckte ihr Smartphone ans Ladegerät und sah, dass das Apple-Zeichen auf ihrem Laptop noch leuchtete. Der Akku hatte irgendeinen Fehler – auch wenn sie den Laptop schloss, schaltete er sich nicht automatisch auf Stand-by. Sie klappte ihn noch einmal auf, um ihn herunterzufahren, und stellte fest, dass das Safari-Fenster mit dem letzten Artikel, den sie gelesen hatte, noch geöffnet war. Sie hatte bis ans Ende gescrollt, um zu prüfen, ob auch er von Clemens stammte – was der Fall war. Etwas anderes war ihr vorhin aber entgangen und stach ihr jetzt umso deutlicher ins Auge. Unter den vielen Leserkommentaren hatte jemand in Großbuchstaben geschrieben:

»IN STRÖMEN FLOSS DAS BLUT. ES WIRD DEN BRAND DER VERFOLGUNG AUSLÖSCHEN UND DIE FLAMMEN UND DIE FEUERGLUTEN DER HÖLLE MIT SEINEM RUHMVOLLEN STROM ERSTICKEN.«

Wie merkwürdig.

Sie las die Zeilen mehrmals, wurde aber nicht schlau daraus. Sie konnte sich nicht erinnern, sie während des Theologiestudiums je gelesen zu haben, obwohl es durchaus möglich war, dass sie aus der Bibel oder von einem der Kirchenväter stammten.

Sie sah auf den Namen des Users, der diesen Kommentar geschrieben hatte.

»IchbindieWahrheit.«

Na dann.

Ich bin die Mutter, die nicht weiß, ob sie um ein erweitertes Besuchsrecht für ihre Tochter kämpfen soll. Ich bin die Frau, die heute gesehen hat, wie sich jemand in den Tod stürzte. Ich bin die Internetdaterin, die das gar nicht ernst nimmt.

»IN STRÖMEN FLOSS DAS BLUT …«

Sie kopierte den Text, trug ihn in die Suchmaske ein und drückte auf die Eingabetaste. Kein Ergebnis. »Ichbindie-Wahrheit« schien kein Zitat verwendet, sondern die Zeilen selbst formuliert zu haben.

Was für ein Spinner.

Ihr Smartphone vibrierte wieder.

»Denke an dich«, schrieb Dora.

Simon auch?, fragte sich Clara, beantwortete aber auch diese SMS nicht, sondern ging ins Bad, um sich auszuziehen.

8

2. März

Eine Woche lang hörte Clara nichts von Simon, doch sie verfolgte die aktuellen Ermittlungen zu den Morden in der Zeitung. Othmar Rautenbergs Selbstmord fand nur am Rande Erwähnung, die sogenannten »Bischofsmorde« hingegen dominierten vier Tage lang die Titelseiten. Eine große Boulevardzeitung bildete ein Foto ab, das Kardinal Pachold in jungen Jahren zeigte und auf dem er kaum wiederzuerkennen war. Gleich daneben befand sich ein Interview mit einer Frau, in die er in jungen Jahren verliebt gewesen war. Als er sich für seine Berufung entschied, war sie ins Kloster gegangen, doch während Pachold zum Kardinal aufstieg, war Corinna S. wieder aus dem Orden der Paulus-Schwestern ausgetreten. Offenbar hatte sie sich mit ihrer Oberin überworfen, weil fast nur noch indische Schwestern in ihrem Ordenshaus lebten und die sich beharrlich weigerten, Deutsch zu lernen. Mittlerweile arbeitete Corinna S. im Sekretariat der Bamberger Hochschule, sagte über Kardinal Pachold nur das Beste und war über seinen grausamen Tod natürlich sehr bestürzt. Während er auf dem Foto durchaus attraktiv wirkte, war sie – mit grauem Kurzhaarschnitt, glänzender Stirn und schmalen Lippen – nicht gerade vorteilhaft in Szene gesetzt worden.

Die meisten Zeitungen las Clara im Büro ihres Museums.

Zum einen, weil es dort, wie so oft, nur wenig zu tun gab: Es war keine neue Ausstellung vorzubereiten, der vierteljährliche Bericht ans Bistum fertiggestellt, die Buchhaltung wie immer überschaubar, und in jüngster Zeit hatte auch niemand von ihr ein Gutachten zu einem Gemälde oder einer Statue, die auf irgendeinem Dachboden in irgendeiner Pfarrei aufgetaucht war, angefordert. Zum anderen hielt ihr Marlies Ried, die vormittags an der Kasse saß und von den Morden sichtlich fasziniert war, jeden neuen Zeitungsbericht sofort unter die Nase.

Am fünften Tag waren die Morde nur mehr eine kleine Meldung auf Seite fünf wert. Und am sechsten brachte die Boulevardzeitung ihr Kirchenthema lediglich im Regionalteil. Von den Morden war darin nicht mehr die Rede.

»Geht's noch, Herr Luxus-Bischof?«, wurde stattdessen gefragt.

Unter der Schlagzeile war Erzbischof Engelhardt in vollem Ornat und mit Bischofsmitra abgebildet. Das Foto musste aus dem letzten Jahr stammen, denn der Ornat war rot – die liturgische Farbe, die zu Ostern oder Pfingsten getragen wurde. Einmal mehr sah Engelhardt wie ein Schuljunge aus, der Verkleiden spielte.

»Was halten Sie davon?«, fragte Marlies Ried irgendwie lauernd. Clara rieb sich die Schläfen, denn auch die dritte Tasse Kaffee hatte es heute nicht geschafft, sie wach zu machen.

»Was halte ich wovon?«

Die Überschrift verriet nicht viel, und der Text verschwamm vor ihren Augen.

»Na ja, nach den beiden Morden hat jemand vom Bistum gefordert, ihn unter Polizeischutz zu stellen. Schließlich sei auch er ein potenzielles Opfer. Und jetzt gibt es Proteste wegen der möglichen Kosten.«

In der Zeitung wurden diese Kosten beziffert: Mehrere Wochen Polizeischutz würden sich, so die Behauptung, auf etwa dreihunderttausend Euro belaufen.

Überlegen Sie mal, wie viel dieses Museum kostet, dachte Clara, ein Museum, in das sich täglich etwa fünf Besucher schleppen – und durch das hin und wieder ein paar gelangweilte Schüler getrieben werden.

»Na ja«, murmelte sie, »falls ihm etwas zustößt, dann würde sich doch jeder darüber aufregen, dass er nicht ausreichend geschützt wurde.«

»Den mag doch eh keiner. Ich übrigens auch nicht.«

»Aber Sie wollen doch nicht, dass er ermordet wird, oder?«

»Natürlich nicht!«, rief Marlies Ried entrüstet. »Den Leuten ist ja gar nichts mehr heilig. Früher hatte man noch Respekt vor dem Bischofsamt.«

»Haben Sie nicht eben gesagt, dass Sie ihn auch nicht mögen?«

»Man kann jemanden nicht mögen und trotzdem Respekt vor seinem Amt haben.«

Nachdem Marlies Ried ihr Büro verlassen hatte, las Clara weitere Zeitungen – jetzt vor allem Kirchenzeitungen wie »Gott und Leben« aus Mainz. Der Redaktionsleiter hatte einen ausführlichen Kommentar zu den Bischofsmorden geschrieben und bezog sich darin auf einen zynischen Artikel aus der säkularen Presse, in dem gefragt wurde, ob ein Kirchenfürst, der nicht immer getreu dem Evangelium gelebt habe, nun in die Hölle, nur in das Fegefeuer oder gar in den Himmel komme. Wenn man sich schon über die christlichen

Jenseitsvorstellungen lustig mache, so der Redaktionsleiter, sollte man sich mit diesen ausreichend beschäftigt haben. Das Fegefeuer sei schließlich keine Alternative zu Himmel oder Hölle, sondern – als Ort der Läuterung – so etwas wie das Wartezimmer zum Himmel: Habe man es erst einmal dorthin geschafft, werde noch jeder Patient aufgerufen. Etwas nicht zu glauben, schloss der Artikel, sei eine Sache – etwas aus purer Ignoranz heraus nicht zu wissen, kein Zeichen für fortschrittliches Denken, sondern für dessen Fehlen, kurz gesagt: für Dummheit.

Der Redaktionsleiter hieß Daniel Roos, und Clara kannte ihn gut. Auch er hatte damals den Medienkurs bei dem verrückten Jesuiten besucht. Wenn sie sich recht erinnerte, hatte er am längsten durchgehalten und irgendwelche Internetseiten für ihn programmiert.

Seitdem waren sie beide sich immer mal wieder über den Weg gelaufen; sie war sogar bei seiner Hochzeit eingeladen gewesen und auch zur Taufe der beiden Kinder. Beim letzten Mal hatte ihr Daniel vorgeschwärmt, wie gut seine Älteste mittlerweile Violine spiele. »Du musst unbedingt dafür sorgen, dass Katharina auch ein Instrument lernt.«

Ob Daniel Roos noch Kontakt zu Clemens hatte? Clara hatte die ganze letzte Woche nichts von ihm gehört, obwohl sie am Tag nach Rautenbergs Selbstmord noch einmal eine Nachricht auf seiner Mailbox hinterlassen hatte. Bis jetzt hatte sie es irgendwie geschafft, weitergehende Gedanken an ihn auszublenden, aber nun konnte sie nicht anders, als noch einmal seine Nummer zu wählen. Wieder meldete sich nur der Anrufbeantworter.

Nachdenklich starrte Clara auf ihr Smartphone. Vielleicht

hatte er einfach nur eine neue Nummer, und sie interpretierte zu viel in sein Schweigen hinein.

Sie rief die Homepage des »Mainzer Merkur« auf und wählte die Rufnummer, die unter dem Link Kontakte angegeben war. Die Sekretärin, die sich meldete, hatte keine Ahnung, ob Clemens Peters erreichbar war, sie kannte ihn noch nicht mal. Immerhin stellte sie Clara zur Chefredaktion durch.

»Wer stört?«, bellte ein Mann ins Telefon.

Was für ein herzlicher Empfang. »Hier spricht Clara Mohr, ich möchte gerne Clemens Peters sprechen.«

»So, so, wollen Sie das?« Die Stimme triefte vor Zynismus. »Ich würde das auch nur allzu gerne …«

»Wo ist er denn?«

»Seit einer Woche ist er nicht in der Redaktion erschienen. Er hat zwei Abgabetermine einfach verstreichen lassen. Und telefonisch ist er auch nicht zu erreichen.«

Clara stapelte die Zeitungen übereinander.

Tu etwas.

Es geht dich nichts an.

Von draußen vernahm sie Stimmengemurmel. Sie vermutete, dass Herr Fischböck gekommen war. Er arbeitete am kirchlichen Infopoint, der zwei Straßen vom Museum entfernt war, und stattete, wann immer ihm dort zu langweilig wurde, Frau Ried einen Besuch ab.

Clara lugte durch den Türspalt. Tatsächlich, Herr Fischböck beklagte sich eben, gestern seien Zeugen Jehovas zum Infopoint gekommen, um dort den *Wachtturm* auszulegen.

Clara griff zu ihrem Smartphone. Als sie Simons Nummer aufgerufen hatte, zögerte sie.

Plötzlich dachte sie wieder an das Medienseminar. Auch wenn sie damals nicht viel gelernt hatten, eines hatte ihnen der verrückte Jesuit eingebläut: dass man gründlich recherchieren musste, bevor man daranging, die Fakten zu präsentieren.

Unvermittelt wählte sie eine andere Nummer.

»Clara, bist du das?«, fragte eine männliche Stimme am anderen Ende. Sie klang wie immer ein wenig beleidigt und nörgelnd. Bevor Clara etwas sagen konnte, fuhr der Mann fort: »Ich habe schon geglaubt, du hättest mich völlig vergessen.«

Daniel Roos spielte gerne die Rolle des gekränkten Liebhabers, der vergebens nach einem Lebenszeichen von ihr lechzte. Umgekehrt meldete er sich aber nie, um mal zu fragen, wie es ihr ging.

»Ich … ich habe da eine Frage …«

Ein Ächzen ertönte, als hätte ihn ein Schlag in die Magengrube getroffen. Immer diese Theatralik! Wenn sie sich recht entsann, hatte er mal bei einer Laientheatergruppe mitgespielt; scheinbar hatte er von damals noch ein paar Kniffe drauf.

»Hier hat seit den Bischofsmorden ständig jemand Fragen, das Telefon läutet immerzu, ich sage dir, es ist die Hölle!«

»Na, na, wir Theologen sollten etwas vorsichtiger mit solchen Begriffen umgehen.«

»Wir Theologen, sagst du? Viel eher sind wir Vertreter einer sterbenden Zunft.«

Daniel gab meist nicht nur den Nörgler, sondern auch den Apokalyptiker. Wenn man ihm das falsche Stichwort lieferte, erging er sich in endlosen Monologen über den Niedergang der Kirche.

»Es wird dich freuen, dass ich nichts über die ermordeten

Bischöfe wissen will«, sagte Clara schnell. »Ich wollte dich nur fragen, ob du zufällig was von Clemens gehört hast.«

»Wusst ich's doch, dass du nicht einfach so anrufst, sondern weil du etwas von mir willst«, sagte er beleidigt. »Clemens Peters meinst du? Der ist genauso eine untreue Seele wie du.«

So wie sie beide flüchtig Kontakt gehalten hatten, waren auch die beiden Männer lose miteinander befreundet geblieben. Wobei das Wort »Freundschaft« es nicht ganz traf. Wann immer die beiden sich begegneten, fetzten sie sich aufs Heftigste und titulierten sich gegenseitig als »linke Zecke« oder als »rechter Falke«. Immerhin war Clemens schon einmal bei einem Musikabend von Daniels Tochter gewesen – womit er Clara etwas voraushatte. Nicht, dass sie unbedingt neidisch darauf war.

»Ich fürchte, seit Clemens das Lager gewechselt hat, zeigt er sich nicht mehr so gerne mit mir in der Öffentlichkeit.«

»Wieso?«, fragte Clara unschuldig. »Man sieht dir doch nicht an, dass du für ein miefiges katholisches Blatt arbeitest. Du trägst doch immer so teure Anzüge.«

»Mach dich nur lustig, macht euch alle lustig.«

»Ich mache mich nicht lustig. Meine Arbeit im Museum ist fast noch langweiliger als deine.«

»Man muss es so sehen: Irgendwann bekommen wir mal eine gute Rente, und wir sind fast unkündbar, wenn wir nicht den Fehler machen, uns scheiden zu lassen.«

»Daniel, ich bin geschieden.«

»Aber du hast keinen neuen Lover, das ist das Wichtigste. Und wenn du einen hättest, wärst du nicht so dämlich, ihn heiraten zu wollen. Hauptsache, die Decke, unter der man seine Sünden versteckt, ist dick und groß genug.«

»Also, du hast nicht zufällig etwas von Clemens gehört?«

Er ging nicht auf die Frage ein. »Du glaubst doch nicht, dass der beim ›Mainzer Merkur‹ glücklich wird? Der kriegt seinen Stallgeruch doch nicht weg. Diese linken Zecken werden ihn nie als einen der Ihren akzeptieren.«

»Dabei nennst du ihn ja selber gerne so.«

»Sind wir doch ehrlich, er war im Grunde der größte Idealist von uns allen. Er dachte wirklich, die katholische Kirche sei reformierbar. Ein richtiger Dinosaurier.« Daniel klang wieder irgendwie beleidigt.

»Vielleicht hat er gerade darum die Fronten gewechselt«, meinte Clara, »weil er ein Idealist ist und weil er die Kirche nicht von innen heraus verändern konnte.«

»Und deswegen drischt er jetzt mit dem Vorschlaghammer auf sie ein? Das glaube ich nicht. Er ist eine dieser Ratten, die das sinkende Schiff verlassen haben. Man kann's ihm noch nicht einmal verdenken. Was hält eigentlich dich in unserem tollen Verein?«

»Ich weiß nicht. Ich nehme mal an, ich bin keine Ratte, und falls doch, dann bietet die Arche Noah doch auch diesen Tierchen ein sicheres Zuhause.«

»Keiner unserer Bischöfe ist ein Noah … Und wenn sie es wären, dann würden sie bestimmt für immer in der Arche hocken bleiben und nie ein Vögelchen ausschicken, das ein Zweiglein vom Festland bringt. Dieses Bild ist ihnen doch am liebsten: von einem Schiff, auf dem sie hausen, eingepfercht inmitten von ein paar Schiffbrüchigen. Hauptsache, es sind nicht zu viele und allesamt rechte Hardliner, denn dann ist man für den nächsten Sturm gerüstet. Nur bitte kein festes Land. Wenn man es betreten und auf Einheimische stoßen würde, könnte es ja passieren, dass der wahre Glaube verwässert wird … und sie ihre Macht verlieren.« Clara hörte eine Tirade wie diese nicht zum ersten Mal aus Daniels Mund. Er gehörte zu jener Spezies von kirchlichen Mitarbeitern, die getreu dem Motto »Nach oben hin heucheln, nach unten hin Frust abladen« lebten.

»Ich dachte, sie verlieren die Macht bereits, sonst würden die Ratten ja nicht vom sinkenden Schiff fliehen.«

»Aber die Bischöfe kapieren nicht, dass es sinkt. Die versuchen, das Wasser mit einem kleinen goldenen Löffel rauszuschöpfen. Die haben doch allesamt nicht genug Mumm, um die notwendigen Reformen durchzuziehen. Oder einfach mal klar zu sagen, was Sache ist.«

»Na ja, der neue Papst …«

»Ein Mediendarling und ein Feigenblatt, nichts weiter. Wenn du mich fragst …«

»Es ist immer wieder schön, mit dir zu sprechen, Daniel. Das steigert das positive Lebensgefühl ins Unermessliche.«

»Wieso? Ich bin doch zufrieden. Wie ich schon sagte, wir kriegen mal eine sichere Rente und sind unkündbar, in Zeiten wie diesen könnte man es schlimmer treffen. Heutzutage sind die geldgierigen Manager außerdem ein größeres Feindbild als die Pfaffen.«

»Und du hast wirklich nichts von Clemens gehört?«, versuchte Clara es ein drittes Mal.

»Grüß ihn von mir, wenn du ihn siehst. Aber traut euch ja nicht, gemeinsam essen zu gehen oder euch zu einem Kaffee zu treffen. Ich will zumindest gefragt werden, ob ich mitkommen will.«

»Machen wir, Daniel, machen wir …«

»Und vielleicht willst du ja mal zu einem Hausmusikabend kommen, mein Sohn spielt mittlerweile Oboe, und …«

»Du, ich kriege gerade einen Anruf, ich muss Schluss machen.«

Sie legte auf, ehe Daniel Roos noch etwas sagen konnte.

Eine Weile blieb sie reglos am Schreibtisch sitzen. Sie überlegte, wen sie noch anrufen könnte, um sich nach Clemens zu erkundigen, aber ihr fiel niemand mehr ein. Immer wieder gingen ihr Daniels Worte durch den Kopf.

Feigenblatt … keinen Mumm … notwendige Reformen …

Zwei Morde an Bischöfen … der eine wurde ausgepeitscht … der andere fast angezündet … die Federn eines Hahns … Palmblätter …

Und dann war da noch Rautenbergs Selbstmord. *Sie wissen doch auch, was ihr rotes Gewand bedeutet …*

Sie war nicht zu seinem Begräbnis gegangen, das im allerengsten Kreis stattgefunden hatte, aber vor drei Tagen hatte sie seine Frau angerufen. Judith stand nach wie vor unter Schock, sie hatte immer nur gestammelt: »Ich verstehe das nicht … ich verstehe das einfach nicht.«

Clara verstand es auch nicht … warum Clemens nahezu verschollen war … und warum sie nicht das getan hatte, was sie längst hätte tun sollen, nämlich, sich an Simon wenden und ihm davon erzählen.

Und doch, als sie das Smartphone in die Hand nahm, konnte sie ihn wieder nicht anrufen. Es fühlte sich irgendwie … verboten an.

Sie lauschte nach draußen. Frau Ried und Herr Fischböck sprachen mittlerweile über eine Aktion des Kapuzinerordens in Liebfrauen. Während der Fastenzeit sollte jeden Tag ein

Mittagsgebet stattfinden und ein Prominenter auftreten. Offenbar war für den Auftakt am Aschermittwoch ein bekannter Fernsehmoderator vorgesehen, der allerdings evangelisch war. Herr Fischböck war strikt dagegen, Frau Ried meinte, dass das doch so ein Netter sei.

Clara starrte auf ihr Smartphone, und plötzlich kam ihr eine Idee, wie sie mit Simon reden könnte, ohne sich schuldig zu fühlen. Wieder wählte sie nicht seine Nummer, sondern eine andere.

Dora hatte gekocht, was ungewöhnlich genug war. Noch erstaunlicher war, dass es ausgezeichnet roch. Einmal hatte sie ein Thai-Gericht aufgetischt, das so scharf war, dass Clara meinte, ihre Kehle würde sich in Fetzen auflösen, doch heute hatte sie Couscous und ein marokkanisches Gericht mit getrockneten Aprikosen und Hühnerfleisch zubereitet. Dem Geruch nach zu schließen, war es reichlich mit Kreuzkümmel, Minze und Harissa, einer Chilipaste, gewürzt worden.

Dora begrüßte Clara mit Küsschen rechts und Küsschen links. »Schön, dass es so spontan geklappt hat.«

»Es wäre doch nicht notwendig gewesen, dass du extra kochst. Ich meine, ich habe mich schließlich ganz kurzfristig angekündigt.«

»Ach, ich wollte das Rezept heute ohnehin ausprobieren. Ich habe gerade so eine heimische Phase … schau dich ruhig mal um.«

Das Wohnzimmer sah fremd aus. Im ersten Moment dachte Clara, es wäre ganz neu eingerichtet worden, aber dann erkannte sie, dass Dora den Raum nur aufwendig dekoriert hatte. Auch hier stand alles unter dem Motto »Marokko«. Zwar fand Clara, dass zu viel Gold, zu viele Troddeln und Polster im Spiel waren und die orientalischen Hängelampen, die bronzenen Minz- und Zuckerdosen und die Wasserpfeife das Wohnzimmer ziemlich überladen wirken ließen, aber immerhin war es gemütlicher als früher.

Anstatt sich hinzusetzen, lehnte sich Clara gegen das Sofa, während Dora sich in der Küche zu schaffen machte. »Simon ist noch nicht da, aber er kommt in einer halben Stunde«, rief sie ihr durch die offene Tür zu. »Jetzt muss das Ganze ohnehin erst mal vor sich hin köcheln. Vorher gönnen wir uns einen Prosecco, und dann erzählst du mir alles über deine Dates, ja?«

Bevor Clara ihre Zustimmung gab, hörte sie den Korken knallen, und wenig später kam Dora mit zwei Sektgläsern ins Wohnzimmer, beide so randvoll, dass sie den Inhalt fast verschüttete.

»Da gibt's nicht viel zu erzählen«, sagte Clara schulterzuckend. »Das erste Date war ein richtiger Reinfall. So ein Wichtigtuer und Narziss, bei dem nicht viel dahinter war. Aber dank ein paar Coaching-Tipps glaubte er …«

Dora zog die Augenbrauen hoch. »Na, na, jetzt sei nicht so gehässig«, fiel sie ihr ins Wort.

»Du hättest ihn erleben sollen.«

»Der Mann, der dir alles recht machen kann, muss erst geboren werden, oder?«

Clara nippte an ihrem Prosecco. Er perlte kaum, obwohl Dora doch eben erst die Flasche geöffnet hatte. Dennoch stieg er ihr heiß ins Gesicht, als würde sie etwas Hochprozentiges trinken. Oder war Doras bissiger Tonfall daran schuld, dass sie plötzlich ganz rot wurde? Er passte so gar nicht zu dem schwülstigen Wohnzimmer, den Essensgerüchen, der spontanen Einladung. Clara setzte sich aufs Sofa.

»Und was gibt's bei dir Neues?«, fragte sie wie nebenbei und machte sich auf die übliche Litanei gefasst, Schilderungen aus dem langweiligen Alltag einer Lateinlehrerin, gespickt mit ein paar Anekdoten über ihre Kollegen, die immer ganz amüsant waren. Stattdessen hob Dora nahezu anklagend das Proseccoglas und meinte: »Es gibt nichts Neues, das siehst du doch.«

Stirnrunzelnd starrte Clara sie an.

»Na du weißt schon«, Dora hüstelte etwas verschämt, »das Projekt Baby will nicht so recht in Gang kommen …«

Clara hatte das Gefühl, noch röter zu werden. Obwohl Dora ihr den Kinderwunsch schon vor längerer Zeit anvertraut hatte und Clara zugestimmt hatte, dass dreiunddreißig ein gutes Alter war, um Mutter zu werden, konnte sie sich in Klein-Marokko keine Kinder vorstellen. Milchflecken machten sich nun mal nicht besonders gut auf goldenen Polstern. Die Wasserpfeife würde wohl als erste Gehhilfe dran glauben, und auch das Teeservice hatte nicht gerade mit einer längeren Lebenszeit zu rechnen.

»Tja, man kann nicht alles im Leben planen«, sagte sie lapidar.

Dora setzte sich zu ihr und stellte das Sektglas auf dem Beistelltischchen ab. »Bei euch hat es damals gleich geklappt, oder?«

Clara zuckte die Schultern. »Pille abgesetzt und bumm …«

»Beneidenswert.«

»Na ja, du weißt ja, wie es geendet ist.«

»Wieso?«, fragte Dora irritiert. »Katharina ist für dich doch das Wichtigste auf der Welt, oder?«

Täuschte sie sich, oder klang ihre Stimme nun nahezu eisig?

»Ja, klar, aber weißt du, ein Kind ist eine Riesenherausforderung … Als Katharina erst mal da war, habe ich bereut, dass ich das Leben vorher nicht noch mehr genossen hatte. Die Kurzreisen, das Ausschlafen, das hatte ich alles für selbstverständlich gehalten.«

»Jetzt kannst du ja wieder ausschlafen, oder?« Nun bestand kein Zweifel mehr an Doras Feindseligkeit, und plötzlich ging es Clara durch den Kopf: Deko, das ist ja alles nur Deko. Die Einladung, das Essen, die goldenen Polster – all das soll nur verbergen, wie ungemütlich und steril das Wohnzimmer eigentlich ist.

Noch während sie es sagte, wusste sie, dass es ein Fehler war, aber sie konnte nicht anders: »Ich möchte das geteilte Sorgerecht einklagen. Und ich möchte ein erweitertes Besuchsrecht. Katharina soll nicht nur dann und wann mein Gast sein, sondern einen Teil des Jahres bei mir leben.« Bis jetzt war sie sich nicht sicher gewesen, ob sie es tatsächlich tun würde. Ihre Anwältin Gabriele Borchert hatte sie in einem Telefonat erst mal noch um Bedenkzeit gebeten.

Dora hatte gerade wieder ihr Sektglas an den Mund geführt und hustete. »Du wirst … *was*?«

»Ich … ich bin jetzt so weit.«

Für einen Moment stand so viel Verachtung in Doras Miene, dass Clara meinte, sie würde ihr gleich den Prosecco ins Gesicht schütten. Stattdessen straffte sie den Rücken, wie man es von Adeligen erwartete. Denen sagte man ja auch nach, dass sie mit Büchern auf dem Kopf anmutig zu schreiten lernten. »Du bist jetzt so weit, aha.«

Clara sagte nichts, hielt ihrem Blick aber stand.

»Ist Katharina auch so weit?«, fragte Dora spitz. »Ist Philip so weit?«

»Es war doch nur eine vorübergehende Lösung …«

Damals, nach ihrer Scheidung, als sie einfach nur wegwollte, als es ihr dann aber trotzdem nicht besser ging. Damals, als Dora ihr geholfen hatte, wieder Fuß im eigenen Leben zu fassen.

»Eine Lösung, die doch hervorragend funktioniert«, sagte Dora. »Glaub mir, ich bin nicht der größte Fan meines Bruders, aber Philip ist ein toller Vater.«

»Und ich eine abscheuliche Mutter?«

Dora hob die Brauen. »Ganz ehrlich, wenn du nur an dich denkst und nicht an Katharinas Wohl, dann ja. Ich habe dich damals verstanden, ich habe dir geholfen, habe dich nie als Rabenmutter bezeichnet, weil du dein Kind beim Vater zurückgelassen hast. Im Gegenteil! Ich fand, dass es eine kluge Entscheidung war und dass du damit wahre Größe bewiesen hast. Aber jetzt musst du mit den Konsequenzen leben.«

Clara hatte kurz das Bedürfnis, ein Kissen zu nehmen und es Dora an den Kopf zu werfen. »Warten wir erst mal ab, ob du mit den Konsequenzen leben kannst«, murmelte sie stattdessen.

»Was meinst du?«

»Du kannst dir vieles nicht vorstellen, du hast ja noch keine Kinder.«

Dora sprang auf. »Das ist das Allerletzte! Mir das vorzuhalten, obwohl ich dir gerade anvertraut habe, wie weh es tut, noch nicht schwanger zu sein.«

Clara konnte die Fassung nicht länger wahren und sprang ebenfalls auf. »Ach komm schon, Dora. Tu nicht so, als wärst du die geborene Mutter – im Gegensatz zu mir. Du wünschst dir doch nicht ernsthaft einen Säugling, der hier alles vollspuckt und rumkackt. Die Sache mit dem Kind ist dir doch erst eingefallen, als es zwischen dir und Simon zu kriseln begann.«

Jetzt … jetzt würde sie ihr den Prosecco ins Gesicht schütten. Aber nichts dergleichen geschah, und Clara war fast ein wenig enttäuscht. Die Spannung hätte sich entladen, während sie so das Gefühl hatte, auf einer Hochspannungsleitung zu sitzen. Und tatsächlich, plötzlich drang der Geruch nach Verbranntem in ihre Nase.

»Scheiße, jetzt ist auch noch das Essen angebrannt.«

Dora eilte fluchend in die Küche. Clara hörte, wie sie das Fenster öffnete und den Dunstabzug auf die höchste Stufe stellte. Trotzdem breitete sich beißender Gestank im Wohnzimmer aus. Clara konnte sich einer gewissen Schadenfreude nicht erwehren – und fühlte Erleichterung, dass sie nun nichts würde essen müssen. Es wäre verlogen gewesen … so wie alles verlogen war … auch ihr Anruf bei Dora und ihr Vorschlag, dass sie sich wieder mal sehen sollten, obwohl sie doch eigentlich nur nach einer Gelegenheit gesucht hatte, mit Simon zu sprechen.

Sie ging in die Küche und sah, wie Dora gerade den Inhalt des Topfs in den Müll kippte.

»Ich würde das nicht tun, solange das Essen noch heiß ist«, sagte Clara. »Sonst schmilzt der Müllsack.«

»Ach, wie toll! Clara, die Supermutter, die Superköchin, die Superputzfrau«, giftete Dora.

Eine Weile starrte Clara auf einen Tropfen auf dem Boden. Er war von einem dunklen Rot, sah fast ein wenig aus wie Blut. Ob Dora auch ein Tandoori-Gewürz verwendet hatte, obwohl das indisch und nicht marokkanisch war?

»Wann kommt Simon denn nun endlich?«, entfuhr es ihr. »Ich muss wegen dieser Bischofsmorde mit ihm sprechen.«

Mit einem lauten Knall stellte Dora den angebrannten Topf in die Spüle.

»Nicht schon wieder!«, stieß sie aus.

»Bitte?«

»Du musst nicht Simons Job machen, das kann er ganz gut allein. Ich finde es sogar etwas peinlich, wenn du dich da schon wieder einmischst.«

»Entschuldige mal, aber es ist nicht meine Schuld, dass direkt vor meinen Augen ein Mann in den Tod gesprungen ist und ich herausgefunden habe, dass …«

»Ach komm schon, der ist doch nur ein Vorwand, damit du Zeit mit Simon verbringen kannst! Ich bin doch nicht blöd. Ich weiß schon seit geraumer Zeit, was läuft.«

»Was läuft denn?«

»Na du hast dich in meinen Mann verguckt. Darum gehen alle deine Dates schief.«

»Ich hatte bis jetzt erst ein Date.«

»Ist doch egal, du machst mir nichts vor. Und weißt du, ich gebe dir noch nicht mal die Schuld daran. So einsam, wie du bist, ist es kein Wunder, dass du dir da was einbildest. Simon ist einer der wenigen Männer, mit denen du dann und wann ein Wort wechselst. Deswegen glaubst du, da wäre irgendwas zwischen euch. Und deswegen unterstellst du mir auch, meine Beziehung würde kriseln. Aber die einzige Krise bist du. Wir basteln an einer Familie, und auch wenn es bis jetzt noch nicht geklappt hat – in naher Zukunft werden wir ein Baby haben. Und sehr, sehr glücklich sein. Du bist dazu ja gar nicht fähig. Sobald Katharina damals auf der Welt war, hast du alles kaputt gemacht.«

Clara hatte das Gefühl, etwas von dem Verbrannten gegessen zu haben. »Du hast immer behauptet, dass du mich verstehst«, murmelte sie.

»Weil ich deine Freundin war! Weil ich dich nicht im Stich lassen wollte! Und du dankst mir damit, dass du mir meinen Mann ausspannen willst?«

»Wenn ihr tatsächlich sooo glücklich seid, wie du tust, dann ist das doch gar nicht möglich.«

»Das ist es auch nicht. Simon fällt nicht auf deine Masche rein.«

»Was ist denn meine Masche?«

»Oh, ich kenne dich, Clara. Du gibst dich gern schwach, verletzlich, sanft, aber in Wahrheit bist du eine Egomanin, der es nur um sich selbst geht. Erst kam es dir ganz gelegen, dass Katharina bei Philip lebte und du sie los warst. Und jetzt plötzlich willst du sie aus einer Laune heraus aus ihrem gewohnten Leben reißen. Das ist so was von … arm.«

Das Schlimmste war, dass Clara diesen Vorwurf nicht einfach mit dem Brustton der Überzeugung zurückweisen konnte. »Du musst erst noch beweisen, dass du eine gute Mutter bist«, sagte sie bloß.

»Traust du mir das etwa nicht zu? Klar doch, ich kann ja noch nicht mal schwanger werden. Das muss dich ja ungeheuer freuen.«

»Herrgott, meinetwegen kannst du Drillinge erwarten, das wäre mir so was von egal.«

»Klar, wäre dir das egal. Ich war dir immer egal, alle sind dir egal.«

Rote Flecken standen in Doras Gesicht. Sie ließ Wasser in den Topf laufen und gab etwas Spülmittel dazu. In der feuchten Luft kräuselten sich ihre langen roten Haare, während Clara die blonden Strähnen wie Schnittlauch bis zum Kinn fielen.

Und wenn Dora recht hatte? Wenn ihr wirklich alles egal war? Die Bischofsmorde, Rautenbergs Selbstmord, die Tatsache, dass Clemens Peters verschwunden war? Benutzte sie das alles nur als Vorwand, um Simon zu sehen?

Im Moment war sie allerdings ziemlich erleichtert, dass Simon nicht da war. Er würde verlegen von einer zur anderen schauen, sich verpflichtet fühlen, Partei für seine Frau zu ergreifen, sich zugleich aber – diplomatisch, wie er war – um Deeskalation bemühen. Darauf hatte sie keine Lust. Und eigentlich hatte sie auch keine Lust, sich weiterhin mit zwei Morden, einem Selbstmord und einem vermissten Journalisten zu beschäftigen.

Clara rang nach Worten, überlegte, was Patrick sagen würde, und presste schließlich hervor: »Ich denke, wir brauchen jetzt einfach ein bisschen Abstand.«

Dora nahm schweigend den Topfreiniger und kratzte ein wenig im Topf herum. Es wäre besser, sie würde ihn mit Geschirrspülmittel auskochen, dachte Clara. Aber sie verkniff sich den Ratschlag, genauso wie den Drang, eines der Polster mit den langen Troddeln zu nehmen und in die Ecke zu feuern, bevor sie das Wohnzimmer verließ.

9

11. April

Weihbischof Herbert Nitsch war ein schreckhafter Mensch. Er wusste nicht genau, woher das kam. Vielleicht lag es daran, dass er als Kind mal auf dem Bauernhof der Großeltern in den Ententeich gefallen war und sein Großvater hinterher wenig einfühlsam gemeint hatte, die Jauchegrube hätte er nicht so leicht überlebt.

Dass man ihm vor einigen Jahren, als er noch Gemeindepfarrer war, während einer Jungscharwoche einen üblen Streich gespielt hatte, hatte die Sache nicht besser gemacht. Er hatte ein ganzes Wochenende mit drei Jugendgruppen auf einer alten Burg verbracht. Ständig waren neue Gespenstergeschichten in Umlauf gekommen, und als er erklärte, dass das alles Blödsinn sei, hatten sich einige Halbstarke veranlasst gefühlt, ihn im Getränkekeller einzusperren. Das Schlimmste war nicht der Schreck, als er herausfand, dass die Tür verschlossen war. Das Schlimmste war, dass sich außer ihm noch drei Mädels im Getränkekeller befanden. Wie sah das denn aus. Man wusste ja, wozu das führen konnte. Eine zufällige Berührung, eine bösartige Verleumdung – und schon wurde aus ihm der sexbesessene Pfarrer, der sich selbst mit den Mädchen eingesperrt hatte. Dabei war die Öffentlichkeit sexbesessen. Eigentlich eine Schande, dass er sich in einer solchen Lage ausgerechnet über so etwas hatte Sorgen machen müssen – anstatt darüber, wie er wieder rauskam oder wie er die Halbstarken bestrafen könnte. Dass ausgerechnet ihm das passieren musste! Er gab sich immer so viel Mühe, sich nie mit einem Kind oder Jugendlichen allein in einem Raum aufzuhalten. Und nie würde er gemeinsam mit ihnen schwimmen, wie es ein Kollege von ihm unbekümmert tat. So groß konnte ein See gar nicht sein, dass man nicht zufällig jemanden unter Wasser berührte. Und dann hieß es, man hätte gegrapscht.

Nun gut, mittlerweile musste er sich nicht mehr mit solchen Problemen befassen. Als Weihbischof hatte er kaum noch mit Jugendlichen zu tun. Er vertrat den Bischof bei diversen Weihehandlungen und war oft in der Diözese unterwegs. Was nicht hieß, dass es jetzt, während der viertägigen Frühjahrsvollversammlung der deutschen Bischöfe, nicht wieder um all die leidigen Themen ging.

Sie waren im Bildungshaus des Klosters St. Agatha in der Nähe von Frankfurt untergebracht. Das Essen war gut, viel besser als bei der Vollversammlung im Herbst, die immer in den Räumlichkeiten des Priesterseminars in Fulda stattfand. Heute Mittag hatte es Rindsrouladen mit Spätzle gegeben, wobei die Spätzle selbst gemacht waren, er merkte so etwas, schließlich kam er aus dem Schwabenländle. Der Kaffee schmeckte nicht ganz so gut, aber er war der Letzte, der sich darüber beschweren würde. Vielleicht wurde ihm der Kaffee ja auch nur wegen dieser ganzen Gespräche vergällt. Selbst in den Sitzungspausen wurden sie fortgeführt.

Die toten Bischöfe, die Skandale, die Angst vor weiteren Morden … und im Zentrum des Zyklons stand, nahezu ungerührt von all dem, Bischof Engelhardt.

Herbert Nitsch hatte ihn nie gemocht. Er hatte auch damals im Internat die Streber nicht gemocht. Nicht dass er jemals einen Geistlichen im Getränkekeller eingesperrt hätte. Trotzdem kam nicht jeder Heilige heilig auf die Welt, und so oder so störte es ihn gewaltig, dass an Engelhardt alles abzuprallen schien.

Vorhin in der Sitzung hatten sie über die jüngsten Medienberichte diskutiert, denen zufolge bei der Renovierung des Doms und des bischöflichen Ordinariats in Mainz immense Geldsummen ausgegeben worden waren, viel höher als zunächst veranschlagt. Unklar sei zudem, woher die Gelder überhaupt stammten.

Der Vorsitzende der Bischofskonferenz, Franz Kaulitz, hatte Engelhardt persönlich befragt. Kaulitz mochte Engelhardt auch nicht, das spürte Herbert Nitsch genau. Er war einer von der gemütlichen Sorte. Nicht lax, das war etwas anderes, eigentlich hatte er eine sehr strikte Meinung, was das Zölibat und die Kommunion von wiederverheirateten Geschiedenen betraf, aber er war keiner dieser Provokateure, die in den Talkshows die Extremisten spielten und den anderen das Leben schwer machten. Die Menschen da draußen glaubten dann, sie wären alle so. Wenn in den Medien von Erzbischof Kaulitz die Rede war, wurde vorzugsweise erwähnt, dass er gerne Zigarre rauchte. So etwas machte sympathisch. Man sah seiner Figur übrigens an, dass er nicht nur daran Freude hatte. Wahrscheinlich war ihm heute auch aufgefallen, dass die Spätzle selbst gemacht waren.

Trotz des guten Mittagessens war Kaulitz während der Befragung Engelhardts fuchsteufelswild geworden. Den Filmproduzenten Markus Jonas, der irgendwas mit dieser Geldverschwendung zu tun zu haben schien, hatte er als windigen Hund bezeichnet.

»Ich habe ihn damals doch nicht selbst zum Geschäftsführer von RIFIX gemacht«, hatte Bischof Engelhardt lapidar gemeint. »Und es fällt nicht in meine Verantwortung, wie er seine Filme finanziert.«

»Du bist doch der Medienbischof. In deiner Verantwortung liegt es, dass endlich wieder Ruhe in Mainz einkehrt und ich nicht ständig Neues über den ›Luxus-Bischof‹ lesen muss, wenn ich die Zeitung aufschlage.«

»Das wird alles geprüft, es gibt eine interne Finanzkommission.«

»Wie denn das, wenn sich der für die Finanzen Zuständige umgebracht hat …«

Ein Raunen ging durch die versammelte Mannschaft, und Bischof Engelhardt bekam rote Flecken im Gesicht. »Generalvikar Schmitzke ist sehr zuverlässig …«

»Und der Generalvikar hat sich nicht gewundert, dass eine halbe Million Euro in einen Dokumentarfilm über den heiligen Alban von Mainz geflossen ist, obwohl der nie gedreht wurde? Und dass die Renovierung des Ordinariats zufällig auch eine halbe Million kostet? Jeder Depp kann sich denken, was hier gespielt wird! Markus Jonas hat nie geplant, den Film zu realisieren. Das Geld, das er bei der RIFIX dafür beantragt hat, ist über seine Tasche unmittelbar in deine gewandert – natürlich abzüglich einiger Prozente –, und dafür hältst du als Medienbischof schützend deine Hand über ihn. Aber der Etat der RIFIX ist kein Topf, aus dem du dich persönlich bedienen kannst, wenn dein Ordinariat schöne neue Fenster braucht – das sind Gelder der Deutschen Bischofskonferenz.«

Engelhardt war ein wenig ins Schwitzen geraten, tat dann aber, was er immer tat – er wich aus. »Das ist alles eine Unterstellung. Die Renovierung des Ordinariats war dringend notwendig und wird selbstverständlich von meinem Bistum finanziert. Und der Film wird auch noch realisiert. Hältst du es nicht für unser aller Aufgabe, dass die großen Heiligen in unserem Gedächtnis bleiben? Wer weiß denn heutzutage schon, wer Alban von Mainz war?«

Herbert Nitsch wusste es auch nicht, aber er schwieg, während sich der Erzbischof von München, Maximilian Dehm, einschaltete und Engelhardt auf den Kopf zu sagte: »Wie kannst du uns so dreist anlügen, wenn die Zahlen eine ganz andere Sprache sprechen?«

Ehe Engelhardt es zugeben oder abstreiten konnte, war ihm der alte Rosenberg zur Seite gesprungen und hatte etwas von »Journaille« und bösartigen Kirchenkritikern gefaselt, die ausschließlich mit dem Mittel der Verleumdung arbeiten würden.

»Gerade denen dürfen wir keine Munition liefern!«, sagte Kaulitz.

»Ja, ist das denn das Bild, das die Kirche abgeben soll?«, fragte Engelhardt empört. »Immer schön defensiv, nur nicht anecken?«

»Kein Geld zu verschwenden würde schon reichen«, meinte Dehm.

»Das ist eine boshafte Unterstellung. Von Verschwendung kann hier überhaupt keine Rede sein. Das Ordinariat war renovierungsbedürftig, das haben Sachverständige in einem langen Bericht dargelegt, und …«

Und so weiter und so fort. Bei der Kaffeepause hatten

sich zwei Grüppchen gebildet, die entweder für oder gegen Engelhardt Partei ergriffen. Herbert Nitsch wollte sich nicht offen auf eine der beiden Seiten schlagen, sondern ging herum und tat so, als würde er seinen Terminplan studieren. Ihm entging allerdings nicht, wie einer der anderen Weihbischöfe laut schimpfte: »Wir arbeiten uns dumm und dämlich, doch ein falsches Wort von denen, und es ist alles für die Katz.«

»Na ja«, hielt ein anderer ihm entgegen. »Wir dürfen uns von den Journalisten ja nicht diktieren lassen, wie wir unser Geld ausgeben.«

Herbert Nitsch blickte sich nach Erzbischof Dehm um, sah ihn aber nirgendwo. Auch als die Pause zu Ende war und sich alle wieder im Sitzungssaal versammelten, tauchte er nicht auf. »Kannst du mal nach dem Dehm Ausschau halten?«, fragte Kaulitz, als er schon Platz genommen hatte. »Du weißt doch, gleich wird's ernst ...«

Richtig. Jetzt würde der neue Vorsitzende der Bischofskonferenz gewählt werden. Zwei Bischöfe kämpften regelrecht um das Amt.

Herbert Nitsch weigerte sich nicht, erhob sich aber mit einem Seufzen. Ja, war er denn Dehms Kindermädchen?

Er schaute in die Toiletten, alles leer. Auch im Garten war niemand zu sehen. Dehm war dafür bekannt, sich nachmittags gerne kurz aufs Zimmer zurückzuziehen, vielleicht hatte er sich nicht mit Kaffee, sondern einem Nickerchen erfrischt. Gut möglich auch, dass er vergessen hatte, den Wecker zu stellen. Das Zimmer von Dehm war doch im selben Stock wie seins, oder? Erst heute Morgen hatte er ihn fluchen gehört, dass die Betten so schmal seien und man unter der Polyester-Bettwäsche so stark schwitze. Früher hatten die Räume als Unterkünfte für Ordensbrüder gedient, doch mittlerweile gab es keinen Nachwuchs mehr, und man hatte aus dem Kloster ein Bildungshaus gemacht. Die einstigen Zellen waren immerhin modernisiert worden, jedes Zimmer hatte einen Flatscreen, manchmal sah auch Herbert Nitsch fern.

Der Weihbischof stieg langsam die Treppe hoch. Der Boden war feucht, wahrscheinlich war gerade gewischt worden. Im Gang warnte ein gelbes Schild vor der Rutschgefahr. Herbert Nitsch machte einen großen Bogen darum. Sein Blick war noch starr zu Boden gerichtet, als er plötzlich einen lauten Knall vernahm, so, als würde ein schwerer Gegenstand auf den Boden krachen. Oder ein Fenster oder eine Tür zuschlagen. Wobei eine der Zimmertüren weit offen stand.

Herbert Nitsch lugte hinein. Zimmer fünfzehn, das hatte Erzbischof Dehm bezogen. Auf dem Nachtkästchen lag ein Buch mit dem Titel *Der Crash ist die Lösung*. Es hatte wohl irgendwas mit Wirtschaft zu tun. Richtig, Dehm war ein Experte für katholische Soziallehre, er hatte sogar mal ein Buch über den Kapitalismus geschrieben, und das war ein Bestseller geworden, Engelhardt war mächtig neidisch darauf gewesen.

Dehm war nicht in seinem Zimmer. Aber warum stand dann die Tür offen? Und woher war der Knall gekommen?

»Hallo?«

Plötzlich fühlte sich Herbert Nitsch sehr unbehaglich – unbehaglicher als damals im Ententeich oder im Getränkekeller. In diesem Zimmer war es so … kalt. Genauso kalt wie vorhin im Gang. Natürlich glaubte ein moderner Katholik wie er nicht mehr daran, dass der Teufel hinter jeder Ecke lauerte, aber wenn er je die Präsenz von etwas Bösem zu fühlen geglaubt hatte, dann jetzt.

Herbert Nitsch verließ das Zimmer wieder, überlegte kurz, sich in seinem eigenen zu verstecken, doch ehe er auch nur nach dem Schlüssel kramen konnte, hörte er Schritte hinter sich. Da war doch vorher niemand gewesen! Und wessen Hand legte sich plötzlich auf seine Schulter?

Der schreckhafte Weihbischof schrie auf, fuhr herum, sah eine junge Frau.

Ihrer gestreiften Schürze nach zu urteilen, musste es die Putzfrau sein.

»Kommen … kommen mit«, sagte sie mit starkem Akzent.

Immer noch lag ihre Hand auf seiner Schulter. Er schüttelte sie rasch ab, das fehlte noch, dass er allein mit einer jungen Frau erwischt wurde, die ihn berührte. Eine junge Frau, die ungewöhnlich blass war und deren Blick so verstört wirkte…

»Kommen mit«, wiederholte sie.

»Wo… wohin denn?«

Die Putzfrau nickte ihm zu, und er folgte ihr ein Stockwerk tiefer. Auch hier befanden sich Unterkünfte, doch sie brachte ihn zu keinem Zimmer, sondern zu der Abstellkammer am Ende des Gangs. Der durchdringende Geruch nach Putzmittel stieg ihm in die Nase, noch ehe sie sie erreicht hatten.

»Was ist denn los?«

Herbert Nitsch war unwillkürlich stehen geblieben, während die junge Frau ihren Schritt beschleunigte.

»Wollte neuer Eimer holen … dann das …«

Die Tür war nur angelehnt, sie öffnete sie und deutete hinein. Nur mit Mühe konnte sich Weihbischof Nitsch überwinden, die letzte Distanz aufzugeben und ihrem Blick zu folgen.

Das Erste, was er sah, war ein riesiger Gegenstand. Kein Besen, kein Staubsauger, sondern ein … Schwert.

Daher dieser Krach. Das Schwert musste umgefallen sein.

Als er seinen Blick hob, sah er, was nicht weit davon entfernt lag.

Nein, es war kein Was – es war ein Wer. Er hatte in seinem Leben schon viele Tote gesehen, doch die meisten von ihnen lagen dann schon im Sarg. Aber dieser Anblick …

Er sackte auf die Knie.

»Lieber Himmel!« Weihbischof Nitsch würde künftig noch schreckhafter sein.

10

»Beim ersten Toten haben wir die Federn eines Hahns gefunden, beim zweiten Palmblätter und jetzt, beim dritten Mordopfer, ein Schwert.«

Simon stand im Gang und starrte in die Abstellkammer. Die Kollegen der Spurensicherung hatten sich schon ans Werk gemacht und ihm die wichtigsten Erkenntnisse mitgeteilt. Wobei er von dem Schwert bereits gehört hatte, als er vorhin das Bildungshaus St. Agatha betreten hatte. Schon von Weitem waren laute Stimmen zu vernehmen gewesen.

»Er ist mit einem Schwert erschlagen worden, man stelle sich das mal vor!«

Als die Menschentraube sich lichtete – Mitglieder der Bischofskonferenz, diverse Mitarbeiter, Chauffeure und das Personal des Bildungshauses –, entdeckte er einen schmächtigen Mann mit Collarhemd, der nach Luft japste.

Als ein Amtskollege beruhigend auf ihn einredete, stieß er dessen Hand weg. »Ein Schwert! Es war ein Schwert!«

Simon vermutete, dass es sich bei dem Mann um Weihbischof Nitsch handelte, der den Toten gefunden hatte.

Jemand brachte ihm ein Glas Wasser. »Aber warum wurde er denn mit dem Schwert erschlagen? Warum nicht enthauptet oder erstochen?«

Weihbischof Nitsch nahm das Wasserglas nicht an. »Ja, denkst du, das wäre ein schönerer Tod?«

»Na wenn du die Wahl hättest …«

Ein weiterer Würdenträger mischte sich ein: »Jetzt werdet mal nicht geschmacklos!«

Bischof Engelhardt, einer der wenigen, die Simon kannte, räusperte sich. »Das ist nicht geschmacklos, das ist ein Angriff auf die Grundfesten der Kirche. Es ist quasi vor unser aller Augen geschehen, und es hätte jeden von uns treffen können.«

Simon entging nicht, dass der Erzbischof von Mainz manch skeptischen Blick erntete. Im Zweifelsfall kommst du vor mir dran, schienen sich etliche zu denken, aber niemand sagte etwas.

Hartmann, der mit Simon zum Bildungshaus gefahren war, grinste zynisch. »Da hat wohl einer zu oft *Illuminati* im Kino gesehen«, spottete er.

Er gab sich noch nicht mal Mühe, seine Stimme zu senken, aber es schenkte ihnen ohnehin niemand Beachtung. Der Weihbischof ließ sich nun doch dazu überreden, einen Schluck Wasser zu trinken.

»Ich nehme mir mal die Putzfrau und den Weihbischof vor. Gehen Sie zum Tatort«, befahl Hartmann.

Simon war unschlüssig, ob er das als Auszeichnung oder Strafe werten sollte. Heute fehlte ein gemeinsamer Feind, gegen den Hartmann Front machen konnte. Das Bildungshaus lag in der Nähe von Kelkheim, quasi vor den Toren Frankfurts, was bedeutete, dass der Mord in ihr »Hoheitsgebiet« fiel. Das war auch das Erste gewesen, was dem Hauptkommissar eingefallen war, als er vom dritten Bischofsmord erfuhr. »Was für ein Glück! Stellen Sie sich mal vor, deren Frühjahrsvollversammlung hätte auf Usedom stattgefunden.«

Und seine zweite Bemerkung hatte gelautet: »Die Kölner halten wir da raus. Dem Erdmann werde ich nur das Allernötigste mitteilen.«

Wenig später sah Simon das Schwert mit eigenen Augen. Zugleich erfuhr er von einem Kollegen der Spurensicherung, dass es nicht die Mordwaffe war.

»Das Schwert ist sauber, fast steril. Weder Blut noch Haare befinden sich am Knauf.«

»Und wenn der Täter ihn nur gereinigt hat?«

»Dafür gibt es keine Anzeichen. Vor allem passt der Knauf nicht zur Wunde am Kopf. Ich glaube, die Mordwaffe war ein anderer schwerer Gegenstand, aber den haben wir bis jetzt nicht entdeckt.«

»Das heißt, das Schwert hatte nur symbolischen Charakter.«

»Und es ist nicht das Einzige, was der Täter hier deponiert hat. Wir haben noch etwas anderes gefunden.«

Simon war mehr als erstaunt zu hören, was das war.

Nach einer Weile stieß er wieder zu Hartmann.

»Der Weihbischof ist ein Wichtigtuer«, erklärte der. »Tut so, als hätte er den Toten entdeckt, dabei war er bloß der Zweite, der ihn gesehen hat. Gefunden hat ihn die Putzfrau, aber die hat leider sonst nichts Verdächtiges bemerkt. Der Mörder muss sehr schnell zugeschlagen haben – im wahrsten Sinne des Wortes. Die Putze hat ihn gegen Viertel vor drei gefunden, bis Viertel nach zwei hat Dehm noch an der Sitzung teilgenommen, das haben alle bestätigt. In der Kaffeepause hat er sich dann offenbar auf sein Zimmer zurückgezogen. Wir können den Zeitpunkt des Mordes also klar eingrenzen. Und erst mal ausschließen, dass einer seiner Amtskollegen ihn erschlagen hat. Die haben schließlich alle ihr Käffsche genossen.«

»Es wurde nicht nur ein Schwert gefunden«, erstattete Simon seinerseits Bericht, »sondern auch ein … Psalter.«

Hartmann starrte ihn an, als spräche er von einem seltenen Tier. »Ein was?«

»Soviel ich weiß, ist das ein Buch mit Psalmen.«

»Und was ist das wiederum?« Hartmann schien regelrecht stolz auf seine Ahnungslosigkeit zu sein.

»Na ja, Psalmen eben. Texte aus dem Alten Testament.« Simon wusste nicht so genau, wie er es am besten beschreiben sollte. »Gebete und Lieder, die in der Liturgie, also in der Messe, verwendet werden.«

Als er damals Dora geheiratet hatte, war auch aus einem Psalm vorgelesen worden – Nummer 139, wenn er es recht im Kopf hatte: *Nehme ich die Flügel des Morgenrots und lasse mich nieder am äußersten Meer, auch dort wird deine Hand mich ergreifen und deine Rechte mich fassen.*

Ihm war der Text für den Anlass etwas zu übertrieben erschienen, aber Dora fand ihn so poetisch.

Hartmann blickte ihn immer noch ratlos an. »Psalm klingt doch irgendwie nach Palme«, versuchte er zu scherzen, »das ist vielleicht die Verbindung zu den Palmblättern vom letzten Tatort …«

»Ich fürchte, die Sache stellt sich etwas komplexer dar. Aber zumindest gibt es genügend Experten im Haus, die daraus schlau werden könnten.«

»Nee, nee!«, winkte Hartmann ab. »Die sind mir alle zu nah dran. Die will ich nicht in die Ermittlungsarbeit hineinziehen.«

Simon konnte sich ein triumphierendes Lächeln nicht ganz verkneifen. »Das heißt, wir bräuchten jemanden mit theologischem Sachverstand, der den Fall unvoreingenommen betrachten kann. Auch wenn wir aus den Hahnenfedern und den Palmblättern bis jetzt nicht schlau geworden sind – vielleicht stellt sich die Sache für einen Experten hinsichtlich Schwert und Psalter anders dar.«

Hartmann schnaubte unwillig. »Und mit dem Experten meinen Sie nicht zufällig gute Bekannte?«

»Sie müssen doch zugeben, dass uns Frau Mohr damals bei den Luzifer-Morden sehr unterstützt hat.« Diesen Begriff hatte ein Journalist aufgebracht, und später wurde er auch auf dem Präsidium benutzt.

Hartmann schnaubte wieder. »Meinetwegen. Aber sie soll nur hierherkommen, um die Symbole zu deuten. Nicht dass sie mir wieder auf Mörderjagd geht, wie beim letzten Mal.«

Clara parkte ein Stück vom Bildungshaus entfernt und blieb eine Weile im Auto sitzen, ehe sie ausstieg. Sie ahnte, was sie erwartete – eine Meute hungriger Journalisten. Und obwohl sie wusste, dass sie sich nicht ihretwegen hier versammelt hatten, fühlte sie sich unwohl. Sie erinnerte sich, wie sie bei der Hochzeit umlagert worden war, oder als sie damals mit Katharina das Krankenhaus verließ. Es gab diesen Schnappschuss, den alle Adelsmagazine Europas abgebildet hatten – wie Philip stolz die Babytragschale zum Auto trug, während sie mit eingezogenem Kopf und hochgezogenem Halstuch hinterhertrabte. Das Halstuch war kariert gewesen, was Dora zu dem Kommentar veranlasst hatte, Clara habe wie ein Palästinenser ausgesehen, der ein Attentat in Jerusalem plant.

Nun, die Bombe hatte sie erst einige Jahre später hochgehen lassen, als sie sich von Philip trennte …

Sie kramte im Handschuhfach, musste kurz grinsen, als sie die CD ohne Hülle fand, und zog eine Sonnenbrille hervor. Sie setzte sie auf, obwohl der Himmel grau war. Mit der siehst du aus wie eine Wespe, hatte Katharina mal gemeint.

Clara verdrängte den Gedanken an ihre Tochter und stieg aus. Mit gebeugtem Kopf näherte sie sich dem Bildungshaus. Tatsächlich warteten davor etliche Journalisten, wenn auch nicht so viele wie erwartet. Nur ein Übertragungswagen vom Fernsehen war dabei, RTL Hessen, ansonsten hatten sich wohl eher Mitarbeiter von Print und Radio versammelt. Einer kämpfte mit seinem Aufnahmegerät, ein anderer sprach mit einem Fotografen Fotomotive ab und zündete sich einen Zigarillo an, als der ans Werk ging. Er nickte Clara zu, doch sie erkannte ihn nicht. Ansonsten zog sie kaum Interesse auf sich.

»Clara!«

Als sie sich umdrehte, sah sie, dass Daniel Roos auf sie zulief. Er zog spöttisch die Augenbrauen hoch. »Für wen berichtest *du* denn?«, fragte er. »Ist das etwa eine kleine journalistische Nebentätigkeit neben der Beschäftigung im Museum?«

Klar doch, es wäre zu viel verlangt gewesen, wenn er sich einfach nur gefreut hätte, sie mal wieder zu sehen. Stattdessen trieb ihn die Angst, sie könnte – anders als er – eine zusätzliche Einnahmequelle gefunden haben.

Sie reichte ihm die Hand und war erleichtert, dass ihm die obligatorischen Küsschen auf die Wange offenbar genauso unangenehm waren wie ihr und er darum keine Anstalten machte, sich vorzubeugen.

»Ein Bekannter von der Kripo Frankfurt hat mich hergebeten«, sagte sie. »Sie … sie brauchen offenbar eine Auskunft.«

»Na, na, aber wenn du irgendwelche Geheimnisse erfährst, kommst du als Erstes zu mir.«

Sie zuckte nur die Schultern.

»Und sag mal, wenn du den Bullen hilfst – kriegst du das eigentlich bezahlt?«

»Daniel!«

»Natürlich, von uns Kirchenleuten wird erwartet, dass wir gratis arbeiten. Wir tun's ja für unser Seelenheil.« Mit jedem Wort klang er giftiger, daran änderte auch sein Lachen nichts.

»Kein falscher Neid, Daniel, nicht heute.«

Er schüttelte den Kopf. »Dass es ausgerechnet den Dehm erwischt hat, ist unfassbar. Ich dachte, als Nächstes wäre Engelhardt dran.«

»Jetzt werde nicht geschmacklos!«

»Wirklich, da ist was im Busch. Der Typ verbrät gemeinsam mit Markus Jonas Summen in Millionenhöhe. Ich dachte ja, das wird die Topmeldung von der Frühlingsvollversammlung. Aber klar, der Mord stellt erst mal alles in den Schatten.«

Clara musste an das Gespräch denken, das sie belauscht hatte, ehe Othmar Rautenberg in den Tod stürzte. Clemens Peters hatte Markus Jonas einen der größten Skandale angedroht, die die katholische Kirche je erlebt hatte. Doch nicht er, sondern andere Medien hatten in den letzten Wochen darüber berichtet – wenn auch nicht sonderlich ausführlich. Daniel sah sie nachdenklich an.

»Ich muss jetzt rein«, murmelte sie.

»Sag mir hinterher, wie die Bischöfe drauf sind. Ich brauche noch einen vernünftigen O-Ton. Lieber Himmel! Statt über die Frühjahrsvollversammlung zu berichten, mache ich jetzt einen auf Boulevardjournalist. Na ja, von den Bischöfen sind wahrscheinlich ein paar ganz gut gelaunt.«

»Wieso das denn? Maximilian Dehm war doch allseits beliebt.«

»Beliebt und beleibt«, scherzte Daniel. »Aber wusstest du nicht, dass dem der rote Hut winkte?«

»Die Kardinalswürde?«

»Nächste Woche wäre es wohl bekannt gegeben worden … Jetzt hat natürlich so mancher die Hoffnung, ihm in München nachzufolgen und später selbst ernannt zu werden.«

»Das wusste ich nicht.«

»Bei Kahlfuß wurde wiederum gemunkelt, dass er in die Kurie berufen werden sollte. Wobei man sich bei diesem staubtrockenen Mann kaum vorstellen kann, wie er sich im Vatikan hochgeschlafen hat.«

»Daniel!«

»Was denn? Du weißt doch, wie's in Rom läuft. Wie auch immer. Um München wird es jedenfalls ein Hauen und Stechen geben. Etliche Bischöfe aus dem Osten würden gerne einem reichen Bistum im Westen vorstehen und werden sich dementsprechend um die Nachfolge rangeln. Ganz zu schweigen von den Weihbischöfen. Kann natürlich sein, dass man in Rom irgendjemanden loswerden will, und da ist es nie schlecht, wenn es einen Bischofsstuhl zu besetzen gibt. Eigentlich 'ne gute Zeit für eine Kirchenkarriere – drei vakante Bischofsstühle innerhalb weniger Wochen.«

»Ich muss nun wirklich …«

Sie machte ein paar Schritte. »Clara!«, rief er ihr nach.

Sie fuhr herum.

»Hast du eigentlich was von Clemens gehört?«

Die Frage versetzte ihr einen Stich. Unbehaglich zuckte sie die Schultern.

»Ich meine, es wundert mich, dass er nicht mal heute hier ist«, fügte Daniel hinzu.

»Hat er in der letzten Zeit mal mit dir Kontakt aufgenommen?«

»Nee, der ist wie vom Erdboden verschluckt. Arbeitet gar nichts mehr, hat vielleicht ein Sabbatical genommen. Na ja, wahrscheinlich ist eine reiche Erbtante gestorben, und da kann er sich so was leisten.«

»Nur kein Neid! Du würdest dich ja doch nur zu Tode langweilen, wenn du dir ein halbes Jahr freinehmen müsstest.«

»Ach, mir fiele schon was ein. Zum Beispiel ein Häuschen renovieren, an irgendeinem italienischen See. Zum Beispiel am Comer See.«

»Renovieren?«, fragte Clara. »Seit wann bist du denn der geborene Handwerker?«

»Ich würde ja nicht gerade selber zum Presslufthammer greifen, sondern die Arbeiten überwachen. Und du kannst leicht spotten, dein Mann ist ja auch kein Armer.«

»Ex-Mann.«

»Stimmt ja, du bist eine von den Geschiedenen. Sieh zu, dass keiner von den Pfaffen da drinnen einen Weihwasserkübel über dich ausgießt.«

Er grinste, sodass seine spitzen Eckzähne zu sehen waren.

Clara lächelte genauso schräg zurück, ehe sie das Bildungshaus durch den Hintereingang betrat.

Der Geruch war irgendwie … banal. Clara wusste zwar, dass auch ein gewaltsamer Tod die Welt nicht aus den Angeln hob, aber als Simon sie durch den Gang führte, hatte sie insgeheim einen abscheulichen Gestank erwartet – nicht den Geruch nach Zwiebeln, der aus der Küche kam und sich mit dem von Reinigungsmitteln vermischte.

»Warte kurz hier«, sagte Simon und blieb zehn Schritte vor der Tür zur Putzkammer stehen, hinter der Bischof Dehm gefunden worden war. »Ich muss die Spusi fragen, ob sie fertig sind.«

Clara war erleichtert über die Atempause – und vor allem darüber, Simon nicht in die Augen schauen zu müssen. Vorhin hatte er sie unpersönlich begrüßt. Sie war nicht sicher, ob das an Hartmann lag, der gleich danebenstand, oder daran, dass sie mehrere Wochen lang nichts voneinander gehört hatten. Dora hatte ihm sicher ihre Version des Streits erzählt – und dass er die wahrscheinlich nicht unbedingt glaubte, machte es noch schwerer, mit ihm darüber zu reden.

Hartmann war unten geblieben, weil er noch ein paar Zeugen befragen musste und außerdem der Staatsanwalt gleich eintreffen würde.

Schon vorhin am Telefon hatte Simon ihr mitgeteilt, was sie am Tatort gefunden hatten: ein Schwert und einen Psalter. Die Erwähnung der beiden Gegenstände brachte irgendetwas in ihr zum Klingen, doch als Simon gefragt hatte, ob sie das einordnen könne, hatte sie ratlos mit den Schultern gezuckt.

»Hartmann geht immer noch davon aus, dass ein Kirchenhasser am Werk ist.«

»Und du?«

»Ich denke, dass nur eines sicher ist: Die Symbole wurden nicht zufällig gewählt. Wenn es darum gegangen wäre, klassische Symbole der Kirche in den Schmutz zu ziehen, hätte der Täter ein Kreuz genommen oder die Bibel. Hinter diesen Gegenständen steckt eine komplexere Botschaft.«

Clara trat von einem Fuß auf den anderen. Obwohl der Leichnam schon abtransportiert worden war, scheute sie sich, auch nur in Richtung der Abstellkammer zu schauen. Stattdessen war ihr Blick starr auf die Wand gerichtet. Die Bilder, die dort hingen, erinnerten sie an Sieger Köder, einen bekannten Künstler mit einer Vorliebe für biblische Themen und bunte Farben. Vielleicht waren es sogar Originale. Auf einem Bild war Abraham zu sehen, wie er darangeht, seinen Sohn Isaak zu opfern. Das Messer ist schon bedrohlich erhoben, und obwohl Clara wusste, dass gleich ein Engel erscheinen würde, um ihn von der schrecklichen Tat abzuhalten, konnte sie kaum hinschauen. Da konzentrierte sie sich lieber auf einen Kalender des Bonifatiuswerks. Im Monat April wurde eine bayerische Kirche mit typischem Zwiebelturm vor weiß angezuckerten Bergen und einem dunklen See gezeigt. Welch ein katholisches Idyll. Wobei Claras Blick nicht lange auf die Kirche gerichtet blieb, sondern zu den Namen der Heiligen wanderte, derer im April gedacht wurde.

8. April – der heilige Walter, 9. April – der heilige Hugo, 10. April – der heilige Gernot.

Heute war der 11. April, der Tag, an dem alle Stanisläuse ihren Namenstag feierten.

Der heilige Stanislaus.

»Clara, was hast du denn?«

Simons Stimme kam wie von weit her.

Plötzlich hatte sie das Gefühl, in ihrem Kopf würde es »Bling« machen – das gleiche Geräusch, das ertönte, wenn Katharina ein bestimmtes Spiel am iPad spielte. Dabei musste man einzelne Teile wie bei einem Puzzle zusammenfügen, und wenn das geschafft war, wurde man mit einem »Bling« belohnt.

»Wann wurden die anderen Bischöfe getötet?«, fragte sie aufgeregt.

»Bitte?«

»An welchen Tagen?«, drängte sie.

»Bischof Kahlfuß am Valentinstag, das weiß ich noch, weil ich eigentlich mit Dora zum Essen verabredet war …« Simon biss sich auf die Lippen, als hätte er etwas Verbotenes gesagt.

Clara achtete nicht darauf, sondern zog ihr Smartphone aus der Tasche und öffnete den Kalender. Bald stieß sie auf den Tag, an dem sie mit Patrick nach Mainz gefahren – und Kardinal Pachold in Köln ermordet worden war. Sie gab einen Begriff bei Google ein, und als sie die Ergebnisse ihrer Suchanfrage las, schien es in ihrem Kopf wieder »Bling« zu machen.

»Ich glaube, ich weiß jetzt, was die Symbole am Tatort zu bedeuten haben.«

Sie sprachen in einem der Seminarräume. Auf einem Tisch stapelte sich noch gebrauchtes Kaffeegeschirr, in einer halb vollen Tasse ertrank eine grün-weiß gestreifte Serviette. Auf dem Tisch war Zucker verstreut. »Kirche und die neuen Medien«, stand in grüner Schrift auf dem Flipchart. Darunter – tabellarisch und in Blau – Facebook, Twitter, Instagram. Hinter jedem der Wörter stand ein Fragezeichen.

Clara lehnte sich an die Tischkante. Nachdem sie etliche Internetseiten durchforstet hatte, hatte sich ihr Verdacht bestätigt. »Die Tage, an denen die Bischöfe ermordet wurden, sind nicht zufällig gewählt worden. Jetzt ergibt alles einen Sinn!«

Simon sah sie neugierig an, Hartmann, den sie dazugeholt hatten, skeptisch. Immerhin ließ er sich dazu herab, zu knurren: »Na dann legen Sie mal los.«

Clara atmete tief durch.

»Der Namenspatron des heutigen Tages ist der heilige Stanislaus. Die beiden anderen Opfer wurden am 14. und 23. Februar ermordet, also an den Namenstagen des heiligen Valentin und des heiligen Polykarp.«

»Und?«, fragten Simon und Hartmann fast wie aus einem Mund.

»Alle drei Heilige waren Bischöfe, und sie haben alle das Martyrium erlitten, das heißt, sie sind für ihren Glauben gestorben.«

»Sie wurden also hingerichtet«, stellte Simon fest.

»Und jetzt ratet mal, auf welche Weise.«

»Sie wurden enthauptet, erstochen und erschlagen?«

Clara nickte. »Der heilige Valentin von Terni, der offenbar identisch mit Valentin von Rom ist, hat im dritten Jahrhundert gelebt.«

»Moment mal, Moment mal«, schaltete sich Hartmann ein. »Ist das nicht der Heilige, der für die Liebespaare zuständig ist?«

»So ist es, aber das hat einen ziemlich ernsten Hintergrund. Valentin von Rom soll als einfacher Priester, trotz des Verbots durch Kaiser Claudius II., Liebespaare nach christlichem Ritus getraut haben. Zudem hat er wohl den frisch verheirateten Paaren Blumen aus seinem Garten geschenkt. Die Ehen, die von ihm geschlossen wurden, haben der Überlieferung nach unter einem guten Stern gestanden. Dies brachte ihm eine Anklage vor Gericht und um das Jahr zweihundertachtundsechzig den Märtyrertod durch Enthauptung ein.«

»Und zuvor wurde er gegeißelt?«, fragte Simon aufgeregt.

Clara nickte wieder. »Das erklärt die Peitschenhiebe auf Bischof Kahlfuß' Rücken. Und wollt ihr wissen, mit welchem Attribut der Heilige meist auf Gemälden dargestellt wird?«

»Attribut?«, fragte Hartmann etwas unwirsch.

»Das sind Kleidung, Tiere oder typische Gegenstände, mit denen ein Heiliger auf einem Bild gezeigt wird, damit dem Betrachter sofort klar ist, um wen es sich handelt. Ein sehr bekanntes Attribut ist zum Beispiel der Apfel, mit dem Eva häufig dargestellt wird.«

»Aber die ist doch keine Heilige.«

»Stimmt, aber auch biblische Figuren wurden oft mit entsprechenden Attributen dargestellt, genau wie Heilige. Der heilige Andreas zum Beispiel mit dem Andreaskreuz, das man von der Bahnschranke kennt und das auch auf Schottlands Fahne abgebildet ist, weil er der schottische Nationalheilige ist.«

»Und ich nehme mal an, das Tier, das häufig auf Bildern vom heiligen Valentin gezeigt wird, ist ein Hahn«, schloss Simon. »Zumindest haben wir Federn eines Hahns bei Erzbischof Kahlfuß gefunden.«

»Na Gott sei Dank hat da keiner ein Grillhähnchen deponiert«, warf Hartmann mit verdrehten Augen ein.

Clara achtete nicht auf ihn. »Natürlich assoziiert man den Hahn zunächst mit Petrus, weil der Hahn ja gekräht hat, nachdem Petrus den Messias dreimal verleugnet hatte. Im Kontext mit dem heiligen Valentin hat er aber eine andere

Bedeutung. In der Antike war er ein Symbol für Leben und Fruchtbarkeit. Das Stichwort Fruchtbarkeit passt zu den von Valentin geschlossenen Ehen. Zugleich ist der Hahn ein Symbol für das Opfer, das Valentin brachte – eben sein eigenes Leben.«

»Wenn er doch der Patron für Liebespärchen ist, hätte es dann ein rosa Plüschherz nicht auch getan?«, fragte Hartmann und strich sich über die Lederjacke. Er wirkte nachdenklich und wie immer etwas missmutig. »Und der Nächste?«, fragte er, als niemand lachte.

Clara brach der Schweiß aus, die Luft war zum Schneiden dick. Es musste eine Ewigkeit her sein, dass man hier zuletzt gelüftet hatte. Sie trat zum Fenster und kippte es.

»Kardinal Pachold ist wie gesagt am Tag des heiligen Polykarp gestorben. Das war einer der ersten Bischöfe überhaupt. Er wurde während einer Christenverfolgung verhaftet, stand aber treu zu seinem Glauben.« Clara holte ihr Smartphone aus der Tasche und las laut vor: »›Auf die Aufforderung des Proconsuls hin, das Christentum zu verleugnen, bot er diesem sogar noch einen Termin zur Unterweisung im christlichen Glauben an – falls er Interesse daran habe. Schließlich wurde er zur Volksbelustigung im Circus vorgeführt. Der Proconsul weigerte sich, Polykarp von Tieren zerfleischen zu lassen, weil dieser Programmpunkt bereits beendet sei, aber er erlaubte, Polykarp zu verbrennen. Das Volk nahm dies umgehend in die Hand; inmitten der johlenden Menge wurde er sechsundachtzigjährig auf einem Scheiterhaufen verbrannt. Der Legende nach konnten die Flammen ihm nichts anhaben, ein Wohlgeruch stieg vom Scheiterhaufen auf. Schließlich musste man Polykarp mit einem Dolch erstechen.‹«

»Gott, ist das eine perverse Religion!«, stöhnte Hartmann. »Wobei, wenn mir jemand verspricht, dass ich so alt werde wie dieser Polyester, äh, Polykarp, kann man mich meinetwegen auch erdolchen. Immer noch besser, als im Altersheim zu verrotten.«

Simon ging nicht darauf ein. »Darum das Benzin, das wir am Tatort gefunden haben! Der Versuch, ihn zu verbrennen, wurde damit nur angedeutet, stattdessen wurde er mit einem Dolch durchbohrt. Bei ihm haben wir auch die Palmblätter gefunden. Ist das etwa das Attribut des heiligen Polykarp?«

»So ist es. Und heute ist wiederum der Gedenktag für den heiligen Stanislaus. Der war ein Bischof aus Krakau und lebte im frühen Mittelalter. Er zog sich den Zorn des Königs zu, den er wegen seines anstößigen Lebens zurechtgewiesen und dem er die Exkommunikation angedroht hatte. Der König erschlug ihn daraufhin – und das sogar während der Messe. Zu seinen Attributen zählen Schwert und Buch.«

Eine Weile herrschte Stille.

»Jemand macht aus den Bischöfen also Märtyrer«, sagte Hartmann schließlich und begann, unruhig auf und ab zu gehen. »Was ist denn das für ein Quatsch?«

So verdrießlich, wie er das sagte, befürchtete Clara kurz, er nehme ihre Schlussfolgerungen nicht ernst, aber dann erkannte sie, dass er nicht sie, sondern den Täter für nicht ganz bei Trost hielt.

Simon warf ihr einen vielsagenden Blick zu. *Wir kennen Hartmann ja, jetzt muss er sich erst mal aufplustern, anstatt zugeben zu können, dass du uns weitergeholfen hast.*

»Märtyrer«, murmelte er selbst. »Also Zeugen ihres Glaubens …«

»Ich verstehe jetzt auch, dass es nicht Engelhardt getroffen hat«, rutschte es Clara heraus, »der ist ja nun nicht gerade ein vorbildlicher Glaubenszeuge.«

»Ich glaube nicht, dass der Täter die Bischöfe umgebracht hat, weil er sie für vorbildliche Glaubenszeugen hielt«, überlegte Simon. »Es dürfte wohl eher das Gegenteil der Fall sein.«

»Womit wir wieder beim Kirchenhasser sind«, pflichtete Hartmann ihm nicht ohne Befriedigung bei. »Auch wenn es den Engelhardt noch nicht getroffen hat – die Skandale, in die Kahlfuß und Pachold verwickelt waren, sind auch nicht von schlechten Eltern. Wie sieht das eigentlich bei Dehm aus? Hat der in den letzten Monaten mal Schlagzeilen gemacht?«

Clara dachte nach. »Das müsste man noch recherchieren, aber wenn ich mich recht entsinne, gab es in seinem Bistum ein katholisches Internat, in dem Jugendliche systematisch misshandelt wurden. Es ging meines Wissens nicht um sexuellen Missbrauch, aber um schwere körperliche Strafen. Einer der Schüler wurde so schlimm verletzt, dass er ins Krankenhaus gebracht werden musste. Dass das rausgekommen ist, muss allerdings mindestens zwei, drei Jahre her sein.«

»Das heißt, Kahlfuß ist in diesen Abtreibungsskandal verwickelt, Pachold in den Missbrauchsskandal, und bei Dehm haben wir einen Prügelskandal«, fasste Hartmann zusammen. »Mannomann, was sind das alles für Leute!«

»Vielleicht sollten wir den Engelhardt wirklich unter Polizeischutz stellen. Einen Finanzskandal hatten wir bis jetzt schließlich noch nicht«, meinte Simon.

»Na was für ein Spaß für die Kollegen, wenn sie jeden Tag

in die Messe gehen dürfen. Ihre Uniformen werden sicher bald nach Weihrauch stinken.«

Weder Clara noch Simon lächelten. »Irgendwie ist das ein Widerspruch«, murmelte Clara. »Dass alle getöteten Bischöfe in Skandale verwickelt waren, mag zwar für einen Kirchenhasser als Täter sprechen, der sich rächen will. Aber wenn er sie zu Märtyrern macht, tut er ihnen letztlich etwas Gutes.«

»Wie schön, dass mir schon lange niemand mehr was Gutes tun wollte«, warf Hartmann spöttisch ein. »Ich kann mich zumindest nicht erinnern, dass man mich kürzlich enthaupten, erdolchen oder erschlagen wollte.«

Na sei dir da mal nicht so sicher, ging es Clara durch den Kopf. *Wenn du alle Untergebenen wie Simon behandelst, könnte so mancher auf dumme Ideen kommen.*

Laut sagte sie: »Für uns ist so ein Ende natürlich eine schreckliche Vorstellung. Aber das Martyrium war etwas, was früher viele Christen nahezu angestrebt haben. Märtyrer, die um ihres Glaubens willen leiden und für ihn sogar in den Tod gehen, ahmen das Leiden und den Tod von Christus nach. Deswegen war man überzeugt, dass man durch den Märtyrertod zum Jünger Jesu wurde und damit auch an seiner Vollendung – der Auferstehung – teilhaben durfte. Der Märtyrertod wurde als Bluttaufe bezeichnet: Zum einen ersetzte er die Taufe, wenn diese noch nicht stattgefunden hatte, zum anderen bedeutete er, dass man sofort die Seligkeit erlangte.«

Hartmann hob den Kopf. »Und stimmt es, dass man danach auch in den Genuss von siebzig Jungfrauen kommt?«

»Wenn schon, dann zweiundsiebzig. Aber von denen ist nur in der Tradition des Islam die Rede. Im Koran gibt es eine sehr sinnliche Vorstellung vom Paradies. Es heißt an einer

Stelle, dass die Männer dort mit Jungfrauen verheiratet werden, die groß gewachsene, schwellende oder wie Pfirsiche geformte Brüste haben.« Sie warf Hartmann einen spöttischen Blick zu. »Das Christentum hat allerdings nichts dergleichen zu bieten.«

Der Hauptkommissar seufzte. »Bin ich froh, dass ich schon vor langer Zeit aus der Kirche ausgetreten bin. Und wenn ich doch wieder einen Gott brauche, dann werde ich lieber Moslem. Wobei mir ehrlich gesagt ein richtig saftiger Schweinsbraten lieber ist als die Pfirsichbrüste.«

»So kommen wir nicht weiter«, schaltete sich Simon ein. »Fassen wir zusammen: Der Täter benutzt eine ganz bestimmte Symbolsprache, die von seinen theologischen Kenntnissen zeugt. Da die Morde – um dieser Symbolsprache zu entsprechen – an bestimmten Tagen durchgeführt wurden, müssen sie lange vorher geplant sein. Im Moment wissen wir, dass alle drei Bischöfe in Skandale verwickelt waren – gibt es noch irgendetwas, das sie gemeinsam haben?«

»Es waren lauter Frömmler, die zu wenig Sex hatten«, schlug Hartmann vor.

Wieder trafen sich kurz Simons und Claras Blicke. Clara fühlte, wie ihr die Röte ins Gesicht stieg, und sie wandte sich ab, um ein weiteres Fenster zu kippen.

»Ist doch schon kalt genug«, grummelte Hartmann.

Clara schaute hinaus in den Garten. Die exakt beschnittenen Hecken und die wenigen Rosenbeete boten einen trostlosen Anblick, und die Wiese war eher gelb als grün. Eine einsame Steinstatue, die mit Moos überzogen war, hob unter einem fast nackten Ahorn klagend ihre Hände.

Nicht weit von der Statue entfernt stand Pater Cölestin,

der Privatsekretär von Bischof Engelhardt, und redete mit – Daniel Roos. Daniel hatte seine »professionelle Miene« aufgesetzt und nickte anteilnehmend. Sein Kopf war gebeugt, seine Schultern eingezogen, um zu signalisieren, dass er den Kleriker für eine Respektsperson hielt und sich selbst, einen Laien, für minderwertig. Pater Cölestin sprach mit weit ausholenden Gesten, und Clara hätte schwören können, dass seine Worte salbungsvoll klangen. Ob ihm womöglich auch aufgegangen war, welche Bedeutung hinter den Todesdaten der Bischöfe steckte?

Dass sie zu Märtyrern gemacht wurden, gefiel ihm sicherlich. Männer wie er sahen in jeder kritischen Schlagzeile den Beweis, dass sie in einer feindseligen Welt lebten und dass es eine echte Mutprobe bedeutete, heutzutage noch Christ zu sein. Berechtigte Kritik wurde von seinesgleichen gerne auch als Anfeindung durch den Satan gewertet.

Als Clara sich abwandte, kam ihr plötzlich etwas in den Sinn, was Daniel ihr vorhin erzählt hatte. Im ersten Moment konnte sie es nicht richtig fassen, doch dann fiel ihr Blick wieder auf die Flipcharts. Die Wörter waren in blauer und grüner Schrift geschrieben, doch es lag auch ein roter Stift dort.

Rot.

Rot wie Blut.

»Da gibt es durchaus etwas, was die drei Mordopfer noch verbindet!«, brach es aus ihr hervor.

11

Hartmann hatte dem, was Clara sagte, zwar aufmerksam gelauscht, danach aber erklärt, den Grundkurs in Theologie und Kirchengeschichte fürs Erste erfolgreich abgeschlossen zu haben. Jetzt brauche er erst mal eine Stärkung.

Als er den Raum verließ, war Simon erleichtert, zugleich wuchs seine Anspannung. Clara schien es nicht anders zu gehen. Um ausreichend Distanz zwischen ihnen beiden herzustellen, hatte sie auf einem Stuhl ganz hinten im Raum Platz genommen. Eine Tischreihe stand zwischen ihnen.

Wie eine Mauer …

Zumindest war es keine Mauer des Schweigens, im Gegenteil: Clara redete immer schneller, auch über Details, die kaum ins Gewicht fielen. Auf ihrem Smartphone hatte sie eine Seite aufgerufen und las den Text laut vor: »›Zur Soutane eines Bischofs gehören violette Knöpfe, zu der eines Kardinals rote. Das war nicht immer so: Zunächst war das Violett die Farbe der ranghöheren Kardinäle, wenngleich auch dieses seinen Ursprung im Purpur hatte.‹« Sie blickte hoch. »Das wusste ich gar nicht. Ich habe immer gedacht, Rot wäre von Beginn an die Kardinalsfarbe gewesen.« Sie vertiefte sich wieder in ihr Smartphone, doch ihre nächsten Worte gingen an Simon vorbei.

Kardinäle …, dachte er. Die Mordopfer waren entweder bereits Kardinal gewesen, so wie der Kölner Ludwig Pachold, oder kurz davor, dazu ernannt zu werden. Erzbischof Dehm von München war offenbar fest für den Posten vorgesehen, und bei Kahlfuß war von einem Aufstieg zum Kurienkardinal die Rede gewesen. Die Kardinalswürde, der höchste religiöse Titel der römisch-katholischen Kirche nach dem Papst, berechtigte dessen Träger zur Papstwahl und verlieh ihm ein besonders hohes Maß an Mitverantwortung für seine Kirche. Obwohl es kirchenrechtlich nicht zwingend war, wurden Erzbischöfe bestimmter Diözesen regelmäßig zu Kardinälen ernannt – das galt auch für München. Und die Kardinäle trugen Rot, eine Farbe, die nicht nur die Würde des Amtes zum Ausdruck brachte, sondern die Bereitschaft des Kardinals, »sogar bis zum Vergießen des eigenen Blutes« für den christlichen Glauben einzustehen. Schließlich erinnerte das Rot an das Blut der Märtyrer, also an die, die als Zeugen für ihren Glauben an den gekreuzigten und auferstandenen Christus gestorben waren.

Jetzt verstehe sie auch, was Rautenberg ihr kurz vor seinem Tod gesagt habe, hatte Clara vorhin ihre Schlussfolgerungen beendet.

Sie wissen doch auch, was ihr rotes Gewand bedeutet.

War das der Beweis, dass Rautenberg über die Hintergründe der Morde Bescheid wusste, vielleicht sogar den Täter kannte und sich deshalb umgebracht hatte? Und war Engelhardt, obwohl durchaus umstritten, bis jetzt nur darum verschont geblieben, weil er eben kein Kardinal war und seine Ernennung auch nicht bevorstand?

»Es gibt übrigens einen ganz banalen Grund, warum man bei der Kardinalskleidung zur Purpurfarbe überging«, sagte Clara. »Der Farbstoff wurde aus einer Absonderung der Hypobronchialdrüse der Purpurschnecke gewonnen. Da sich in der Drüse aber nur eine winzige Menge Flüssigkeit befindet, sind zur Herstellung eines Gramms reinen Farbstoffs zirka achttausend Schnecken notwendig – was die Exklusivität und den hohen Preis erklärt. Im Jahr vierzehnhundertvierundsechzig ordnete Papst Paul II. an, dass künftig nur mehr die Kardinalskleidung rot sein solle. Die Kleidung der untergeordneten Bischöfe wurde fortan mit dem günstigeren Indigo, was ein Violett ergibt, gefärbt. Am Ende war das also vor allem eine Kostenfrage.«

Simon hörte ihre Worte, nahm aber nur die Hälfte bewusst auf. Purpur … die Farbe der Märtyrer.

»Ich nehme allerdings nicht an, dass es sich bei dem Täter um einen militanten Tierschützer handelt«, sagte Clara spöttisch.

»Bitte?«

»Na ich habe dir doch gerade erklärt, wie der Farbstoff gewonnen wird. Die Purpurschnecken wurden seinerzeit entweder zerquetscht, oder ihre Gehäuse wurden zerbrochen, die Drüsen entnommen und in Salzwasser gegeben. Der dabei gewonnene Schneckencocktail wurde mit Urin eingekocht und nach einigen Tagen abgeseiht. Die Stoffe konnte man dann in diesen Sud eintauchen. Das eigentliche Purpur entwickelte sich aber erst im Licht – durch eine Enzymreaktion. Während dieser Prozedur muss es unglaublich gestunken haben.«

»Aber heutzutage kommt doch sicher eine synthetische Farbe zum Einsatz.«

»Ich weiß es nicht so genau. Vermutlich ja. Die Purpurschnecke wurde ja fast ausgerottet.«

Ihre Blicke trafen sich, und kurz lächelten sie beide, ehe Simon sich rasch abwandte.

Er dachte nach.

Kardinäle sollten Männer sein, die mit ihrem Leben für den Glauben einstanden. Die Mordopfer aber waren alle in Skandale verwickelt …

»Sie wurden unfreiwillig zu Märtyrern«, murmelte er.

Clara, die sich offenbar in einen weiteren Text über Purpurschnecken vertieft hatte, blickte hoch. »Was meinst du?«

»Die Mordopfer waren eben nicht bereit, für ihren Glauben einzustehen – zumindest aus Sicht des Mörders. Deswegen hat er sie quasi zum Märtyrertod gezwungen.«

»Was eigentlich ein Widerspruch in sich ist. Märtyrertum ist immer freiwillig. Man hat die Wahl, dem Glauben abzuschwören, tut es aber nicht. Natürlich gibt es Ausnahmefälle, wie zum Beispiel bei Edith Stein, die wegen …«

»Hartmann irrt sich!«, unterbrach Simon sie schroff. »Er geht davon aus, dass ein Kirchenhasser am Werk ist. Aber was, wenn genau das Gegenteil zutrifft?«

Clara sah ihn nachdenklich an. »Du meinst, es könnte ein richtiger Hardliner sein, der die katholische Kirche als Hort des wahren Glaubens mit allen Mittel verteidigen will und für den ein einzelnes Leben keine Bedeutung hat?«

»Vielleicht sollen die Toten ein mahnendes Beispiel für die anderen sein und sie daran erinnern, dass sie nicht zu lasch, feige und müde werden, das Evangelium zu verkünden. ›Ihr seid Kardinäle‹, könnte die Botschaft lauten, ›bekennt euren Glauben mit eurem Blut, kämpft bis zum letzten Tropfen gegen die böse säkulare Welt und die Ungläubigen‹. Diese Morde könnten eine Art pervertiertes Glaubenszeugnis sein.«

»Hm«, machte Clara. »Aber irgendwie passt das nicht zusammen. So ein Hardliner würde diese Skandale ganz anders bewerten als wir. Er würde sich keineswegs darüber empören. Extrem rechte Katholiken sehen zum Beispiel in jedem Missbrauchsvorwurf den Versuch der bösen säkularen Welt, kirchliche Würdenträger zu verleumden. Dass dieser Frau in Berlin wiederum die Abtreibung verweigert wurde, würden sie gut und richtig finden. Bischöfe, die in solche Skandale verwickelt sind, gelten in extrem konservativen Kreisen ohnehin schon als Märtyrer – man muss sie also nicht erst dazu machen.«

Simon trommelte schon die ganze Zeit auf eine der Tischplatten, obwohl es ihm nicht gerade half, seine Gedanken zu ordnen.

»Warte mal!«, rief Clara plötzlich. »Mir kommt da gerade eine Idee!« Sie griff wieder zu ihrem Smartphone und gab einen neuen Begriff ein.

»Da haben wir's«, sagte sie nach einer Weile. »Während einer Pressekonferenz zum Prügelskandal hat Erzbischof Dehm größtmögliche Transparenz eingefordert, damit es nie wieder zu so einem Fall kommen könne. Wortwörtlich sagte er: ›Wir brauchen mehr Klarheit, Aufsicht und Verantwortlichkeit. Für Bischöfe wie für alle Gläubigen gilt das Gebot der Wahrhaftigkeit. Die katholische Kirche in Deutschland wird einen neuen Anlauf nehmen, die eigene Geschichte aufzuarbeiten. Wir wollen zeigen, dass wir aus unseren Fehlern gelernt haben. Wir wollen schonungslose Offenheit, wenn wir die dunkle Seite unserer Kirche betrachten – um der Opfer willen, aber auch, um die Verfehlungen zu erkennen und alles dafür zu tun, dass sie sich nicht wiederholen. Nur dann ist ein Neustart möglich.‹«

»Na ja, was hätte er denn auch sonst sagen sollen, wenn er in die Enge getrieben wird?«

»Oh, da fiele mir eine Menge ein«, rief Clara. »Kannst du dich vielleicht an den Fall Groer erinnern? Hermann Groer war ein österreichischer Kardinal, der scheinbar über Jahre hinweg Jugendliche missbraucht hatte. Innerkirchlich wurde das lange vertuscht, und als eine Zeitung den Fall ans Licht brachte, war die vorherrschende Taktik erst recht Leugnung und Entrüstung. Bischof Kurt Krenn, einer von den ganz Rechten, machte sich zum persönlichen Anwalt von Groer und stellte die Opfer als paranoid hin, als kranke Seelen – scheinbar mit Rückendeckung des Vatikans. Er verstieg sich sogar dazu, die Vorwürfe gegen Groer mit den NS-Prozessen gegen Geistliche zu vergleichen. Die Folge waren Hunderttausende Kirchenaustritte.«

»Das heißt, Erzbischof Dehm reagierte auf den Skandal so, wie wir es nach unseren Maßstäben für richtig halten, während ein Hardliner jegliches Schuldeingeständnis als Nachgeben, Schwäche und Nivellierung des Glaubens wertet.«

Clara tippte weiter in ihr Smartphone. »Und sieh mal! Erzbischof Kahlfuß hat nach dem Tod der schwangeren Frau eine eigene Kommission eingesetzt mit dem Ziel, die Statuten der kirchlichen Krankenhäuser zu ändern. Mehr noch: Er hat sich öffentlich bei der Familie der Frau entschuldigt und erklärt, in Fällen wie diesen zukünftig mehr Verständnis und Barmherzigkeit zeigen zu wollen. Auch die Frage, ob man einem Vergewaltigungsopfer die Pille danach verschreiben dürfe, wollte er nicht dogmatisch beantworten, sondern entsprechend dem Gebot der Nächstenliebe. Ein striktes Nein klingt anders.«

»Und Pachold?«

Nach einer Weile erklärte Clara: »Ich finde auf die Schnelle keine offizielle Aussage zu dem Skandal. Aber er war unlängst bei Maybrit Illner zu Gast, als es um ein Kirchenthema ging. Da forderte offenbar auch er mehr Transparenz und Demokratie in der Kirche.«

»Bingo!« Simon begann, unruhig hin und her zu gehen. »Das heißt, womöglich sind nicht die Skandale an sich Motiv für die Morde, sondern die Tatsache, dass sich die Bischöfe später um größtmögliche Transparenz bemühten, kirchliches Fehlverhalten eingestanden – und somit letztlich dem Druck der Öffentlichkeit nachgaben. Was von einem Hardliner wiederum als Anbiederung an die säkulare Gesellschaft, als Verweltlichung der Kirche und Verwässerung des Glaubens betrachtet werden könnte.«

»Was noch nicht erklärt, wie Rautenbergs Selbstmord zu all dem passt.«

»Vielleicht kannte er den Täter? Und teilte dessen Sichtweise, auch wenn er nie dieselben Konsequenzen gezogen hätte?«

Clara schüttelte den Kopf. »Rautenberg war meines Wissens ein sehr nüchterner, sachlicher Mann, dem jede Form von Extremismus ein Dorn im Auge war.« Sie erhob sich. »Ich glaube, wir sollten noch mal mit Hartmann sprechen. Ich fürchte, er hat den Grundkurs Theologie doch noch nicht ganz abgeschlossen.«

Wieder trafen sich ihre Blicke, wieder lächelten sie beide ebenso flüchtig wie schmerzlich. Und wieder war es unangenehm und beglückend zugleich.

Eine Weile suchten sie vergebens nach dem Hauptkommissar. Simon hatte erwartet, ihn im Speisesaal anzutreffen, weil ihnen die Leiterin des Bildungshauses dort Kaffee und Brötchen in Aussicht gestellt hatte und Hartmann bei jedem Gratisangebot gerne zugriff. Doch sie fanden dort nur den Weihbischof vor, der seinen toten Amtskollegen gefunden hatte. Er verschlang gerade hungrig ein Käsebrötchen und rief ihnen kauend entgegen: »Einfach schrecklich, was passiert ist, wissen Sie schon mehr?« Und ohne eine Antwort abzuwarten, fügte er hinzu: »Diesen Menschen ist ja nichts mehr heilig.«

Wenn sie recht hatten mit ihren Vermutungen, war das Gegenteil der Fall. Dann war dem Täter die Kirche sogar sehr heilig – noch heiliger als Menschenleben.

»Ich werde diesen schrecklichen Anblick nie vergessen!«, rief der Weihbischof.

Simons Blick richtete sich auf die Platte mit den Käsebrötchen, von denen Weihbischof Nitsch eben ein weiteres nahm. Das Salatblatt und die halbe schwarze Olive legte er zurück, was Simon ihm nicht verdenken konnte. Die Olive glich in ihrer Optik einer Rosine, und das Salatblatt sah aus, als hätte es einen sehr langen Weg vom Treibhaus hierher zurückgelegt. Es war mittlerweile eher grau als grün.

»Ich habe Ihrem Kollegen bereits alles erzählt. Haben Sie vielleicht auch noch Fragen?«, wollte der Weihbischof wissen. Nun klang seine Stimme nicht mehr empört, sondern nahezu eifrig, obwohl er gleichzeitig leicht den Kopf einzog.

»Nein, schon in Ordnung.«

Nachdem er das Brötchen aufgegessen hatte, machte Weihbischof Nitsch erst keine Anstalten zu gehen, doch dann steckte ein anderer Bischof den Kopf durch den Türspalt und murmelte etwas von einem Gebet in der Kapelle. Weihbischof Nitsch wischte sich seine Hände an der dunklen Hose ab, ehe er ihm folgte.

»Kennst du den Nitsch näher?«, fragte Simon, an Clara gerichtet.

Sie war an der Tür stehen geblieben und hatte noch einmal ihr Smartphone gezückt. »Nur flüchtig«, murmelte sie, ohne den Blick vom Display zu nehmen.

»Ist dir noch etwas eingefallen, was du nachprüfst?«

»Ich war mal mit ihm essen«, murmelte sie geistesabwesend.

»Mit wem?«

»Na mit Weihbischof Nitsch. Wir waren in einer typischen Frankfurter Apfelweinkneipe, er hat Rippchen gegessen. Es ging um eine Ikone für irgendeine Ausstellung in seinem Bistum.« Sie blickte vom Smartphone hoch. »Er ist einer von den Stillen, Opportunistischen. Wenn ein kritischer Journalist ihn interviewt, gibt er sich säkular, aber wenn ein rechter Amtsgenosse ihm seine Weltsicht erklärt, nickt er auch. Ich glaube, Männer wie er haben noch während des Theologiestudiums verlernt, eine eigene Meinung zu haben, was sie zu wundervollen Kandidaten für höhere Kirchenämter macht. In ihrer Freizeit geben sie sich total umgänglich. Ich habe mal einen gekannt, der hat für sein Leben gern Quittenkonfitüre eingekocht und sie bei jeder Gelegenheit verschenkt, ich glaube, in meiner Küche steht auch noch ein Glas.« Sie grinste schief.

»Was hast du gerade recherchiert?«

»Nichts, das heißt, jetzt ist da nichts mehr.«

»Nichts mehr wovon?«

»Ach, nach Rautenbergs Selbstmord habe ich ein paar Artikel gelesen – auch über die Skandale. Dabei bin ich auf einen merkwürdigen Leserkommentar gestoßen. Der hatte auch irgendwas mit vergossenem Blut zu tun.«

»Und?«

Clara zuckte die Schultern. »Ich finde ihn nicht mehr. Er muss gelöscht worden sein.« Simon konnte sich des Gefühls nicht erwehren, dass sie ihm etwas verschwieg. Ohne ein weiteres Wort verließ sie den Speisesaal.

Sie entdeckten Hartmann weder im Eingangsbereich noch in der Nähe des Tatorts oder im Konferenzraum. Wo steckte er bloß?

»Es läuft mittlerweile besser zwischen euch«, stellte Clara fest.

»Na ja, wie man's nimmt.«

»Zumindest ist er nicht mehr so herablassend zu dir wie früher.«

Simon zuckte die Schultern und warf einen Blick auf die Uhr. »Er kann ja nicht vom Erdboden verschluckt worden sein.«

»Schau mal, da draußen.«

Er folgte ihrem Blick. Im Garten stand immer noch der Journalist, der vorhin Pater Cölestin interviewt hatte – nur dass er jetzt auf Hartmann einredete.

»Das ist Daniel Roos«, sagte Clara, »ich kenne ihn.«

»Aber er ist doch kein Zeuge, oder?«

»Nicht dass ich wüsste.«

Erstaunlich, dass Hartmann nicht nur bereit war, mit einem Journalisten zu reden, sondern dass er es sogar im Freien und im Stehen tat.

Simon und Clara gingen nach draußen und vernahmen gerade noch die letzten Worte des Journalisten.

»Ich freue mich, dass ich Ihnen weiterhelfen konnte.«

Daniel Roos nickte Clara zu, ehe er sich diskret zurückzog. Als Hartmann sich ihnen zuwandte, war sein Gesichtsausdruck irgendwie bräsig. So sah er immer aus, wenn er das Gefühl hatte, der Erste und Einzige zu sein, der die Welt durchschaute. In solchen Momenten war es meist unmöglich, sich bei ihm Gehör zu verschaffen.

»Ich glaube nicht, dass ein Kirchenhasser am Werk war«, begann Simon ohne Einleitung. »Eher ist das Gegenteil der Fall. Wir könnten es mit einem Hardliner zu tun haben, also einem sehr konservativen, strenggläubigen Katholiken, der der Meinung ist, dass …«

Hartmann lachte. »Von wegen!« Als Simon ihn etwas ungläubig anschaute, lachte er noch lauter. »Man muss sich nur an der richtigen Stelle umhören, und schon haben wir einen Tatverdächtigen. Auf ihn treffen alle Kriterien zu. Er ist theologisch gebildet, hat mit der Kirche nichts mehr am Hut – und ist seit Wochen verschwunden.«

Simon verstand kein Wort, Clara scheinbar schon.

»Sie meinen doch nicht etwa Clemens Peters?«

»Warum hast du mir denn nicht schon früher was davon erzählt?«, fragte Simon, sobald Hartmann sie im Garten allein gelassen hatte, um ein paar Anrufe zu tätigen.

Clara kaute etwas verlegen auf der Unterlippe. Die gleiche Frage hatte ihr auch Hartmann gestellt, als sie zugeben musste, von Clemens' Verschwinden gewusst zu haben, vor allem aber auch davon, dass der Journalist alle Kirchenskandale aufgedeckt hatte, mit denen sie es zu tun hatten.

Den Hauptkommissar hatte sie mit trotzigem Schweigen

abfertigen können, und er hatte sie nicht weiter bedrängt, schließlich war sie seiner Ansicht nach sowieso eine Außenstehende, mit der man sich so wenig wie möglich austauschte. Simons Empörung ging deutlich tiefer.

»Das sind doch alles wichtige Informationen!«, ereiferte er sich. »Dieser Markus Jonas …«

»Das ist ein schleimiger Typ, der sich gerne die eigenen Taschen vollstopft und in der Kirche ein brauchbares Opfer gefunden hat, weil dort viele Leute weder von Medien noch von Finanzen eine Ahnung haben. Aber ich glaube nicht, dass er irgendetwas mit den Morden zu tun hat.«

»Und darüber entscheidest nun du?«

Sie war erstaunt über Simons schneidenden Tonfall. »Ich habe euch gerade geholfen, und jetzt machst du mir Vorwürfe?«, gab sie nicht minder eisig zurück. »Aber gut, für euch ist die Sache ja jetzt klar. Clemens ist der Tatverdächtige Nummer eins, weil alles so gut zusammenpasst. Es gibt Verbindungen zu den Mordfällen, und sogar während des Selbstmords von Rautenberg war er anwesend. Das bedeutet natürlich, dass er zuvor schnell noch in Köln einen Bischof umgebracht und dann mit sauberer Kleidung zu einem kirchlichen Empfang in einer anderen Stadt marschiert ist, aber …«

»Da lagen doch mehrere Stunden dazwischen!«

»Du glaubst es also auch.«

Simon seufzte etwas entnervt. »Es geht hier nicht darum, etwas zu glauben, sondern Fakten zu sammeln und Schlussfolgerungen daraus zu ziehen. Hartmann hat ja durchaus Gründe, warum er Peters verdächtigt …«

»Prima, der Fall ist geklärt, der Mörder gefasst … oder nein, eigentlich ist er noch nicht gefasst, es weiß ja niemand, wo Clemens steckt, aber bald werdet ihr ihn dingfest gemacht haben, und die Bischöfe können wieder ruhig schlafen. Na dann, gute Nacht!«

Clara drehte sich abrupt um und lief gegen eine Bank mit einem Messingschild, auf dem ein Name stand. Offenbar hatte jemand die Bank im Gedenken an eine Adelheid Höllinger gestiftet. Der gute Zweck änderte jedoch nichts daran, dass Claras Knie schmerzte. Und zwar höllisch. Doch das wollte sie sich nicht anmerken lassen, deshalb ging sie entschlossen in Richtung des großen, schmiedeeisernen Tors. Sie hoffte, von dort schnell zum Parkplatz zu kommen, stieß aber nur auf Mülltonnen, und dann hatte sich Simon ihr schon in den Weg gestellt.

»Es war wegen Dora, nicht wahr?«

Clara bückte sich, rieb sich das Knie und bemerkte erst jetzt, dass sich eine Laufmasche gebildet hatte. *Verdammt*.

»Was soll wegen Dora gewesen sein?«, fragte sie mürrisch.

Zögernd streckte er die Hand nach ihr aus und legte sie auf ihre Schulter.

Es fühlt sich wie ein Stromschlag an, ging es ihr durch den Kopf. Was ein lächerliches Bild war. An einem Stromschlag stirbt man. Ich sterbe nicht, nur weil ich mich in den Mann meiner Freundin verguckt habe und sie jetzt ein Kind mit ihm plant.

Sie schüttelte seine Hand sanft, aber bestimmt ab, machte jedoch keine Anstalten, zu fliehen.

»Wir haben uns gestritten, ja«, sagte sie knapp. »Danach war ich sauer und hielt es für besser, wenn erst mal Funkstille herrscht, ja. Und mag sein, dass ich dir von Clemens Peters'

Verschwinden erzählt hätte, wenn dieser Abend anders verlaufen wäre. Dass ich es nicht getan habe, war ein Fehler, aber ich glaube nicht, dass es ein tödlicher Fehler war. Ich meine, dass er die Bischöfe umgebracht haben soll ... das ... das ist einfach absurd! Das passt nicht!«

Simon sah sie ein wenig unschlüssig an. Sie konnte förmlich fühlen, wie der Mann und der Kriminalist in ihm stritten. Der eine hätte wohl gerne nach ihrer Sicht des Streits mit Dora gefragt – der andere wollte dem Privatleben in diesem Augenblick keinen Raum geben.

»Aber es stimmt doch, dass er Theologe ist, früher für die Kirche gearbeitet und dann quasi die Seiten gewechselt hat.«

»Mag sein, trotzdem glaube ich nicht, dass Clemens all seine Ideale über Bord geworfen hat, sondern dass er sie auf seine Art immer noch lebt. Er will der Kirche nicht einfach nur schaden – er will für Transparenz und die notwendigen Reformen sorgen.«

»Aber das passt doch zu den Morden. Der Täter ist nicht einfach nur auf Rache und Zerstörung aus, sondern will eine bestimmte Botschaft rüberbringen.«

»Clemens ist etwas frustriert, aber ein durch und durch rationaler Mensch. Er war zum Beispiel immer skeptisch, was den Prunk der Kirche anbelangt.« Vage erinnerte sie sich an eine heftige Diskussion zwischen ihm und Daniel, die entbrannt war, als Clemens die römisch-katholische Messe als »Weihrauchpomp« bezeichnet hatte. Dann werde doch evangelisch, hatte Daniel ihm entgegengehalten. Was für ein saublödes Argument, hatte Clemens gemeint. Ich will ja, dass die römisch-katholische Kirche moderner wird.

»Es klingt vielleicht abgedroschen«, sagte Simon eben. »Aber viele Freunde und Verwandte trauen einem Mörder die Tat nicht zu.«

»Es geht nicht nur um die Tat, es geht um diese Inszenierung. So etwas ist ihm völlig fremd, da bin ich mir sicher. Am Gedenktag der Heiligen zu töten und diese Attribute am Tatort zu hinterlassen, das ist einfach nicht Clemens.«

»Hm«, machte Simon etwas ratlos.

»Auch egal. Was ich denke, tut nichts zur Sache. Ich fahre jetzt nach Hause, du hast noch zu tun. Halt mich einfach auf dem Laufenden.«

Diesmal hielt er sie nicht auf. Sie spürte seinen Blick dennoch deutlich, als sie die Mülltonnen umrundete. Wenig später stand sie vor einem verschlossenen Tor.

Na prima.

Als sie in den Garten zurückkehrte, versuchte sie zu lächeln. »Falscher Ausgang.«

Simon trat von einem Bein aufs andere.

Wieder spürte sie seinen Blick. Als sie an ihm vorbeigegangen war, blieb sie noch einmal stehen.

»Ich wünsche euch übrigens, dass es bald klappt.«

»Was?«

»Na ja, das … mit dem Baby.«

»Ach so«, sagte Simon nur.

Rasch betrat sie das Hauptgebäude, um von dort aus zum Parkplatz zu eilen.

Nicht weit von ihrem Auto entfernt hatte Pater Cölestin gerade seinen großen Auftritt. Offenbar hatte er sich dazu bereit erklärt, im Namen seines Bischofs einen O-Ton abzugeben.

Die Kamera war auf ihn gerichtet, ein Reporter vom ZDF stellte die Fragen.

Gerade als Pater Cölestin zu einer Antwort ansetzen wollte, rief der Kameramann laut: »Stopp! Ich muss noch mal das Band wechseln.«

Pater Cölestin warf ihm einen irritierten Blick zu, doch der Reporter zuckte nur mit den Schultern. Er zog eine Packung Zigaretten hervor, wagte aber aus irgendeinem Grund dann doch nicht, eine zu rauchen. Clara hätte gerne Pater Cölestins Reaktion erlebt, wenn der Fernsehmann ihm eine angeboten hätte. Der Pater war unterdessen so erpicht darauf, zu reden, dass er anfing, obwohl die Kamera noch nicht wieder auf ihn gerichtet war.

»Es sind schlimme Zeiten, wenn wir nicht einmal mehr in unseren eigenen Häusern sicher sind. Andererseits ist es aber auch kein Wunder, wenn wir alle unsere Werte über Bord werfen, unsere Autorität ausgehöhlt wird und uns die Medien zum Abschuss freigeben. Da ist es doch verständlich, dass dann irgendwann jemand zu einer realen Waffe greift.«

Clara wartete nicht ab, bis der Kameramann die Kassette gewechselt hatte, sondern öffnete ihre Autotür.

Pater Cölestin würde sich sicher freuen, wenn er erfuhr, dass ein Journalist verdächtigt wurde. Ein Journalist, der eine Reihe kritischer Artikel verfasst hatte. Unter einem von denen wiederum ein Spinner einen Kommentar hinterlassen hatte – irgendetwas über in Strömen fließendes Blut, das den Brand der Verfolgung auslöschen würde.

Welches Blut floss? Das von Christen? Von Märtyrern, die für ihren Glauben starben? Und deren Opfer nicht sinnlos war, wie dieses Zitat nahelegte?

In dem Kommentar war auch die Rede davon gewesen, dass das Blut die Feuergluten der Hölle erstickte.

Was, wenn mit Hölle die vermeintlich böse säkulare Welt gemeint war? Die derart in Flammen stand, dass es einer großen Menge Blutes bedurfte, um sie zu löschen?

Clara steckte den Schlüssel ins Zündschloss. Vielleicht interpretierte sie zu viel in den Satz hinein. Vielleicht war er dem Hirn eines Spinners entsprungen und die Verbindung zu Christenverfolgung und Märtyrertum nur zufällig.

»IchbindieWahrheit« hatte sich der User genannt – ein Name, den Clemens doch niemals benutzt hätte. Ganz abgesehen davon, dass er keine seltsamen Kommentare unter seinen eigenen Artikeln einstellen würde. Oder?

Das Interview mit Pater Cölestin ging eben zu Ende. Er wirkte etwas irritiert, offenbar hätte er gerne noch länger in die Kamera gesprochen. Nicht weit von ihm entfernt stieg Daniel Roos in sein Auto – er hatte wohl genug salbungsvolle O-Töne für die Mainzer Kirchenzeitung gesammelt.

Die Ratten verlassen das sinkende Schiff …

Und wenn diese eine Ratte das Schiff nicht verließ, sondern sich ganz tief darin verkroch? Wie konnte Clara sie dann hervorlocken?

Sie zog ihr Smartphone aus der Tasche, der Akku war fast leer. Dennoch googelte sie noch einmal nach »IchbindieWahrheit«. Keine Ergebnisse. War der Kommentar unter Clemens' Artikel gelöscht worden, damit der Schreiber keinen Verdacht auf sich zog?

Steigere dich jetzt nicht in krude Verschwörungstheorien hinein. Es geht dich nichts an, also halte dich raus.

Aber du hast dich rausgehalten, und sieh, wie es geendet ist.

Vielleicht steckt doch Clemens dahinter – und dann trägst du die Mitschuld an dem dritten Mord.

Clemens ist unmöglich identisch mit »IchbindieWahrheit«!

Aber vielleicht gibt es eine Möglichkeit, herauszufinden, wer wirklich dahintersteckt …

Der Akku war endgültig leer. Es war zu spät, um noch einmal ins Museum zu fahren, deswegen machte sie sich auf den Heimweg.

Später durchforstete sie eine Stunde lang das Internet nach »IchbindieWahrheit«. Sie überflog nicht nur diverse Einträge zu kirchenkritischen Zeitungsartikeln, sondern besuchte einschlägige Foren wie »Jesus.de«, »Glaube.com« oder »Christpark.de«. Nirgendwo stieß sie auf einen User, der sich so nannte und rätselhafte Kommentare abgab.

Sie wusste nicht, was am Ende den Ausschlag gab, dass sie zum Telefon griff – der Gedanke an Clemens, an den toten Erzbischof Dehm oder an den geheimnisvollen Internet-User –, sie wusste nur, dass sie nicht wieder dem Drang nachgeben durfte, einfach den Kopf einzuziehen und nichts hören, nichts sehen, nichts sagen zu wollen.

»Habt ihr denn mittlerweile irgendeine Spur von Clemens?«, fragte sie, sobald Simon sich meldete.

Nach einem kurzen Schweigen antwortete er: »Zwei Beamte waren bei ihm zu Hause. Er hat seine Wohnung scheinbar seit Wochen nicht betreten. Aus dem Briefkasten quollen Massen an Werbebroschüren …«

Clara erschrak. »Könnte es sein, dass er selbst zum Opfer wurde? Ich meine, wenn doch ein Hardliner hinter den Morden steckt, könnte er Clemens dafür bestrafen, weil er quasi die Seiten gewechselt hat.«

»Auch das wird jetzt geprüft«, sagte Simon ausweichend.

»Mir … mir ist eine Möglichkeit eingefallen, den wahren Täter aus der Reserve zu locken. Ich meine, falls es doch nicht Clemens ist.« Sobald der Satz ausgesprochen war, klang er ziemlich merkwürdig. Simon ließ sich dennoch in Ruhe die Sache mit dem Zitat erklären und hörte sich auch Claras Vorschlag an. Als sie geendet hatte, schwieg er wieder, diesmal noch länger als zuvor.

»Versteh doch!«, sagte sie eindringlich. »Wir könnten ihn dazu bringen, weitere Statements abzugeben, und dann prüfen, wer sich hinter dem User-Namen verbirgt. Für Internetspezialisten ist das doch ein Klacks. Und ist es nicht merkwürdig, dass in dem Zitat von Verfolgung und Strömen von Blut die Rede ist, also indirekt von Märtyrern?«

»Clara, ich will eigentlich nicht, dass du dich in die Sache einmischst.«

Das klang zumindest schon besser als: Das ist ja völlig verrückt.

Doch noch ehe sie etwas sagen konnte, fügte er hinzu: »Und ich will nicht, dass du Schwierigkeiten bekommst. Wenn du das wirklich tun würdest, wenn das jemand merkt, du würdest ja deinen Job riskieren. Lass uns doch einfach abwarten.«

So etwas Ähnliches hatte sie vor Kurzem auch gedacht, als sie sich eingeredet hatte, dass es nicht ihre Aufgabe sei, mit Simon über Clemens' Verschwinden zu reden. Und jetzt war ein dritter Bischof tot.

Allerdings wusste sie, dass sie für ihren Vorschlag nie mit Simons Zustimmung rechnen konnte. Es war falsch gewesen, mit ihm darüber zu reden.

»Na gut, war ja nur so ein Hirngespinst.«

»Ich melde mich, sobald es etwas Neues gibt.«

Er legte auf.

Ja, es war falsch gewesen, mit ihm darüber zu reden. Was nicht hieß, dass sie ihren Plan, wenn er auch noch so verrückt klang, einfach fallen lassen würde.

12

14. April

Auf Annette Drösslers Schreibtisch stand eine Kaffeetasse mit der Aufschrift »I love Köln«. Sie war halb voll, und am Rand befanden sich Spuren eines roséfarbenen Lippenstifts – eine ähnliche Farbe wie ihre Strickweste.

»Stammen Sie etwa aus Köln?«, fragte Clara. Wenn Frau Drössler aufgeregt war, sprach sie mit starkem Dialekt, der aber nicht eindeutig zuzuordnen war: eine Mischung aus Sächsisch, Hessisch und Schwäbisch. Bischof Engelhardt, ihren Dienstgeber, verteidigte die Sekretärin gerne mit dem Satz: »Er mocht do so veel für de Kersch.«

Jetzt folgte sie Claras Blick. »Ach, die«, meinte sie, »die habe ich von meinem Sohn. Der hat letztes Jahr Karneval dort gefeiert. Ich sehe das ja nicht so gerne. Die trinken so viel, die jungen Leute. Waren Sie schon mal Karneval in Köln? Ich bin einmal S-Bahn gefahren, vormittags, da brummt der Bär, was? Noch mehr als hier in Mainz! Sekt trinken die da alle wie Mineralwasser, wissen Sie, und das schon lange vor zwölf Uhr. Ich sage ja nichts gegen ein Gläschen Wein, aber na ja, die jungen Leute eben, lassen sich von uns nichts mehr sagen, müssen ihre eigenen Erfahrungen machen.«

Sie nahm die Kaffeetasse, drückte sie kurz liebevoll an ihre Brust und stellte sie wieder auf den Schreibtisch. Dort war alles akribisch geordnet, und zugleich war deutlich zu erkennen, dass ein nicht eben technikaffiner Mensch hier seine Arbeit verrichtete: Der riesige Computer schien noch das letzte Jahrhundert erlebt zu haben, der Kalender wurde handschriftlich geführt. Die Lederunterlage, die die Tischplatte schützte, war voller Flecken und Kerben, und der Brieföffner mit Löwenkopf hatte schon Grünspan angesetzt.

»Also, was kann ich für Sie tun, Frau Dr. Mohr?«

»Den Doktor können Sie ruhig weglassen. Ich habe einen Termin bei Pater Cölestin, es geht um die Sonderausstellung im Dommuseum, Sie wissen schon …«

Annette Drössler nickte düster. »Der arme Herr Rautenberg.« Ein paar Sekunden herrschte andachtsvolle Stille, dann runzelte die Sekretärin die Stirn. »Aber von einem Termin weiß ich gar nichts. Hier ist zumindest nichts eingetragen.«

Sie hob den Kalender dicht vor Claras Gesicht. Es gab zwei Spalten – eine für den Bischof, eine für Pater Cölestin.

»Er ist doch den ganzen Tag in Bad Godesberg bei Bonn. Dort findet eine Tagung zum Thema Klerikernachwuchs statt.«

»Ach, wirklich?«

Etwas umständlich kramte Clara in ihrer Tasche, nicht ohne sich dabei diskret im Raum umzusehen. Er befand sich im ersten Stock des Bischöflichen Ordinariats in Mainz, der Verwaltungsbehörde des Bistums, genauer gesagt im Dezernat Z, dem Zentraldezernat, das verschiedene Bereiche in sich vereinte: die Verwaltung, die Außenbeziehungen des Bistums, das Kirchenrecht, aber auch die Bereiche Öffentlichkeitsarbeit und Presse. Frau Drössler war eigentlich die Sekretärin von Walther Beck, dem Pressesprecher des Bischofs, tat aber meist so, als wäre sie Engelhardts persönliche Referentin.

Neben dem Schreibtisch befand sich ein Kopiergerät, das zugleich als Faxgerät diente, außerdem eine größere Ablage, in der sich Briefumschläge, Briefpapier und diverse kirchliche Broschüren à la »Wie Katholiken leben – heilsame Rituale Tag für Tag«, »Beichte – Buße und Vergebung« oder »Christliches Sterben – eine Hilfe für Trauernde« befanden. Hinter dem Schreibtisch stand ein alter Wandschrank mit etlichen Ordnern für die Buchhaltung.

Endlich zog Clara ihren Kalender hervor. Anders als Frau Drössler benutzte sie für die Terminplanung nur noch ihr Smartphone, tat heute aber so, als hätte sie sich diesen Termin auch handschriftlich notiert.

»Hier habe ich's doch, 14. April, 11.00 Uhr, Mainz, Gespräch mit Pater Cölestin. Ich bin sicher, dass ich mich nicht irre.«

Die Falten auf Annette Drösslers Stirn wurden tiefer. »Mit wem haben Sie denn den Termin abgesprochen?«

»Mit ihm persönlich. Er hat gesagt, dass er Ihnen Bescheid geben würde, damit Sie den Termin eintragen – schließlich geht es hier um Öffentlichkeitsarbeit.«

»Eigentlich vergisst er solche Sachen nicht.« Die Ordinariatsmitarbeiterin klang nun etwas vorwurfsvoll.

Entschuldigend hob Clara die Schultern. »Vielleicht habe ich einen Fehler gemacht. Wir haben den Termin damals bei dem Empfang vereinbart … kurz nachdem … Sie wissen schon … der arme Herr Rautenberg.«

Sofort glättete sich Frau Drösslers Stirn. »Ach so«, sagte sie schnell. »Na dann verstehe ich es! An dem Abend waren wir alle durcheinander. Schrecklich, schrecklich. Dabei hatte ich mir kurz vorher noch überlegt, nicht hinzugehen. Ich hatte eine Mandelentzündung, schon die dritte in diesem Winter.« Sie nestelte an ihrem Halstuch, das sie sich dreimal um den Hals geschlungen hatte.

»Wie gesagt, vielleicht habe ich Pater Cölestin auch falsch verstanden, und es ging nicht um den 14., sondern den 15. April.«

»Und jetzt sind Sie extra hergekommen. Möchten Sie vielleicht einen Kaffee?«

»Wenn es nicht zu viel Mühe macht, gerne.«

»Ich wollte ohnehin neuen machen. Meiner ist ja schon kalt.«

Frau Drössler stand auf und nahm ihre I-love-Köln-Tasse. Clara hatte nicht mehr so genau in Erinnerung, wo sich hier im Ordinariat die Kaffeeküche befand. Sie hatte gehofft, dass Annette Drössler ans Ende des Gangs gehen müsste und sie einige Minuten alleine in deren Büro verbringen könnte. Leider ging sie nur eine Tür weiter und setzte das Gespräch über den Gang fort.

»Man will ja immer noch nicht glauben, was da passiert ist.«

So ein Mist! Clara brauchte mindestens fünf Minuten – wenn nicht zehn.

»Wissen Sie, wie es Judith Rautenberg geht?«, rief Clara ihr nach und nahm ein Blatt mit dem Briefkopf des Bistums an sich – womit ein kleiner Teil ihres Vorhabens erledigt war, aber bei Weitem noch nicht der wichtigste.

»Sie ist völlig fertig, die Arme. Sie muss ja nicht nur mit dem Tod ihres Mannes fertig werden, sondern auch mit dem Gerede.«

»Welchem Gerede?«

Eine Weile war nur das Klappern von Kaffeegeschirr zu hören. Clara musterte das Faxgerät. Auf der Klappe war ein DIN-A4-Blatt mit einer genauen Bedienungsanleitung angebracht. Zu dem Klappern des Geschirrs kam ein dröhnendes Geräusch, als der Kaffee in die Tassen lief.

»Na ja, über Tote soll man nichts Schlechtes sagen. Aber diese Gelder … Es war ja des Öfteren davon die Rede, dass es da nicht ganz sauber zuging. Na ja, und jetzt sagt man, dass Rautenberg etwas für sich abgezweigt hat.«

Die Sekretärin gab sich noch nicht einmal Mühe, ihre Stimme zu senken, obwohl sich im Gang weitere Büros befanden und nicht alle Türen geschlossen waren.

»Für Judith Rautenberg tut es mir wirklich leid«, fügte sie hinzu.

Kluge Taktik, ging es Clara durch den Kopf. Einfach dem Toten anlasten, dass hier Kirchensteuergelder versickert sind …

Sie schob das Briefpapier schnell in ihre Tasche und trat an den Schreibtisch zurück, bevor Annette Drössler mit zwei Kaffeetassen in den Raum kam.

»Milch, Zucker?«

Clara schüttelte geistesabwesend den Kopf und überlegte, wie sie die Frau für etwas längere Zeit loswerden könnte.

»Der Selbstmord von Herrn Rautenberg ist natürlich tragisch«, murmelte sie, »aber nichts im Vergleich zu den schrecklichen Bischofsmorden.«

Mit einem Knall stellte die Sekretärin ihre I-love-Köln-Tasse auf die Schreibtischunterlage. »Sie sagen es! Aber jetzt ist dieser Spuk ja bald vorbei, nicht wahr?«

Clara blickte verwundert hoch. Der Mord an Bischof

Dehm lag gerade mal drei Tage zurück. »Warum das denn? Hat man einen Tatverdächtigen festgenommen?«

Frau Drössler beugte sich vertraulich vor. »Das nicht. Aber man weiß, wer es war.«

»Echt?« Clara tat überrascht. »Wer denn?«

»Eigentlich darf ich das gar nicht sagen. Pater Cölestin hat es mir unter dem Siegel der Verschwiegenheit anvertraut.«

Genauso, wie er ihr vermutlich anvertraut hatte, dass Rautenberg für das Verschwinden der Gelder verantwortlich war.

»Mir können Sie es doch sagen«, meinte Clara, »ich gehöre ja quasi dazu. Ich habe gesehen, wie Othmar Rautenberg gesprungen ist, habe noch versucht, ihn davon abzuhalten …«

Zwar hatte das eine nichts mit dem anderen zu tun, aber die Sekretärin hielt es für eine ausreichende Qualifikation, um Clara einzuweihen.

»Es war ein Journalist. Claus Putters.«

Clara war nicht sicher, ob die Drössler sich den Namen falsch gemerkt oder Pater Cölestin ihn nicht richtig weitergegeben hatte. Woher wusste er eigentlich davon? Wenn man sich bei Hartmann auf etwas verlassen konnte, dann darauf, dass seine Lederjacke speckig glänzte, dass er ein Geizkragen war – und dass er es hasste, wenn geplaudert wurde.

Aber dann gab es ja auch noch Daniel Roos, der Hartmann überhaupt erst auf Clemens' Spur gebracht hatte – wahrscheinlich noch nicht mal, um Clemens zu schaden, sondern um sich wichtigzumachen und selbst ein paar Informationen aus dem Hauptkommissar herauszukitzeln. Ihm traute sie auch zu, Pater Cölestin den Namen des Verdächtigen genannt zu haben; wahrscheinlich war es ihm nur allzu recht, wenn der Privatsekretär des Erzbischofs ihm einen Gefallen schuldete.

»Er muss verrückt sein«, meinte Annette Drössler.

Clara nickte. »Völlig durchgeknallt.«

Sie tat so, als wäre sie derart entsetzt über diese Enthüllung, dass sie sich kaum auf den Beinen halten konnte. Schwer ließ sie sich auf einen Stuhl fallen und stieß dabei absichtlich mit dem Knie gegen den Schreibtisch. Es tat weh, hatte aber den gewünschten Effekt: Ihre Kaffeetasse kippte um und ergoss sich über die Tischplatte.

»Oh! Das tut mir aber leid.«

Annette Drössler blickte kurz irritiert auf den Schlamassel, um gleich darauf ein mütterliches Lächeln aufzusetzen. »Ach, ist nicht so schlimm, schauen Sie, ich habe gar nichts abbekommen.«

In der Tat, die lachsrote Weste wies nicht den kleinsten Spritzer auf, obwohl Clara eigentlich genau das bezweckt hatte. Stattdessen hatte sich auf der Lederunterlage eine braune Pfütze gebildet, und ein paar Tropfen waren auf den Kalender gespritzt. Ein dünnes Rinnsal floss in Claras Richtung und tropfte auf den Boden.

»Das haben wir gleich wieder weggewischt.«

Zu Claras Bedauern ging Frau Drössler noch nicht mal in die Kaffeeküche, sondern griff einfach in eine Taschentuchbox in der obersten Schublade und wischte den Kaffee auf. Clara blieb nichts anderes übrig, als auch ein paar Tücher zu nehmen und mitzuhelfen.

»Tut mir wirklich leid, ich bin etwas durch den Wind … erst bringe ich den Termin durcheinander … und dann das …«

»So, alles wieder sauber.«

Die Sekretärin machte keine Anstalten, Clara einen neuen Kaffee anzubieten – was der allerdings auch nicht viel genutzt hätte. Fieberhaft dachte sie darüber nach, wie sie die Drössler loswerden könnte. Derweil griff die zum Kalender. »Und die Spritzer hier sind auch nicht weiter schlimm. Die Termine des Bischofs sind noch alle gut leserlich. Gerade trifft er den Caritasdirektor, danach hat er ein Gespräch mit Generalvikar Hollitsch, am Nachmittag ist er mit dem Leiter des Limburger Referats für Ökumene verabredet. Und am Abend hat er ein Gespräch mit Kyrill Cholaschka.«

Sie griff zu einem Kugelschreiber und zog den letztgenannten Namen noch einmal nach. »Ich weiß gar nicht, wer das ist. Klingt orthodox, nicht wahr?«

Vage erinnerte sich Clara daran, auf der Uni mal gemeinsam mit einem Kyrill ein Seminar besucht zu haben. Groteskerweise hatte ein Benediktinermönch, der ebenfalls an dem Seminar teilnahm, Bruder Theodosius geheißen. Claras spöttische Bemerkung, ihre Zwillinge, falls sie mal welche bekäme, würde sie Kyrill und Theodosius nennen, war zum Running Gag geworden.

Annette Drössler stellte den Kalender wieder auf den Schreibtisch und sah sie lauernd an. »Kann ich noch etwas für Sie tun?«

Clara trat ein wenig zurück und warf einen Blick aus dem Fenster in den Innenhof des Ordinariats. In letzter Sekunde kam ihr ein Einfall.

»Der Bischof steht mittlerweile unter Polizeischutz, nicht wahr? Selbst wenn es einen Tatverdächtigen gibt – man hat ihn ja noch nicht verhaftet.«

Frau Drössler nickte empört. »Dass so etwas notwendig ist in Deutschland! Ein Bischof, der von der Polizei beschützt werden muss! Ich meine, wir leben ja nicht im Irak oder in China, wo Christen verfolgt werden.«

Clara nickte auch. »Da fühlt man sich ein wenig unbehaglich, nicht wahr?«

Die Sekretärin seufzte. »Mein Sohn findet es ja spannend.«

»Mein Museum in Frankfurt stand auch mal unter Polizeischutz. Vielleicht haben Sie vom Mord an Nicholas Roth gehört. Sein Leichnam wurde in meinem Büro gefunden.« Letzteres stimmte, während die Sache mit dem Polizeischutz glatt gelogen war.

»Stimmt, ja, davon habe ich gehört. Sie Arme mussten ja wirklich schon viel miterleben.«

»Na ja, die Beamten waren sehr nett, ich habe immer mal wieder mit ihnen geplaudert und ihnen Kaffee gebracht. Es ist ja kein so toller Job, den ganzen Tag da draußen im Auto rumzusitzen.«

Clara griff nach ihrer Tasche. »Aber jetzt muss ich wirklich gehen.«

Erst als sie schon die Türschwelle erreichte, zeigte sich, dass ihr Plan aufging.

»Meinen Sie, ich sollte den Beamten auch mal einen Kaffee anbieten?«, fragte Annette Drössler.

Clara nickte. »Das ist gar keine schlechte Idee. Ich dachte mir damals zumindest, dass sie noch besser aufpassen, wenn sie mich nett finden. Machen Sie's gut.«

Anstatt Richtung Ausgang zu gehen, versteckte sich Clara in der Toilette. Die Tür lehnte sie nur an, und sie musste auch nicht lange warten. Annette Drössler machte sich hörbar an der Kaffeemaschine zu schaffen, und nach einigen Minuten entfernten sich langsam ihre Schritte.

Jetzt konnte Clara nur hoffen, dass sie nicht abgeschlossen hatte. Sie warf einen prüfenden Blick in den Gang, und da er leer war, eilte sie zum Sekretariat und drückte die Klinke herunter. Die Tür ließ sich öffnen. Clara atmete tief durch und betrat das Büro.

Jetzt aber schnell.

Sie zog ein Blatt Papier aus der Tasche und überflog den Text, den sie schon gestern Abend formuliert hatte. Es war eine knappe Pressemeldung, die wahrscheinlich wie eine Bombe einschlagen würde. Darin wurde nicht nur eine Pressekonferenz mit Bischof Engelhardt angekündigt, sondern auch in Aussicht gestellt, dass er sich zum ersten Mal öffentlich zu den Vorwürfen äußern würde, im Bistum Mainz seien Kirchensteuern veruntreut worden. Clara hatte es so formuliert, dass man meinen konnte, der Bischof wäre sogar bereit, Fehler einzugestehen. Sie nahm den Text und kopierte ihn schnell auf das vorgefertigte Briefpapier der Pressestelle des Erzbistums, sodass es nun aussah, als wäre die Pressemeldung hier verfasst worden. Danach legte sie den Brief ins Faxgerät. Sie drückte auf einige Knöpfe und stieß auf die Presseverteiler 1, 2 und 3. Wahrscheinlich umfasste der eine alle kirchlichen Medien, der zweite die nicht-kirchlichen und der dritte die ausländischen. Sie verschickte die Meldung einfach an alle drei. Selbst für den Fall, dass nicht jedes Medium erreicht wurde, wäre für eine weite Verbreitung gesorgt.

Das Piepsen signalisierte, dass die Meldung tatsächlich versendet wurde, doch das Pochen ihres Herzens war fast noch lauter. Sie schaute kurz aus dem Fenster, konnte Annette Drössler aber weit und breit nicht sehen. Vom Gang her war ebenfalls nichts zu hören. Als plötzlich das Telefon läutete, zuckte sie zusammen, beruhigte sich aber rasch wieder. Der Anruf konnte nichts mit ihr zu tun haben. Sie nahm die fingierte Pressemeldung aus dem Faxgerät und steckte sie in ihre Handtasche. Ehe sie das Sekretariat verließ, vergewisserte sie sich, dass niemand im Flur stand, dann ging sie die Treppe nach unten. Falls sie im Innenhof Frau Drössler begegnete, könnte sie einfach behaupten, sie habe noch einen Bekannten besucht.

Wenig später verließ sie den Gebäudekomplex jedoch unbehelligt und lief die Eppichmauergasse entlang. An deren Ende befand sich die Kurzparkzone, wo sie ihr Auto abgestellt hatte.

Langsam beruhigte sich ihr Herzschlag. Bischof Engelhardt hingegen würde einen Herzinfarkt bekommen, wenn er von der Pressemeldung erfuhr. Natürlich würde er die Pressekonferenz sofort absagen, doch dann wäre es vermutlich schon zu spät, und die ersten Onlinemedien würden darüber spekulieren, was er hatte sagen wollen und warum er nun einen Rückzieher machte. Redakteure würden Kommentare verfassen, und zu den Kommentaren würden wiederum Leser ihre Meinung abgeben.

Nun komm schon, Ratte, mach dich über das große Stück Käse her.

Ratten mochten doch Käse, oder?

Sobald Clara im Auto saß, griff sie nach ihrem Smartphone. Es zeigte zwei Anrufe in Abwesenheit an – einen von Marlies Ried aus dem Museum, einen von ihrem Ex-Mann Philip. Frau Ried wollte wahrscheinlich wissen, wo sie blieb – sie hatte zwar angekündigt, heute etwas später zu kommen, aber keine exakte Uhrzeit genannt. Was wiederum Philip von ihr wollte, konnte sie sich nicht denken. Katharina war in der Schule, sie hatten die »Übergabe« am nächsten Freitag schon fest vereinbart, und Philip begrenzte ihren Austausch darüber hinaus auf ein Minimum. Noch nicht einmal, dass Katharina vor drei Monaten Läuse gehabt hatte, hatte er ihr gegenüber erwähnt.

Clara betrachtete das Display und glaubte, seinen stets etwas aggressiven, vorwurfsvollen Tonfall zu hören.

Nicht jetzt.

Sie startete das Auto, öffnete das Fenster einen Spalt weit, um frische Luft hereinzulassen, und rief eine andere Nummer auf.

»Clara?«

»Es hat geklappt!«, platzte es aus ihr heraus. Eigentlich hatte sie es ganz ruhig sagen wollen, stattdessen klang sie wie ein aufgeregtes, stolzes Kind, das es irgendwie geschafft hatte, Kaugummi unters Lehrerpult zu kleben. Und plötzlich schien ihr das, was sie getan hatte, ein genauso lächerlicher Streich zu sein.

»Du hast es doch gemacht? Obwohl wir eigentlich vereinbart hatten, dass du es sein lässt?« Als sie Simon in ihren Plan eingeweiht hatte, war die gleiche Irritation aus seiner Stimme herauszuhören gewesen.

»Ich dachte, es könnte helfen …«, setzte sie etwas hilflos an.

»Ich hoffe nur …« Auch er brachte den Satz nicht zu Ende.

»Es kann doch gar nichts passieren«, erklärte sie schnell.

Als Simon schwieg, kam sie sich noch lächerlicher vor. Was hatte sie eigentlich erwartet? *Toll gemacht, Clara, ohne dich könnten wir diese Morde niemals aufklären. Wenn du nicht helfen würdest, hätte mich Hartmann schon in die Besenkammer verbannt. Du rettest mich, ich kann dir gar nicht genug danken, oder vielleicht doch … ich glaube, ich will eigentlich gar kein Kind mit Dora. Viel eher will ich sie verlassen, und dann … Ja, was dann?*

»Warten wir doch einfach ab, was passiert«, sagte sie. »Falls Clemens Peters unschuldig ist, können wir den Täter vielleicht aus der Deckung locken. Und für den Bischof besteht wegen des Polizeischutzes ja keine Gefahr.«

»Aber wenn jemand herausfindet, dass du die Pressemeldung verschickt hast?«

»Man wird das Faxgerät ja nicht auf Fingerabdrücke untersuchen.« Sie kicherte nervös. »Und ihr seid bis jetzt doch auch nicht weitergekommen, oder? Es gibt immer noch keine Spur von Peters.«

»So ist es«, gab Simon zu. »Ich werde auf jeden Fall …«, Erneut brach er ab, aber diesmal nicht aus Verlegenheit. Im Hintergrund war Stimmengewirr zu hören. Clara glaubte, Hartmanns Nörgeln auszumachen, außerdem die Stimme eines anderen Kollegen, den sie kannte. Mike Hoff.

»Was? Das gibt's doch nicht!«, hörte sie Simon noch sagen, ehe alles in einem Rauschen unterging.

»Simon?« Clara wiederholte mehrmals seinen Namen, erhielt aber keine Antwort mehr. Selbst das Rauschen verstummte, als die Verbindung abriss.

Ratlos starrte sie aufs Telefon und überlegte, ihn noch einmal anzurufen. Allerdings wollte sie ihn in Hartmanns Gegenwart nicht stören. Überhaupt fühlte sie sich plötzlich nicht mehr wie ein Kind, sondern wie eine Stalkerin, die immer absurdere Pläne ersann, um in die Nähe ihres Angebeteten zu gelangen.

Ihr Smartphone vibrierte, als eine SMS einging. Sie war nicht von Simon, sondern von Frau Ried: Bitte rufen Sie mich so schnell wie möglich zurück.

Clara verdrehte die Augen. Für Frau Ried war es bereits ein Notfall, wenn das Kopierpapier ausging.

Sie wollte ihr Telefon schon weglegen, als es erneut vibrierte. Diesmal war es keine SMS, sondern ein Anruf.

»Hallo?«

Als das gleiche Rauschen ertönte wie zuvor, dachte sie, es sei Simon, hörte dann aber Philips Stimme. Sie verstand nur jede zweite Silbe.

»Tut mir leid«, sagte sie schnell, »ich kann jetzt nicht telefonieren, mein Smartphone spinnt. Ich rufe dich zurück.«

Sie wollte schon auflegen, als er ihren Namen rief, und etwas in seiner Stimme alarmierte sie. Aggression und Feindseligkeit waren ihr wohlvertraut, aber nicht diese … Panik.

»Was ist denn los?«

»Katharina … in der Schule … Schlimmes passiert … du musst sofort kommen …«

Erst verspätet kapierte sie, dass sie Philip nicht wegen der schlechten Verbindung kaum verstand, sondern weil er in seiner Aufregung fast jedes Wort verschluckte.

Ein eisiger Schreck durchlief sie.

»Was redest du denn da?«

»In der Schule … Schüsse … bin auf dem Weg … du musst auch kommen …«

Das Smartphone entglitt ihr, während sie mit der anderen Hand unwillkürlich das Lenkrad umklammerte. Als sie sich bückte und es aufhob, hatte Philip schon aufgelegt.

Schlimmes passiert … Schüsse … Schule …

Sie löste die Handbremse, legte den Gang ein, fuhr los. Vor der nächsten Ampel blieb sie stehen. Sie war so geschockt, dass sie kurz nicht erkennen konnte, ob sie auf Rot oder Grün stand. Erst als hinter ihr gehupt wurde, löste sie sich aus ihrer Erstarrung und fuhr weiter.

13

Eine Stunde zuvor hatte Gisela Uhlen im Rektorzimmer der Grundschule Dreikönige misstrauisch die Spinnen betrachtet.

Was für grässliche Viecher, ging es ihr durch den Kopf – im selben Augenblick, in dem der Schuss ertönte.

Er war nicht sehr laut und wurde von den schalldichten Wänden gedämpft, die in einem Schulgebäude notwendig waren. Sie nahm ihn eher mit dem Körper als mit den Ohren wahr. Das Vibrieren ging ihr durch und durch, ähnlich wie dröhnende Discomusik. Nicht dass sie in jüngster Zeit mal in einer Disco gewesen wäre.

Abrupt stand sie auf, ließ die Spinnen aber nicht aus den Augen. Sie waren ausgestopft und befanden sich hinter Glas. Gemessen an der Staubschicht, die den Rahmen bedeckte, waren sie seit Jahren, wenn nicht Jahrzehnten tot. Dennoch hatte sie das Gefühl, die Viecher würden sie anstarren.

Wie kann man sich als Grundschulrektorin nur solche Spinnen ins Büro hängen? Klar, Frau Wilke war studierte Biologin, aber konnten es nicht auch Schmetterlinge sein? Oder Dinosaurierknochen? Im Kinderzimmer ihres Sohnes gab es etliche Velociraptoren, Triceratops, Tyrannosaurier. Und Apatosaurier, die waren die Guten, nämlich bloß Pflanzenfresser.

Marco … der Schuss …

Erst jetzt erreichte die Panik ihren Kopf, ganz so, als hätte sie wie eine Spinne langsam an ihr hochkriechen müssen. Gisela hätte nicht sagen können, ob nur wenige Augenblicke oder etliche Minuten vergangen waren, ehe sie reagierte. Hatte sie wirklich nur den Schuss gehört oder auch ein anderes Geräusch? Einen … Schrei?

Den Schrei einer Frau.

Oder den eines Kindes.

Marcos Schrei.

Aber Marco schrie nicht so – weder so laut, noch so hoch.

Sie stürzte aus dem Büro der Rektorin und prallte fast mit Frau Gabelstecher zusammen, der Sekretärin mit dem komischen Namen, über den sie und Marco oft lachten.

»Haben Sie das auch gehört?«

Gisela konnte nur atemlos nicken. »Woher kam der Schuss? Etwa aus der Turnhalle?«

Wenn sie sich nicht täuschte, hatte Marco gerade Sportunterricht. Es war das einzige Fach, das ihn wirklich interessierte, darum war sie heute auch hier. Etwas mehr Mathematiknachhilfe und etwas weniger Fußballspielen waren angeraten, sonst würde es mit dem Gymnasium schwer werden.

Wieder ertönte Geschrei, diesmal klang es wie ein Kreischen, kein Kind schrie so laut. Kurz darauf stürzte eine ältere Frau ins Sekretariat. Gisela Uhlen konnte sich vage daran erinnern, sie bei einem Elternabend kennengelernt zu haben. Mit dem altmodischen Haarknoten wirkte sie sehr streng, und Gisela war froh gewesen, dass sie nicht Marcos Klassenlehrerin war. Unterrichtete sie etwa Religion? Der Haarknoten hatte sich aufgelöst … oder nein … da war ja gar kein

Haarknoten mehr … seit ihrer letzten Begegnung hatte sie sich die Haare schneiden lassen …

Bin ich verrückt, über solche banalen Sachen nachzudenken, während Marco in Gefahr schwebt?

Gisela wollte sich an der älteren Frau vorbeidrängen, hinaus auf den Gang laufen und von dort in die Turnhalle, aber die ältere Frau hielt sie fest. Ihr Griff war erstaunlich fest.

»Bleiben Sie lieber hier! Wir müssen die Anweisungen für den Notfall befolgen!«

Welchen Notfall?

Frau Gabelstecher schaltete schneller als sie. »Ich habe den Schlüssel fürs Rektorzimmer, am besten wir schließen uns hier ein.«

»Einschließen?« Ja, waren denn alle verrückt geworden? »Ich muss doch zu Marco!«

»Es gibt Vorschriften.«

Die ältere Lehrerin zog sie in das Büro der Rektorin. Am liebsten hätte Gisela die Glasvitrine mit den ausgestopften Spinnen auf ihrem Kopf zerschlagen, aber wahrscheinlich hätte ihren Händen dazu die Kraft gefehlt. Sie spürte sie ja kaum noch.

»Was … was ist denn passiert?«, fragte Frau Gabelstecher. »Haben Sie etwas gesehen?«

»Dieser Mann …«, presste die Grauhaarige hervor, »der kam plötzlich über den Flur gestürmt. Sein Blick war total irre. Ich kann mich nicht erinnern, ihn vorher schon mal in der Schule gesehen zu haben. ›Was wollen Sie hier?‹, habe ich ihn gefragt, aber er hat mich gar nicht beachtet. Ein paar Kinder kamen ihm entgegen, doch er hat sie kaum wahrgenommen, sondern sich nur an ihnen vorbeigedrängt. Ein Mädchen bekam seinen Ellbogen ab, es hat geweint. Und dann ist er in einer Klasse verschwunden. Der 1 B.«

Gott sei Dank, Gott sei Dank, Gott sei Dank ... Marco war in der 4 C. Aber was, wenn die grauhaarige Lehrerin sich irrte?

»Sind Sie sicher, dass es eine erste Klasse war?« Sie sah eine Gruppe verängstigter Schüler vor sich und schämte sich, dass sie so erleichtert war, weil die Kinder deutlich jünger waren als Marco.

»Frau Wilke war bei ihnen, weil Frau Kring doch krank ist.«

Lore Wilke war die Rektorin, die in ihrem Büro ausgestopfte Spinnen aufhängte. Den Namen Kring hatte Gisela noch nie gehört. Es war wirklich nicht die Klasse ihres Sohnes.

»Und dann?«, fragte Frau Gabelstecher atemlos.

»Ich habe das Mädchen getröstet, es war ziemlich verstört, nicht nur wegen der Rempelei, sondern weil es seine Hello-Kitty-Haarspange verloren hatte, Sie wissen schon, dieses rosa Katzenzeugs. Wir haben sie überall gesucht, deshalb habe ich nicht genau mitgekriegt, was passiert ist, aber dann haben die Kinder plötzlich geschrien. Die Kinder aus der 1 B, meine ich. Ich bin zur Tür gerannt, und dann habe ich diesen Schuss gehört. Also habe ich mir die Schüler, die noch im Gang waren, geschnappt und bin abgehauen.«

»Und wo sind die Kinder jetzt?«

Die Grauhaarige starrte sie an, als wüsste sie nicht, wovon Gisela sprach. »Das Mädchen mit der Haarspange hat noch immer so geweint ... ich bin mit ihnen in die Cafeteria gegangen ...«, sagte sie.

»Und dort haben Sie sie allein gelassen?«, rief Gisela empört.

»Na ja, die Cafeteria kann man ja nicht abschließen. Und die Anweisungen, die in so einem Fall zu befolgen sind …«

»Sie sind einfach abgehauen?« Frau Gabelstecher kreischte beinahe.

Benommen sank die Grauhaarige auf einen Stuhl, während Gisela Uhlen ein ganz nüchterner Gedanke durch den Kopf ging: Es ist ja noch viel peinlicher, weinende Kinder im Stich zu lassen, als darüber erleichtert zu sein, dass es eine erste Klasse getroffen hat und nicht die des eigenen Sohnes.

»Ich … ich muss zu Marco!«, platzte es aus ihr heraus.

Sie ging zur Tür, wollte sie öffnen, aber es ging nicht. Erst als sie den Schlüssel in Frau Gabelstechers Hand sah, realisierte sie, dass die Sekretärin bereits abgeschlossen hatte. Entschuldigend hob Frau Gabelstecher die Schultern. »Wir können jetzt wirklich nichts anderes tun, als abzuwarten!«

»Ich muss zu meinem Sohn! Kommen Sie mir nicht auch noch mit diesen Scheißanweisungen!«

Sie rüttelte wieder an der Klinke. Vergebens.

»Wir haben es doch auf einem Seminar gelernt«, stammelte die grauhaarige Lehrerin hilflos. »Ich meine, wie wir uns im Fall eines Amoklaufs verhalten sollen …«

Da war es – dieses Wort, das es bis dahin nicht geschafft hatte, in Gisela Uhlens Bewusstsein vorzudringen, aber jetzt sämtliche anderen Gedanken aushöhlte. Ihre Finger wurden noch tauber, so als wäre alles Blut herausgesaugt worden.

Sie hatte gerade noch genug Kraft, um die Grauhaarige wütend anzufunkeln. »Aber dass man ängstliche Kinder im Stich lässt und sich selbst in Sicherheit bringt, haben Sie dort sicher nicht gelernt.«

Clara wusste nicht, wie viele Verkehrsregeln sie auf dem Weg von der Mainzer Altstadt zur Schule ihrer Tochter in Frankfurt-Bockenheim gebrochen hatte. Sie hatte zig Wagen die Vorfahrt genommen und mindestens eine rote Ampel überfahren, ganz zu schweigen davon, dass sie die Geschwindigkeitsbegrenzung in einer Baustelle ignoriert und ein Einbahnstraßenschild geflissentlich übersehen hatte. Ein Mann hatte ihr den Vogel gezeigt, als sie ihn auf dem Zebrastreifen fast überfuhr. Er trug ein kariertes Sakko. Hinterher wusste sie nicht mehr, welche Farbe es gehabt hatte.

Rot, Grün, Gelb? Es sah scheußlich aus, wie eine Karnevalskostümierung … *I love Köln … Katharina … Katharina … welche Farbe hatte das Sakko … ach, Scheißsakko, was geht es mich an … Katharina …*

Die Gedanken formten keinen Fluss, sondern schienen in ihrem Kopf zu zerbersten, und aus den Splittern konnten unmöglich ganze Sätze werden. Genauso wie Philip keine ganzen Sätze hatte sagen können, auch nicht, als sie ihn zurückgerufen hatte. Erneut war von Schüssen die Rede, die in der Schule gefallen waren … von einem Amoklauf … einem fremden Mann, der sich in einer Klasse verschanzt hatte … Katharinas Klasse.

Er übertreibt, Philip übertreibt immer. Damals, nach der Trennung, hat er doch auch übertrieben, als er mich zu einem Fall für die geschlossene Anstalt erklärt hat.

Das Schulhaus kam in Sicht, ein altes Gebäude aus der Gründerzeit mit typischer rot-weißer Sandsteinfassade, wobei das einstmals strahlende Weiß im Laufe der Zeit verblasst war und jetzt nur noch grau aussah.

Das Sakko des Mannes, der ihr den Vogel gezeigt hatte, war blau kariert gewesen, jetzt war sie sich ganz sicher.

Clara blieb auf dem Bürgersteig stehen, inmitten etlicher Autos, nicht nur von Lehrern und Eltern, sondern auch von der Polizei. In der Nähe des Schulgebäudes standen einige Beamte. Einer sprach gerade etwas in sein Funkgerät.

Das Sakko war blau … Philip übertreibt, gleich kommt mir Katharina entgegenlaufen … der Mann hat sich in einer anderen Klasse verschanzt … Katharina braucht jetzt ihre Mama …

Verzweifelt hielt sie nach einem vertrauten Gesicht Ausschau. Dort hinten vor der Turnhalle standen ein paar Kinder. Aber die waren schon so groß, eher zehn als sechs oder sieben Jahre alt. Ein schlaksiger Junge wurde gerade von seiner Mutter umarmt. Er sträubte sich heftig, die Mutter weinte.

Warum heult die denn so, diese hysterische Ziege, sie hat doch ihr Kind wieder. *Ich müsste heulen.*

Aber in ihr war nur Kälte, ihr Kopf schien wie in Watte gepackt. Mit einiger Verzögerung nahm sie wahr, dass ein Mann auf sie zutrat, etwas zu ihr sagte. Erst als er ein drittes Mal seinen Satz wiederholte – er brüllte mittlerweile –, drang er zu ihr durch. »Sie können da nicht rein!«

Sie drehte sich um und erkannte, dass sie sich bereits zehn Schritte von ihrem Auto entfernt hatte, spürte, dass der Mann sie am Oberarm packte. Er trug eine Uniform … eine blaue Uniform … das Blau war dunkler als das des karierten Sakkos … Philip übertreibt nicht, er hat die Wahrheit gesagt.

Und plötzlich war auch Philip bei ihr und nannte ihren Namen.

»Clara …«

So hatte er schon seit Ewigkeiten nicht mehr zu ihr gesprochen, so tröstend, beruhigend, nahezu flehentlich. Verlier nicht die Nerven, bleib ruhig, es ist nicht so schlimm.

Wenn er sonst ihren Namen sagte, bekam sie ganz andere Dinge zu hören: Du bist eine schlechte Ehefrau, eine schlechte Mutter, du kriegst dein Leben nicht auf die Reihe, und Katharina und ich müssen es ausbaden …

Er führte sie zu einer Bank, die voller Vogelscheiße war, aber das bemerkte Clara erst, als sie schon saß. Sie war nicht sicher, ob ihre Beine nachgegeben hatten oder ob Philip sie auf die Bank gedrückt hatte. Ihr Kopf war nicht länger in Watte gepackt, sie hörte nun alles ganz deutlich, das Stimmengewirr von Kindern, Lehrern, Eltern, auch die Polizeisirenen. Nur Schüsse waren keine mehr zu hören. Es war doch von Schüssen die Rede gewesen.

»Was … wie …?«

»Man weiß noch nichts Genaues. Scheinbar ist es doch kein Amoklauf, eher eine Geiselnahme, der Mann hat sich mit den Kindern in der Klasse verschanzt. In Katharinas Klasse.«

»Und er hat eine Waffe.«

»Mehrere Ohrenzeugen sprachen von einem Schuss.«

»Was will er denn mit der Geiselnahme erreichen?«

»Die Beamten versuchen gerade, das herauszufinden.«

Sie versuchen es … wie lange wird das dauern, und was geschieht in der Zwischenzeit?

Katharina musste schreckliche Angst haben. Damals, in Claras Wohnung, als Alexander Roth sie bedroht hatte, hatte Katharina kaum etwas mitbekommen, auch nicht, als Simon den Mörder erschossen hatte, aber diesmal …

Sie stützte sich mit beiden Händen auf der Bank ab. Die Vogelscheiße war ihr egal. Sie hatte das Gefühl, dass eine zähe Masse in ihrem Körper immer höher stieg, bis sie ihren Kopf erreicht hatte und sie keine Luft mehr bekam.

»Atmen Sie ganz tief durch!«

Clara blickte hoch. Vor ihr stand nicht länger Philip, sondern ein Polizeibeamter. Vielleicht wollte er herausfinden, ob sie den Geiselnehmer kannte. Vielleicht war er auch einfach nur dazu abkommandiert worden, sich um hysterische Angehörige zu kümmern. Über seinen Lippen wuchs ein dünner, blonder Flaum.

»Ganz ruhig atmen!«

Rasier dich ordentlich, Junge, und sag mir nicht, was ich zu tun habe!

Sie stieß seine Hand weg, erhob sich. Obwohl ihre Beine wackelig waren, schaffte sie ein paar Schritte.

»Jetzt setz dich doch wieder!«, rief Philip und klang nicht länger fürsorglich, sondern genervt. Gott sei Dank. Es konnte alles nicht so schlimm sein, wenn er so genervt klang.

Sie gehorchte ihm nicht, sondern ging weiter, zumal sie eben zwei Männer entdeckt hatte, die gerade aus einem Streifenwagen stiegen und sich ihren Weg durch die Menge bahnten. Einer redete auf einen Polizeibeamten ein, der andere sah sich suchend um.

Hauptkommissar Martin Hartmann und … Simon.

Jetzt waren ihre Beine nicht mehr wackelig. Sie stürzte auf Simon zu, krallte sich an ihm fest, legte ihren Kopf an seine Brust. Sein Pullover kratzte.

»Clara … du bist schon da? Wer vom Präsidium hat dich angerufen?«

»Natürlich bin ich hier! Philip hat mich informiert. Aber warum seid ihr gekommen?«

Er war doch zuständig für Kapitalverbrechen, wusste er vielleicht mehr? War jemand getötet worden? Katharina …?

Sie stammelte den Namen ihrer Tochter. »Sie … sie ist doch in der Klasse … dieser Verrückte … er hat sie in ihrer Gewalt.«

Simon sah sie so entsetzt an, als hörte er zum ersten Mal davon.

»Katharina geht hier zur Schule?«, fragte er. »Du bist ihretwegen hier?«

»Ja, warum denn sonst?«

»Na wegen …« Er brach ab. »Du hast dich geirrt«, sagte er leise. »Ich geb's nur ungern zu, aber Hartmann hatte von Anfang an recht.«

Was zum Teufel hatte Hartmann mit Katharina zu tun?

Simon nahm sie behutsam an den Schultern und schob sie ein Stück von sich weg, damit er ihr ins Gesicht sehen konnte. »Der Mann, der sich da drinnen in der Klasse verschanzt hat, ist niemand anders als Clemens Peters.«

Wieder saß sie auf der Bank mit der Vogelscheiße, ohne dass es ihr etwas ausmachte. Wieder hatte sie das Gefühl, zu ersticken, diesmal nicht an Panik, sondern an etwas anderem. Schuld … so großer Schuld.

Etliche Fragen lagen ihr auf den Lippen, doch als sie den Mund aufmachte, brachte sie nur hervor: »Ich hätte es dir von Anfang an sagen sollen …«

Sie sagte es nicht nur einmal, sondern wieder und wieder.

Der Druck von Simons Hand auf ihrer Schulter wurde

stärker, in seinem Gesicht stand ehrliche Betroffenheit, Mitleid und ebenfalls schlechtes Gewissen.

»Wir haben erst heute Morgen erfahren, wo er sich versteckt hielt, sonst hätten wir das alles vielleicht verhindern können.«

Ich bin schuld, ich bin schuld, ich bin schuld. »Wo … wo war er denn?«

»Bei Judith Rautenberg.«

»Judith?«

Bilder stiegen vor ihrem inneren Auge auf, von Othmar Rautenberg auf dem Fensterbrett, von seiner Frau, der sie die senfgelbe Bluse zerrissen hatte, als sie sie davon abhalten wollte, nach unten zu blicken. Von dem schrecklichen Geräusch, als der Körper auf dem Steinboden aufprallte. Nein, das war die falsche Reihenfolge, Judiths Bluse war erst zerrissen, als Othmar schon … ach, egal.

»Clemens hat sich bei Judith versteckt?«, entfuhr es ihr. »Ich wusste ja noch nicht mal, dass sie sich kannten. Und hieß es nicht, Judith sei unter der Woche in Koblenz, um ihre Mutter zu pflegen?«

»Na ja, er hat sich nicht richtig versteckt, eher Unterschlupf gefunden. Als er vor ein paar Wochen bei ihr auftauchte, war er offenbar total durcheinander. Und die Mutter ist nach Rautenbergs Tod in ein Heim gekommen. Clara, hör mir zu! Rede dir jetzt nichts ein! Es ist nicht deine Schuld.«

»Meine Tochter ist da drinnen mit einem Wahnsinnigen!«

Mehrere Blicke richteten sich auf sie. Da war wieder die Mutter mit ihrem schlaksigen Sohn, die Sekretärin der Schule mit dem komischen Namen … Messer … Löffel … nein, Gabelstecher. Sie wurde gerade von einem Beamten befragt, und in das Gespräch hatte sich auch Philip eingemischt. Mehrmals betonte er, Anwalt zu sein.

Ja, klar, Herr Anwalt, Herr Graf, du hast natürlich das Recht, mehr zu erfahren als der Rest der Welt, du hast die Welt schließlich unter Kontrolle – mal abgesehen von der durchgeknallten Ex-Frau, die dich einfach verlassen hat.

Clara wandte sich wieder an Simon und gab sich Mühe, ihre Stimme zu senken. »Sag mir bitte alles, was du weißt.«

»Falls Clemens wirklich die Morde an den Bischöfen verübt hat, dann hatte er durchaus ein Motiv, und zwar ein sehr persönliches«, erklärte Simon. »Judith Rautenberg hat ausgesagt, dass ein Priester sein Vater war, dass das jedoch immer vertuscht wurde.«

Clara konnte sich nicht erinnern, dass Clemens jemals mit ihr über seine Familie gesprochen hatte.

»Was hat denn Judith Rautenberg mit all dem zu tun?«

»In erster Linie war Othmar betroffen. Du weißt wahrscheinlich besser als ich, wie in solchen Fällen vorgegangen wird. Als Clemens' Mutter schwanger wurde, hat der Bischof den Priester zu sich bestellt.«

Clara nickte. Obwohl ihre Gedanken so träge waren, begriff sie. »Und dann wurde das vereinbart, was in einem solchen Fall üblich ist: Nach außen hin leugnen, aber heimlich zahlen.«

»Genau. Und Othmar, der damals schon für das Bistum arbeitete, war für die Abwicklung zuständig. Er hat offenbar dafür gesorgt, dass die Frau ohne viel Aufsehen ihre Alimente bekam.«

»Sicher war das nicht der einzige Fall im Bistum. Warum hat Othmar Judith denn ausgerechnet von diesem Fall erzählt?«

»Er kannte offenbar Clemens' Vater sehr gut – und Judith kannte ihn auch. Sie erlebten den Gewissenskonflikt hautnah mit. Der Priester fühlte sich für sein Kind verantwortlich, gleichzeitig hatte er Angst, sich vom Priesteramt suspendieren zu lassen, weil er dann finanziell vor dem Nichts gestanden hätte. Er litt jahrelang an schweren Depressionen und ist relativ jung an Krebs gestorben. Die Rautenbergs hat das wohl sehr mitgenommen.«

»Die Armen«, sagte Clara nicht ohne Zynismus. »Aber Clemens' Mutter hatte es sicher auch nicht leicht.«

Simon zuckte die Schultern. »Judith wusste kaum etwas über sie. Offenbar ist sie vor zwei oder drei Jahren gestorben. Clemens hatte ein sehr enges Verhältnis zu ihr. Judith meinte, sie habe es toll hingekriegt, den Sohn ganz allein großzuziehen.«

Anders als sie. Sie hatte nach der Geburt trotz tatkräftiger Unterstützung durch Kindsvater, Kindermädchen und Schwiegermutter an einer postnatalen Depression gelitten. »Aber das ist doch heilbar?«, hatte Philip gefragt, als die Hebamme behutsam eine erste Diagnose wagte. Dass sie nicht mehr mit ihm leben wollte – das war allerdings nicht heilbar.

Clara verdrängte die Erinnerungen. »Wie … wie passt das alles zusammen?«, stammelte sie.

»Clemens hat offenbar sehr darunter gelitten, seinen Vater nicht zu kennen. Das war sozusagen ein dunkler Fleck in seiner Biografie. Nach dem Tod seiner Mutter hat er begonnen, Nachforschungen anzustellen.«

Clemens, der gute Journalist …

»Wann, sagtest du, ist sie gestorben? Vor zwei, drei Jahren? Wenn ich mich recht entsinne, hat Clemens ungefähr zu der

Zeit mit der Kirche gebrochen und begonnen, für kirchenkritische Zeitungen zu arbeiten.«

Simon nickte nachdenklich. »Gut möglich, dass es einen Zusammenhang gibt. Vielleicht hat er überhaupt erst dann erfahren, dass sein Vater Priester war. Doch da der nicht mehr lebte, gab es für ihn keine Möglichkeit, die Sache aufzuarbeiten.«

»Was sicher nicht leicht war. Aber deswegen geht er doch nicht hin und ermordet drei Bischöfe! Die übrigens alle nicht sehr alt waren, weswegen es unwahrscheinlich ist, dass sie etwas mit der damaligen Vertuschungsaktion zu tun hatten. Und eine Erklärung für Othmar Rautenbergs Selbstmord bietet diese Sache auch nicht. Deswegen hat er sich doch sicher nicht umgebracht.«

»Im Moment können wir nur Vermutungen anstellen. Vielleicht hatte Clemens Peters psychische Probleme, die sich durch den Tod der Mutter und der Sache mit seinem Vater verschlimmert haben. Er könnte sich dazu berufen fühlen, die Aufmerksamkeit der Öffentlichkeit auf die Missstände in der römisch-katholischen Kirche zu lenken.«

»Was ihm ja auch gelungen ist, indem er diverse Skandale aufgedeckt hat. Die Bischöfe haben in der Folge größere Transparenz gelobt, was ja überhaupt erst diesen radikalen …«

Sie brach ab. Ihr vermeintlich stimmiges logisches Konstrukt – dass ein religiöser Fanatiker für die Bischofsmorde verantwortlich war – fiel wie ein Kartenhaus zusammen.

»Aber warum hat Clemens in den letzten Wochen ausgerechnet bei Judith Rautenberg Zuflucht gefunden?«

»Ich bin mir nicht sicher. Sie sagte, in der schlimmen Zeit

nach dem Selbstmord ihres Mannes habe es ihr gutgetan, ihn bei sich zu wissen. Da sie ja seine Eltern gekannt hatte, habe sie ihn nicht als Fremden betrachtet.«

»Und dann stellt sich raus, dass er ein Mörder ist.«

»Wenn stimmt, was wir vermuten – dann ja«, sagte Simon. »Peters hat wohl herausgefunden, dass wir ihm auf die Spur gekommen sind, ihm also nicht mehr viel Zeit bleibt.«

»Und deswegen stürmt er in eine Schule und nimmt Kinder als Geiseln?«

»Es ist nicht irgendeine Schule, sondern eine katholische. Und dass Kinder involviert sind, garantiert ihm größtmögliche Aufmerksamkeit.«

Wie auf Kommando kamen weitere Autos vorgefahren. Es stiegen jedoch keine Polizeibeamten aus, sondern Männer und Frauen in Zivil, etliche mit Mikrofon oder Kamera ausgerüstet. Clara hörte, wie eine Reporterin lautstark Anweisungen gab. »Als Erstes will ich eine Totale von der Schule. Dann schaue ich, ob wir ein paar O-Töne kriegen.«

Wenn sie von mir einen O-Ton will, spucke ich in die Kamera.

Wie kindisch.

Wenn dann noch Daniel Roos auftaucht, spucke ich ihm ins Gesicht.

Das war noch kindischer. Zumal Daniel nirgendwo zu sehen war.

»Und diese Sache mit Markus Jonas? Clemens wollte ja offenbar einen großen Finanzskandal aufdecken. Warum ist er untergetaucht, anstatt damit an die Öffentlichkeit zu gehen? Und warum hat er Markus Jonas überhaupt in die Enge getrieben, wenn er mehr oder weniger zeitgleich ein paar Bischöfe meuchelt?«

»Das müssen wir noch herausfinden.«

»Und wahrscheinlich hättet ihr das längst herausfinden können, wenn ich dir gleich von Clemens' Verschwinden erzählt hätte. Dann … dann wären wir heute nicht hier.«

Und dann wäre Katharina nicht in Lebensgefahr.

»Mach dich nicht selbst fertig«, sagte Simon etwas hilflos.

Clara beugte sich vor und presste die Hände gegen ihre Schläfen. »Und was passiert jetzt?«

»Wir versuchen, Kontakt zu Clemens aufzunehmen. Soeben ist ein Kollege eingetroffen, der auf Geiselnahmen spezialisiert ist. Das ist ein Profi. Bis jetzt hat Clemens offenbar noch keine Forderungen gestellt. Wenn ich es richtig einschätze, genügt ihm schon die mediale Aufmerksamkeit. Ich bin sicher, er wird den Kindern nichts tun.«

Clara blickte hoch. »Und ich war mir sicher, dass Clemens ein vernünftiger, nüchterner Mann ist. Tut mir leid, wenn ich dir nicht glauben kann.«

Die Zeit verging, sie saß immer noch auf der Bank. Irgendwann hielt sie einen Pappbecher in der Hand, wusste aber nicht, wer ihn ihr gegeben hatte. Wahrscheinlich Simon, wobei der mittlerweile dort hinten mit Hartmann diskutierte. In dem Becher befand sich eine braune Brühe, die nicht nach Kaffee roch und nicht so schmeckte, aber wohl so genannt wurde. Sie nahm einen Schluck und verbrannte sich die Lippen. Prompt wurden die so taub wie der Rest ihres Körpers. Nur in den Händen hatte sie noch Gefühl. Sie konnte die Wärme des Pappbechers spüren, und die tat irgendwie gut.

»Stimmt es, dass du ihn kennst?«

Sie war zu ausgelaugt, um hochzuschauen, hob den Blick nur gerade so weit, dass sie auf Philips Gürtel starrte. Sie kannte den Gürtel von früher und wandte rasch den Kopf ab. Neben der Bank stand eine Mülltonne, und vor der Mülltonne lag eine leere Big-Mac-Packung von McDonald's. Ob einer der Grundschüler ihn gegessen hatte?

»Du kennst ihn auch«, murmelte sie.

Philip trat näher an die Bank heran, zögerte aber, sich zu ihr zu setzen. Wahrscheinlich fürchtete er um seinen teuren Anzug.

»Damals, die Party … nach der Hochzeit …«, stammelte sie.

Für die Verhältnisse der von Haidhausens hatten sie im kleinen Kreis geheiratet. Nur zweihundert Gäste waren gekommen, und die hatten zu neunzig Prozent aus Philips Verwandtschaft bestanden. Clara hatte neben dem engsten Familienkreis nur mit einem Onkel aufwarten können, der keine Kinder hatte, und mit einer Cousine ihrer Mutter, die sie seit Jahren nicht gesehen hatte. Für Freunde hatte es nach den Flitterwochen ein eigenes Fest gegeben. Wobei sie selbst nicht viele Freunde hatte und darum vor allem ehemalige Kommilitonen einlud, auch Clemens und Daniel. Clemens war wohl nur gekommen, weil Daniel nicht alleine hingehen wollte, und Daniel wiederum war nur gekommen, um sich am Büfett satt zu essen. Später hatte er mal erklärt, Esseneinladungen seien eine zweischneidige Sache. Das Geld, das man beim Essen spare, müsse man für ein Gastgeschenk ausgeben. Sie konnte sich nicht mehr erinnern, was Daniel ihr zur Hochzeit geschenkt hatte. Vielleicht eine alte Bibelausgabe, die er als wertvolles Fundstück bezeichnete, während er sie in

Wahrheit für zwei Euro neunundneunzig bei eBay ersteigert hatte.

»Wen meinst du?«, fragte Philip verständnislos.

»Clemens. Clemens Peters. Ich habe ihn noch vor Kurzem getroffen. An dem Abend von Othmar Rautenbergs Selbstmord.«

»Selbstmord?«, fragte Philip. Entweder las er keine Zeitungen, oder er hatte etwas so Unbedeutendes wie den Freitod des Bistumsökonomen von Mainz schlicht vergessen.

»Ja, bei diesem Empfang vom Dommuseum ... ist nicht so wichtig ... Othmar Rautenberg hat sich in den Tod gestürzt ... wahrscheinlich gibt es einen Zusammenhang mit den drei Bischofsmorden. Clemens ist ein Tatverdächtiger und ...«

Nun setzte sich Philip doch noch auf die Bank, genauer gesagt ließ er sich regelrecht fallen. »In was hast du unsere Tochter denn da hineingezogen!«

Clara hatte eben von ihm abrücken wollen. Nun erstarrte sie und blickte ihn fassungslos an. Ein Windzug erfasste die McDonald's-Packung. *Weh sie ihm auf die Füße, vielleicht kriegt seine Hose dann einen Ketchupklecks ab.* »Hineingezogen? Das eine hat doch nichts ...«

Sie brach ab. *Und was, wenn das eine doch etwas mit dem anderen zu tun hatte? Wenn Clemens diese Schule nicht zufällig ausgesucht hatte, sondern weil er wusste, dass Katharina sie besuchte? Aber nein, es war die einzige katholische Schule in Frankfurt. Es musste ein Zufall sein, dass er ausgerechnet in Katharinas Klasse gestürmt war. Er hatte nichts gegen sie, nichts gegen ihr Kind!*

Philip zog unterdessen seine eigenen Schlussfolgerungen. »Das ist jetzt schon das zweite Mal, dass du sie in Gefahr bringst!«

»Bitte?«, entfuhr es Clara.

»Damals hast du doch auch diesen Mörder in die Wohnung gelassen!«, rief er anklagend.

»Mein Gott, ich wusste doch nicht …« Wieder brach sie ab. Noch größer als die Empörung über Philip waren ihre Schuldgefühle.

Zumindest hatte sie gewusst, dass Clemens Peters verschwunden war …

»Tut mir leid«, sagte sie bissig, »dass ich zufällig bei einem Selbstmord dabei war. Es ist nicht so, dass ich das geplant habe, weil kein Kinofilm so spannend ist, wie jemanden aus dem Fenster springen zu sehen. Und tut mir leid, dass ich zufällig für die Kirche arbeite und gerade drei Bischöfe ermordet wurden. Oder willst du mir auch daran die Schuld geben?«

»Jetzt werd nicht aggressiv.«

»Ach, jetzt bin ich plötzlich aggressiv? Ich dachte immer, bloß *depressiv*!«

»Herrgott, Clara! Unsere Tochter ist in Lebensgefahr, und du denkst nur an dich.«

»Nein, du denkst nur an dich. Nicht einmal in diesem Augenblick kannst du die Kränkung überwinden, dass ich den tollen, großartigen Dr. Philip von Haidhausen verlassen habe.«

»Das ist jetzt wirklich kindisch. Du ziehst unsere Tochter in diesen Schlamassel, ich gebe dir doch nicht wirklich die Schuld dafür, und als Dank …«

Sie umkrallte den Pappbecher so fest, dass einige Tropfen über den Rand perlten und auf ihre Hand liefen. Sie waren nicht mehr heiß. Ihre erste Regung war, ihm den Kaffee ins

Gesicht zu schütten. Stattdessen stand sie auf und schleuderte ihn vor seine Füße. Sie hatte nicht gewagt, ihm den Kaffee direkt auf die Schuhe zu kippen, dennoch bekamen sie etliche Spritzer ab. »Sag mal, hast du Scheiße im Kopf?«, schrie sie.

Mehrere Köpfe drehten sich zu ihnen um. Wohl nur deswegen sprang Philip nicht auf, sondern blieb sitzen. Auf seinem Gesicht erschien jenes mitleidige Lächeln, das sie so gut kannte. Jetzt dreht sie wieder mal durch. Er nahm ein Taschentuch, wischte sich die Schuhe sauber und warf das Tuch in den Mülleimer.

»Wenn dir nichts mehr einfällt, wirst du vulgär, das kennen wir ja.«

Sie war kurz davor, den Becher aufzuheben und noch einmal zu werfen, aber plötzlich trat Simon dazwischen. »He, he!«, murmelte er mäßigend. Auch wenn er nicht gesehen hatte, wie sie den Becher warf, entging ihm sicher nicht, dass Philips Mund zuckte und Clara rote Flecken im Gesicht hatte.

»Was gibt es Neues?«, fragte Philip.

Simon deutete mit dem Kinn auf Hartmann. »Am besten, du redest mit meinem Chef, der will ohnehin die Eltern befragen.«

Clara war sicher, dass das eine Lüge war, dass der Hauptkommissar Simon wohl eher aufgefordert hatte, ihm die hysterischen Eltern vom Leib zu halten. Aber Philip sprang sofort auf und eilte zu Hartmann.

Wortlos ließ sich Clara wieder auf die Bank fallen, und Simon tat es ihr gleich. Die Zeit verrann, der Wind hatte die McDonald's-Packung mittlerweile auf die Straße geweht.

»Ich will wieder das geteilte Sorgerecht«, brach es plötzlich aus ihr heraus. »Das heißt, ich wollte es, aber ich habe mich nicht getraut, entsprechende Schritte einzuleiten.«

Simon sah sie von der Seite an. »Was meinst du?«

»Philip hat bis jetzt das alleinige Sorgerecht und ich nur ein sehr begrenztes Besuchsrecht …«

»Ich weiß, damals nach der Trennung ging es dir nicht so gut.«

»Ich glaube nicht mal, dass es daran lag. Ich hatte das Gefühl, dass ich ihm nicht auch noch das Kind nehmen durfte. Stattdessen habe ich aller Welt gezeigt, dass ich die unfähige Ehefrau und Rabenmutter bin, und er das arme Opfer.«

»Das war er nie.«

»Ich weiß, und deswegen wollte ich ja … Aber ich habe mich nicht getraut, ich habe eine Anwältin kontaktiert, aber die Sache dann wieder einschlafen lassen. Ich … ich war so feige, und jetzt ist es vielleicht zu spät.«

»Das ist es nicht!«

»Wenn Katharina etwas passiert … Philip kann ein richtiges Arschloch sein, aber er hat recht, wenn er sagt, dass ich …«

»Hör auf!«

Unvermittelt zog er sie an sich, und sie schmiegte sich in seine Arme. Es war ihr egal, dass alle sie sehen konnten, auch Philip. Simon hob beide Hände und legte sie auf ihren Kopf, doch dann löste er sich plötzlich von ihr. Erst jetzt nahm sie Geräusche wahr. Ein Raunen erhob sich, sämtliche Kameras richteten sich auf das Schulgebäude, irgendjemand sprach etwas in ein Funkgerät, und mehrere bewaffnete Polizisten mit Schusswesten kamen näher. Von Weitem hörte sie Philips Stimme, der einmal mehr erklärte, dass er Anwalt sei.

»Was … was ist denn los?«

Sie hörte auch Frau Gabelstechers Stimme, verstand aber nicht, was sie sagte.

Simon war aufgesprungen. »Peters ist da oben! Er steht am Fenster … hat die Hände erhoben …«

Ein Zittern lief durch Claras Körper, sie schaffte es nicht, ebenfalls aufzustehen, ja nicht einmal, sich umzudrehen und hochzublicken.

Endlich sprach Simon die erlösenden Worte. »Ich glaube, er gibt auf.«

14

Die Spinnen waren widerlich. Simon verstand nicht, warum die Rektorin ausgerechnet diese ausgestopften Viecher – sicherlich der Albtraum der meisten Kinder – in ihrem Büro aufhängte. Nun gut, Lore Wilke war studierte Biologin, wenn sie auch nicht den Eindruck machte, sonderlich exzentrisch zu sein. Sie war eine jener alterslosen Frauen, die nie wirklich jung gewesen zu sein scheinen, dafür aber im Alter von fünfzig Jahren deutlich jünger geschätzt werden, weil in ihrem Gesicht keine Spuren eines exzessiven Lebens zu finden sind. Falls sie die kurz geschnittenen Haare gefärbt hatte, dann war das Haselnussbraun äußerst dezent gewählt. Zu schwarzen Hosen trug sie eine Seidenbluse und eine Kette aus großen bläulichen Steinen. Vielleicht hatten die irgendeine esoterische Bedeutung, wobei das wiederum nicht zu einer Naturwissenschaftlerin gepasst hätte, die sich mit toten Spinnen umgab. Unter ihren Achseln standen Schweißflecken, und sobald sie ihr Büro betrat, wusch sie sich am kleinen Waschbecken hinter der Tür die Hände. Selbst als ihre Hände schon ganz rot waren, hörte sie nicht damit auf, während die Sekretärin mit dem komischen Namen den Kindern Süßigkeiten brachte: Pfefferminzbonbons und Gummibärchen in Tüten, die allesamt das Logo der Deutschen Bahn aufwiesen. »Mein Mann arbeitet als Zugführer«, sagte sie augenzwinkernd zu Simon, »bedienen Sie sich doch.«

Simon hatte keine Lust auf Pfefferminzbonbons, Katharina griff jedoch gleich zweimal zu. Sobald sie das erste Tütchen geöffnet und ein Bonbon in den Mund gesteckt hatte, erklärte sie: »Das ist mir viel zu scharf.«

»Dann spuck es einfach aus«, schlug Simon vor.

Katharina grinste aber nur und zerbiss es.

Zwei der Jungs hatten eben die Spinnen entdeckt, ein Mädchen einen Brieföffner auf dem Schreibtisch. Sie hielt ihn offenbar für ein Bastelutensil und öffnete alle Schubladen auf der Suche nach Tesafilm.

Lore Wilke wusch sich immer noch die Hände.

Dieser Idiot, dachte Simon und meinte Hartmann. Wenigstens die Wilke hätte er mir abnehmen können, wenn er schon um die Kinderschar einen großen Bogen macht.

Aber Hartmann musste sich um Peters »kümmern«, wie er das nannte; die Verhaftung des Bösewichts sagte ihm natürlich mehr zu als die psychologische Nachbetreuung der Opfer. Simon wusste selbst noch nicht, wie er vorgehen sollte, aber nach Peters' Verhaftung hatte diese Frau mit dem Besecknamen vorgeschlagen, dass sich die Direktorin und die Kinder an einen ruhigen Ort zurückziehen sollten. Und das war nun mal das Sekretariat.

»Die Schulpsychologin ist auf dem Weg«, erklärte sie eben.

»Wurde sie denn nicht gleich informiert?«, fragte Simon irritiert.

»Doch, doch. Aber sie kommt aus Bad Vilbel, wir haben sie erst nicht erreicht, und dann der Verkehr …«

»Gibt es denn keine Schulpsychologen in Frankfurt?«

»Es gibt ja sonst keine so akuten Fälle, ich meine, bei Mobbing oder Magersucht, da hat man ja mehr Zeit.«

Magersucht in der Grundschule …

»Katharina«, sagte Simon. »Setz dich doch mal her. Vielleicht magst du mir erzählen, was passiert ist.«

Katharina zerkaute das letzte Pfefferminzbonbon. »Das ist Simon, mein Onkel«, prahlte sie. »Er ist Polizist.«

»Aber er trägt doch gar keine Uniform«, sagte einer der Jungs enttäuscht.

Simon blickte an sich herab. Der graue Pulli und die schwarzen Jeans mussten in der Tat eine Enttäuschung für die Kinder sein.

»Erzählst du mir nun, was passiert ist?«

»Nur, wenn ich Gummibärchen bekomme.«

Klar, Katharina war eine Expertin darin, ihre Eltern gegeneinander auszuspielen. Simon sah sich hilfesuchend nach der Sekretärin um, die bereitwillig im Pappkarton mit den Süßigkeiten kramte.

Vorhin hatte sie ausgesagt, dass sie mehrere Schüsse gehört habe. Auf Nachfrage legte sie sich dann nur mehr auf einen fest. Von diesem Schuss sprach auch Gisela Uhlen, die Mutter eines Viertklässlers, die zum Zeitpunkt der Geiselnahme eigentlich einen Termin mit der Rektorin gehabt hatte. Als sie Clemens Peters abführten, hatte er allerdings keine Waffe bei sich, und er hatte auch geleugnet, eine zu besitzen. Das war das Einzige, was er überhaupt sagte. Ansonsten war kein Wort aus ihm herauszubekommen, nachdem er sich der Polizei gestellt hatte – weder irgendein Hinweis, warum er sich in der Klasse verschanzt und nun aufgegeben hatte, noch irgendeine Aussage zu den Bischofsmorden. Er hatte starr vor sich hin geblickt, als wäre er ganz woanders.

Nach Hartmann hatte der hinzugezogene Staatsanwalt

Lechner sein Glück versucht, was Hartmann zu der verdrossenen Bemerkung veranlasste: »Der glaubt doch nicht, dass er ihn knacken kann, wenn ich es nicht schaffe!« Und als der Staatsanwalt tatsächlich wenig später aufgab, meinte er befriedigt: »Solche Typen muss man erst mal ein paar Stunden schmoren lassen.«

Für die Kinder, beschloss er, sei Simon zuständig. »Ich will mich weder mit den Blagen herumschlagen noch mit den Eltern.«

Letztere waren mittlerweile alle informiert worden und zur Schule gekommen. Es war ein mühsames Unterfangen gewesen, sie einzeln zu überzeugen, dass sie ihr Kind zwar umarmen, jedoch noch nicht gleich mit nach Hause nehmen dürften, da noch eine Befragung notwendig sei.

Lore Wilke drehte das Wasser ab, obwohl ihre Hände noch voller Seife waren, die durchdringend nach Lavendel roch. Sie machte keine Anstalten, sie abzutrocknen.

»Es war Zufall, dass ich in der Klasse war«, begann sie unwillkürlich zu sprechen. Ihre Stimme klang heiser, tief, nahezu bedrohlich. Selbst das Mädchen, das eifrig bastelte – sie hatte zwar keinen Tesafilm gefunden, stattdessen Briefumschläge und Heftklammern –, erstarrte.

»Er … er wollte zu mir. Wenn er mich hier im Sekretariat angetroffen hätte, hätten die Kinder das nicht miterleben müssen. Wir haben gerade ein englisches Lied gesungen, als er in die Klasse kam.«

Irgendein Kind begann eine Melodie zu summen. »Old MacDonald had a farm.«

Die Hände voller Seife zitterten, und Simon ahnte plötzlich, was bevorstand.

Er wandte sich an die Sekretärin. »Bringen Sie die Kinder zu ihren Eltern. Sie sollen noch in der Schule bleiben, aber ich muss kurz allein mit Frau Wilke sprechen.«

Die Frau mit dem Besteсknamen nickte. »Kommt mit, dann kriegt ihr noch mehr davon«, sagte sie und nahm den Pappkarton mit den Süßigkeiten mit. Es dauerte eine Weile, bis sie den Raum verlassen hatten, und in dieser Zeit ließ Simon Lore Wilke nicht aus den Augen. Sie rührte sich nicht, aber ihre Hände zitterten immer stärker.

»Er wollte zu Ihnen«, stellte er fest. »Das heißt, Sie kennen ihn.«

»Ja … nein …«

Behutsam nahm er sie an den Schultern und führte sie zum Schreibtischstuhl. Sie stieß sich das Schienbein an, weil die Schublade offen stand, in der das Mädchen vorhin gekramt hatte, aber sie schien den Schmerz gar nicht wahrzunehmen.

»Ja … ja … nein … nein …«

Was denn nun?

»Kennen Sie seinen Namen?«

»Nein …«

»Wissen Sie, was er von Ihnen wollte?«

Lore Wilkes ganzer Körper begann zu zittern. Simon erlebte nicht zum ersten Mal, dass jemand in seinem Beisein zusammenbrach, doch noch nie hatte er so etwas gesehen. Jede einzelne Faser ihres Körpers schien regelrecht zu explodieren, die Tränen schossen aus ihren Augen.

Als sie endlich etwas hervorpresste, verstand er die Worte kaum, weil sie von ihrem Schluchzen zerhackt wurden.

Schließlich wiederholte sie: »Er … er ist ein Teufel … obwohl er doch ein Mann Gottes sein sollte …«

Und dann begann sie, wild um sich zu schlagen, warf alles vom Schreibtisch, sogar den Brieföffner. Simon wich unwillkürlich zurück. Wo, verdammt noch mal, blieb diese Schulpsychologin?

»Ich bringe sie jetzt heim, da kann sich Simon auf den Kopf stellen«, zischte Philip.

Clara kam eben mit einem Becher Kakao, den sich Katharina gewünscht hatte, vom Kaffeeautomaten zurück. Außerdem hatte sie ein Twix, ein Kitkat und Weingummis gefordert, alles Dinge, die sonst verboten waren. Zumindest das Twix wollte Clara ihr nicht verwehren, obwohl Katharina vorhin im Sekretariat schon Süßigkeiten bekommen hatte.

»Simon muss die Kinder doch noch befragen«, wandte sie ein.

»Wozu?«, schnaubte Philip. »Die haben den Verrückten doch … alles andere ist mir scheißegal.«

Clara lag es auf den Lippen, zu sagen: Jetzt bist du es aber, der vulgär wird. Doch sie verkniff es sich. Sie wollte ja selbst so schnell wie möglich von hier fort, zumal eben ein Krankenwagen vorgefahren kam und zwei Sanitäter heraussprangen. Von Frau Gabelstecher hatten sie erfahren, dass die Rektorin einen Nervenzusammenbruch erlitten hatte.

»Los, Katharina, komm jetzt, wisch dir die Finger ab.«

Nicht nur Katharinas Hände waren voller geschmolzener Schokolade, sondern auch ihr Mund. Clara kramte in der Handtasche, zog ein zerknülltes Taschentuch hervor und reichte es ihrer Tochter. »Ich komme mit«, murmelte sie.

»Wozu?«, fragte Philip.

Clara sah ihn an. Er meinte es tatsächlich ernst. Noch nicht mal Bösartigkeit oder Feindseligkeit standen in seinem Blick. Er konnte sich einfach nicht vorstellen, warum sie bei ihrer Tochter sein wollte.

Wozu, sie hat doch mich, sie hat mich immer gehabt, dich nur phasenweise, es geht ihr doch gut.

Clara rang nach Worten.

»Wir haben doch klare Regeln«, sagte Philip rasch. »Katharina trifft jeden von uns in seinem eigenen Umfeld. Es gibt keinen Grund, diese Regeln jetzt zu brechen.«

»Aber …«

»Wir wollen der Sache doch nicht noch mehr Gewicht geben als nötig. Ich habe auch nicht den Eindruck, dass sie sehr verstört ist. Komm jetzt, Katharina.«

Katharina ließ das schmutzige Taschentuch auf den Boden fallen.

»Heb es bitte auf und wirf es in den Papierkorb«, forderte Clara sie auf.

Katharina hörte nicht auf sie. »Tschüss, Mama.«

Sie sollte eigentlich froh sein, dass Katharina nicht völlig aufgelöst war und weinte, doch dieser gleichgültige Tonfall schnitt sich ihr in die Seele.

»Heb bitte das Taschentuch auf«, mahnte sie.

Katharina tat wieder so, als hätte sie nichts gehört. Sie lief Philip nach, der sich schon abgewandt hatte und ein paar Schritte gegangen war.

»Philip, das Taschentuch!«

Anklagend deutete sie auf den Boden. Philip zuckte nur die Schultern. »Jetzt hab dich doch nicht so, nicht heute …«

Ich dachte, wir brechen keine Regeln. Aber diese Worte blieben ihr in der Kehle stecken, denn Philip hatte bereits den Ausgang erreicht. »Dürfen wir denn schon gehen?«, fragte ein anderer Vater.

»Ich lasse meine Tochter doch nicht länger hier als nötig«, erklärte Philip, woraufhin sich auch andere Eltern zum Aufbruch rüsteten.

Clara starrte auf das Taschentuch, bückte sich, hob es auf. Wo war der Mülleimer?

»Hier«, sagte jemand leise.

Als sie hochblickte, sah sie Simon. Sie hielt das Taschentuch krampfhaft umklammert. Wenn sie es losgelassen hätte, hätten ihre Knie nachgegeben. Oder noch schlimmer: Sie wäre in Tränen ausgebrochen. Und am allerschlimmsten wäre gewesen, dass sie ihr Gesicht an seine Brust gepresst und seinen Geruch eingeatmet hätte. Es wäre eine Täuschung gewesen, zu glauben, dass Angst und Panik um ihre Tochter sie dazu verleitet hätten. Nein, es war die unbändige Sehnsucht nach jemandem, der für sie da war und nicht über sie urteilte.

Doch sie ließ das Taschentuch nicht los. »Frau Wilke …«, setzte sie an.

»Sie kommt ins Krankenhaus, sie ist zusammengebrochen.«

»Weiß man schon, warum?«

»Die Kinder konnten leider nicht viel sagen. Nur, dass Peters plötzlich ins Klassenzimmer stürmte. Er hat offenbar sehr laut geschrien und ihnen verboten, den Raum zu verlassen. Frau Wilke ist eben völlig durchgedreht. Sie hat was vom Teufel geschwafelt, der doch eigentlich ein Mann Gottes sein sollte.«

Claras Augen weiteten sich. »Das heißt, sie muss Clemens kennen … von früher, als er noch voller Ideale für die Kirche gearbeitet hat.«

»Kann es sein, dass er mal Priester werden wollte?«

»Bei den meisten männlichen Theologen steht so eine Überlegung zumindest kurz im Raum. Aber ich glaube nicht, dass das bei ihm ein großes Thema war. Ich verstehe immer noch nicht, warum er sie mit einer Waffe bedroht hat … und dass er geschossen hat.«

»Was das betrifft, bin ich mir nicht mehr so sicher.«

»Aber mehrere Zeugen haben doch einen Schuss gehört.«

»Sie haben *geglaubt*, einen Schuss zu hören. Der Knall könnte auch von etwas anderem verursacht worden sein – vielleicht hat er schwungvoll die Tafel heruntergezogen oder so.«

»Du meinst …«

»Es könnte durchaus sein, dass Peters die Kinder nie ernsthaft bedroht hat.«

»Und die toten Bischöfe?«

»Hartmann wird ihn in die Mangel nehmen.« Simon schluckte. »Ich bringe dich jetzt nach Hause.«

»Das musst du nicht, ich bin mit dem Auto da.«

»Aber du bist in keiner Verfassung, in der du fahren solltest.«

Er nahm sie vorsichtig am Ellbogen, eine Berührung, die sie gerade noch ertrug. Es war nicht so viel Nähe, dass sie in Tränen ausbrechen musste, aber genug, um sich nicht von aller Welt verlassen zu fühlen.

Clara warf das Taschentuch Richtung Mülleimer, verfehlte ihn aber. Weder sie noch Simon bückten sich, um es aufzuheben.

Ihre Wohnung war nicht aufgeräumt. In der Diele gab es etliche Hindernisse, über die man leicht stolpern konnte: weinrote Lederschuhe, die sie heute Morgen hatte anziehen wollen und darum aus dem Regal geholt hatte – nur um sich später anders zu entscheiden. Ein Kleiderbügel, der von der Stange gefallen war, als sie ihre Winterjacke heruntergezogen hatte. Und eine Kiste mit Altpapier. Wobei sich nicht nur Altpapier darin befand, sondern auch eine leere Plastikpackung von Tassimo-Espressokapseln. Sie musste sie gedankenlos hineingeworfen haben.

»Du … du musst wirklich nicht bleiben. Du hast sicher viel zu tun. Katharina geht es gut und mir auch.«

»Ich verstehe nicht, warum Philip dich nicht wenigstens heute hat mitkommen lassen.«

»Du kennst ihn doch …«

Clara blieb vor der Tür zum Wohnzimmer stehen. Sie konnte sich nicht mehr genau erinnern, in welchem Zustand sie es zurückgelassen hatte. Meistens räumte sie nur dann gründlich auf, wenn Katharina kam. Künftig würde das anders werden – vorausgesetzt, Katharina würde mehr Zeit bei ihr verbringen.

»Dora und Philip haben so viel gemeinsam«, sagte Simon. »Sie schimpft immer mal wieder auf ihren Bruder, aber im Grunde ist sie genauso wie er. Sie setzen immer durch, was sie wollen …«

»Du kannst jetzt wirklich gehen.«

Doch er machte keine Anstalten, zu gehen, sondern setzte sich aufs Schuhregal.

»Es war nicht nur deine Schuld«, platzte es aus ihm heraus.

»Was?«

»Na die Sache mit Clemens Peters … dass du mir nichts von seinem Verschwinden gesagt hast … ich … ich wusste es …«

»Dass er verschwunden ist?«

»Nein, dass du mit Dora gestritten hast. Und dass du mit mir sprechen wolltest, aber nicht lange genug geblieben bist. Ich hätte mir denken können, dass es etwas mit den Morden zu tun hat. Ich hätte dich anrufen sollen.«

»Du redest zu viel im Konjunktiv, findest du nicht?«

»Nein, eigentlich ist es noch zu wenig! Ich hätte nicht schon wieder zulassen sollen, dass Dora einfach ihr Ding durchzieht … ich hätte sagen sollen, nein, will ich nicht.«

Clara runzelte die Stirn. Sie ahnte, dass er längst bei einem anderen Thema angekommen war, und setzte sich neben ihn auf das Schuhregal. Es war schmal, aber stabil.

»Du willst gar kein Kind mit ihr«, stellte sie mit ruhiger Stimme fest.

Sie fühlte, wie Simon zusammenzuckte.

»Ich weiß noch nicht mal, ob ich mit ihr zusammenbleiben will. Deswegen habe ich mich doch überhaupt erst auf diese Babygeschichte eingelassen. Damit ich die Entscheidung nicht selber treffen muss, sondern sie quasi der Natur überlassen kann. Ich … ich bin ein sauschlechter Polizist.«

»Polizist? Ich dachte, wir reden nicht über deinen Job, sondern über deine Ehe.«

»Wie soll ich mich denn gegen Hartmann durchsetzen, wenn ich mich nicht einmal gegen meine eigene Frau behaupten kann? Du bist stärker als ich … du hast Philip verlassen, als es nicht mehr ging.«

»Das war nicht stark. Das war feige.«

Verwundert sah er sie an.

»Ich bin einfach abgehauen … und ich habe mein Kind zurückgelassen …«

»Du hast an Katharinas Wohl gedacht. Du musstest dein Leben neu ordnen, und bei Philip ging es ihr gut.«

»Nein, ich habe mich quasi freigekauft. Ich habe ihm meine Tochter überlassen, damit er mich gehen lässt. Dora hat recht, ich bin eine schlechte Mutter.«

Er widersprach nicht länger. »Und jetzt?«, fragte er nur.

Kurz hatte sie das Gefühl, aus weiter Ferne zu sehen, wie sie beide da auf dem Schuhschrank in ihrer chaotischen Diele saßen und auf die Tassimo-Packung im Altpapier starrten.

»Komm«, sagte sie und stand auf.

Sie wusste, dass es eine schlechte Idee war. Sie wusste, dass sie damit alles kaputt machen würde. Dass sie hinterher keine Verbündeten mehr wären, die sich über ihre Ehepartner – aktuelle und verflossene – beschweren konnten, keine Schicksalsgenossen, weil sie beide leise Menschen waren, die sich in dieser lauten Welt behaupten mussten. Das Einzige, was sie einen würde, wäre die Einsicht, wie dumm es war, anzunehmen, man könnte aus dem eigenen Leben aussteigen – als gäbe es eine Abbiegung von der Hauptstraße. Vielleicht gab es die auch, aber sie führte nirgendwohin, höchstens auf einen Parkplatz mit verdrecktem Klo und überfüllter Mülltonne.

Aber sie wollte nicht an Müll denken, nicht an das Taschentuch, das Katharina auf den Boden geworfen hatte, nicht an die Tassimo-Verpackung oder die Big-Mac-Schachtel.

Sobald sie im Wohnzimmer standen, wollte sie nur ihre Hände um Simons Nacken schlingen, sein Gesicht zu sich heranziehen und ihn küssen. Erst spürte sie, wie er sich versteifte, dann, wie ein Ruck durch ihn ging. Dies war der entscheidende Moment. Er könnte sie von sich stoßen, sie fragen, ob sie verrückt geworden sei, und aus der Wohnung fliehen. Stattdessen packte er ihre Bluse und zerrte so heftig daran, dass ein Knopf abriss und auf den Boden kullerte.

Als sie dem Knopf nachschaute, fiel ihr Blick auf die Bücherstapel vor dem Regal. Sie hatte es leer geräumt, um es abzustauben, aber dann war etwas dazwischengekommen, und sie hatte weder die Bücher wieder eingeräumt noch den Staubwedel in die Abstellkammer zurückgebracht. Vor dem Schreibtisch lag ein Berg alter Ladekabel, weil sie in den Schubladen vergeblich nach einer Glühbirne gesucht hatte. Die Blätter der Zimmerpalme waren eher gelblich als grün, und um den Terrakottatopf lag etwas Erde verstreut. Nicht nur dort musste dringend gesaugt werden – auf dem Perserteppich knirschte der Sand, den Katharina vom letzten Spielplatzbesuch mitgebracht hatte. Zumindest das Sofa war frei. Oder nein, nicht ganz. Der durchsichtige Deckel einer Plastikschale lag darauf, in der sie vor zwei Tagen Thai-Nudeln mit Tofu von der Konstablerwache nach Hause transportiert hatte. Als Simon sie sanft zum Sofa schob und sie rücklings darauf niedersank, während er sich über sie kniete, spürte sie, wie sich die Plastikecken in ihren Rücken bohrten. Egal jetzt.

Sie schob ihre Bluse und ihren BH einfach hoch. Er schnürte sie am Hals etwas ein, aber das Unbehagen war nichts verglichen mit der Lust, die sie spürte, als Simon ihre Brustwarzen liebkoste. Trotz seiner Hast war er ungemein zärtlich. Sie tastete nach dem Gürtel seiner Jeans, versuchte, ihn zu öffnen; es klappte nicht recht, und sie zog ihn stattdessen immer enger. Schließlich ließ er von ihren Brüsten ab und half ihr. Während er den Gürtel von sich schleuderte, beugte er sich vor, küsste sie auf die Brüste, den Bauch, den Nabel. Sie zerrte an ihrem Rock, den Strümpfen, schob alles nach unten. Einen Moment lang war sie von der Kleidung so gefesselt, dass sie sich kaum rühren konnte. Aber sie strampelte heftig und konnte ihre Beine schließlich so weit spreizen, dass er mühelos in sie eindrang.

Es war das erste Mal seit der Trennung von Philip, dass sie mit einem Mann schlief. »Das ist doch nicht normal, so viele Jahre keinen Sex zu haben«, mäkelte Dora oft.

Als ob man es verlernen würde, dachte sie jetzt, halb trotzig, halb triumphierend. Wobei es mit Philip ganz anders gewesen war. Noch im Ehebett hatte sie an die Paparazzi denken müssen, die manchmal vor dem Schloss standen, um die perfekt gestylte Gräfin zu fotografieren.

Jetzt stellte sie sich vor, wie sie den Paparazzi den Plastikdeckel der Thai-Nudeln ins Gesicht schleudern würde, und grinste breit.

»Lachst du?«, fragte Simon. Anstatt zu antworten, beugte sie sich vor und küsste ihn.

Sie lachte nicht, als sie kam. Eine Träne lief über ihre Schläfe und versickerte in ihrem dünnen, blonden Haar.

Obwohl ein Knopf fehlte, machte sie die Bluse wieder zu und zog Slip, Strümpfe und Rock hoch. Nur den BH hatte sie nicht geschlossen, er hing locker vor ihrem Busen, nachdem sie eine Weile vergebens nach dem Verschluss getastet hatte. Simon half ihr nicht, sondern tat so, als wäre er mit seinem Gürtel beschäftigt.

Clara stand auf, ging in die Küche und beförderte den Plastikdeckel in den Müll. Als sie zurück ins Wohnzimmer kam, starrte Simon auf sein Smartphone.

Clara räusperte sich. »Neuigkeiten von Hartmann?«

Na toll, die ersten Worte nach diesem atemberaubenden Sex hatten gleich wieder mit den Morden zu tun.

»Auch«, murmelte er.

»Und?«, bohrte sie nach, als er nichts hinzufügte.

»Clemens Peters verweigert weiterhin jegliche Aussage.«

Clara verschränkte die Arme.

Auch.

Das hieß, er hatte noch eine SMS bekommen. Und da er nicht sagte, von wem, musste sie von Dora sein.

Wenn sie jetzt an Dora dachte, fühlte sie keinen Triumph mehr, sondern spürte ihr schlechtes Gewissen. Der schale Geschmack war ihr nur allzu vertraut.

»Ich muss los«, erklärte er.

»Natürlich.«

Simon rührte sich nicht.

»Willst du … willst du was trinken?«, fragte sie.

»Mineralwasser.«

»Ich fürchte, ich habe nur Bio-Kindersaft von Hipp. Milder Apfel oder Rote Früchte.« Katharina trank den neuerdings nicht mehr, sondern bestand auf Fruchttiger, weil auf der Flasche ein halber Dschungel abgebildet war.

»Leitungswasser ist auch okay.«

»Kaffee?«

»Nein.«

Als sie mit einem halb vollen Glas zurückkam, war er schon in der Diele.

»Ich muss los«, wiederholte er.

»Natürlich«, wiederholte sie.

Er trank nur einen Schluck Wasser. Anstatt ihr das Glas zurückzugeben, stellte er es auf einen bronzenen Teller, Überbleibsel von einem orientalischen Teeservice, das sie zur Hochzeit geschenkt bekommen hatte. Den Teller benutzte sie inzwischen als Schlüsselablage. Er würde gut in Doras neuerdings so opulent-orientalisches Wohnzimmer passen.

»Ich halte dich auf dem Laufenden. Tschüss.«

15

Als sie aus der Dusche stieg, läutete ihr Smartphone. Beinahe wäre sie auf den dunkelbraunen Fliesen ausgerutscht. Sie rechnete damit, dass es entweder Philip war oder Simon. Oder nein, sie hoffte es.

Hoffte, dass Philip anrief und ihr sagte, Katharina sei total verstört, komm bitte sofort, sie braucht jetzt ihre Mutter.

Hoffte, dass Simon anrief und sagte, wie toll der Sex gewesen sei, dass er seit Langem in sie verliebt sei und dass er sich so schnell wie möglich von Dora trennen werde.

Aber es war nur die Mailbox, auf der Marlies Ried eine Nachricht hinterlassen hatte.

Clara löschte sie, bevor sie sie abgehört hatte.

Du dumme Kuh.

Sie schlotterte am ganzen Körper und wickelte sich rasch in ein Handtuch ein. Es war sehr rau, weil sie bei der letzten Wäsche vergessen hatte, Weichspüler einzufüllen. Sie ließ sich aufs Sofa sinken.

Philip würde nicht anrufen. Er hatte auch vor anderthalb Jahren nicht angerufen, als Katharina aus dem Einkaufswagen gefallen war und zwei Tage zur Beobachtung im Krankenhaus bleiben musste.

Und Simon würde Dora nicht verlassen. Er konnte ihr noch nicht mal ihren Kinderwunsch ausreden, geschweige denn, zugeben, dass er sich in seine Ex-Schwägerin verliebt hatte.

Clara massierte sich die Schläfen. Erinnerungen an den verrückten Tag stiegen in ihr hoch, entweder wie in Zeitlupe oder blitzartig.

Sie nahm eine Kopfschmerztablette, ließ sich wieder aufs Sofa sinken und griff zu ihrem Smartphone.

»Was gibt's?«, meldete sich Philip wenig später knapp.

»Wie geht es Katharina?«

»Sie isst gerade ein Eis.«

Normalerweise bekam sie nie unter der Woche ein Eis.

»Kann ich sie sprechen?«

»Sie schaut Biene Maja.«

Das durfte sie um diese Tageszeit normalerweise erst recht nicht.

»Ich … ich will ihre Stimme hören.«

»Ich habe doch gerade gesagt …«

»Dass sie Biene Maja guckt, ja. Aber du kannst doch kurz auf Pause drücken.«

Philip holte tief Luft.

»Schon gut, schon gut«, sagte Clara schnell, »dann stör sie eben nicht. Soll sie sich in Ruhe ihren Film anschauen.«

»Alles klar.«

»Dann komme ich stattdessen jetzt aufs Schloss.« Clara legte auf, ehe Philip einen Einwand vorbringen konnte.

Clara hatte erwartet, dass Philip den Eingang wie ein Zerberus bewachen würde, doch als sie vorfuhr, war niemand zu sehen, noch nicht einmal ihre Ex-Schwiegermutter, die gewöhnlich für ihren Sohn in den Krieg zog, wenn dessen Ex-Frau kam und er selbst verhindert war. Die Tür wurde auch nicht von Carsten Holtzmann geöffnet, der seine Ausbildung auf der Butler-Akademie in Valkenburg absolviert hatte, worauf er ungemein stolz war, während Clara immer gefunden hatte, dass »Butler-Akademie« und »Valkenburg« Begriffe waren, die nur in einem Film aus den Fünfzigerjahren in Verbindung miteinander vorkamen. Natürlich hatte sie ihm das nie gesagt, sie wollte ihn schließlich nicht in seiner Berufsehre kränken. Was nichts daran änderte, dass er sie nicht mochte, solange sie mit Philip verheiratet war, und dass er sie seit der Trennung regelrecht hasste. Oder vielleicht hasste er sie nicht, sondern tat nur so, weil man in Valkenburg lernte, eine Bürgerliche, die sich nicht als sittsam und demütig genug erwies, mit Herablassung zu strafen.

Stattdessen öffnete ihr eine fremde junge Frau.

»Clara Mohr«, stellte sich Clara vor, erntete aber nur einen verständnislosen Blick. Warum sollte man neu eingestelltem Personal auch mitteilen, dass es sie gab.

»Ich bin Katharinas Mutter«, fügte sie hinzu.

»Ach so, ich glaube, sie ist gerade im Bad.«

Die junge Frau ließ sie einfach stehen, verzichtete aber darauf, ihr die Tür vor der Nase zuzuwerfen. Im Bad? Jetzt? Es war noch nicht mal sechzehn Uhr.

Als Clara das Schloss betrat, war die junge Frau noch nicht weit gekommen. »Sind Sie vielleicht ein neues Kindermädchen?«, fragte Clara.

»Nein, ich bin Restaurateurin und kümmere mich hier um ein paar Antiquitäten.« Sie war auf der fünften Treppenstufe stehen geblieben.

Clara sah genauer hin und nahm Spuren von Farbe und Gips an ihren Händen und ihrer grauen Hose wahr.

»Interessant, ich habe Kunstgeschichte studiert.«

»Hier befinden sich wahre Schätze«, schwärmte die junge Frau, »eigentlich schade, dass so viel verkauft werden muss.«

Clara gab nicht zu, dass sie zum ersten Mal davon hörte, sondern nickte nur und ging an ihr vorbei die Treppe hoch.

Im ersten Stock hörte sie schon von Weitem Katharina singen. Sie sang immer in der Badewanne, früher Kinderlieder wie *Grün, grün, grün sind alle meine Kleider*, heute meistens *Die Affen rasen durch den Wald.*

Vor der angelehnten Badezimmertür ging Philip auf und ab und telefonierte. Er schirmte sein Smartphone mit einer Hand ab, um zu verhindern, dass sein Gesprächspartner den schiefen Gesang seiner Tochter hörte.

»Ja, klar doch, Sie haben mir das jetzt dreimal erklärt, ich habe es durchaus verstanden, Sie wollen mehr Geld. Trotzdem will ich den neuen Kostenvoranschlag sehen. Ohne den legen Sie nicht los.«

Wütend sah er Clara an, doch da er gleich weiterredete, vermutete sie, dass sein Zorn ausnahmsweise nicht ihr, sondern seinem Gesprächspartner galt.

»Hören Sie, ich habe keine Ahnung von Heizungspumpen und Thermostaten. Deswegen stelle ich Sie an … ja … ja, natürlich verstehe ich das, aber … Bis dahin muss es auf jeden Fall fertig sein! Oder sollen wir im nächsten Winter in Daunenjacken rumlaufen, um nicht zu erfrieren?«

Clara zog eine Augenbraue hoch, sie fand allein die Vorstellung amüsant.

»Ja, ja, okay. Mailen Sie mir die Unterlagen so schnell wie möglich zu.« Als er das Smartphone grußlos sinken ließ, ahnte Clara, dass er es gerne in die Ecke geschleudert hätte – oder noch lieber in die Badewanne.

»Alles Idioten, diese Handwerker.«

Clara überlegte kurz, sich einfach an ihm vorbeizudrängen, blieb dann aber doch stehen.

»Ist etwa eine Renovierung fällig?«, fragte sie.

»Renovierung? Pah! Am besten würde ich das Schloss gleich ganz neu bauen lassen.« Sein Smartphone klingelte wieder. »Jetzt ruft auch noch dieser Depp an! Und ausgerechnet heute ist Mutter unterwegs und das Kindermädchen krank.«

Clara konnte sich ein Grinsen nicht verkneifen. Sie wusste selbst nicht, ob über das Klischee, dass nicht alles Gold ist, was glänzt, oder weil Philip auf so viele Menschen wütend war, dass er gar keine Zeit mehr hatte, sie anzublaffen.

Er drückte den Anruf weg.

»Du kannst ruhig rangehen«, sagte sie schnell, »jetzt bin ich ja da.«

Seine hilflose Miene war Beweis genug, dass er wirklich in Nöten war. Dennoch blickte er zweifelnd auf die angelehnte Badezimmertür.

»Philip«, sagte Clara, »das ist heute ein Ausnahmefall, du musst arbeiten, ich hingegen habe gerade Zeit. Es ist doch nicht so, dass Katharina bei mir nicht in guten Händen wäre.«

Nervös leckte er sich über die Lippen. »Sie ist ein wenig aufgedreht, diese ganze Sache …«

»Klar. Das habe ich mir schon gedacht. Deswegen bin ich ja hier.«

Sein Blick wurde noch zweifelnder, als ahnte er, was sie wirklich hergetrieben hatte: nicht nur das Bedürfnis, bei Katharina zu sein, sondern vor allem, vor sich selber zu fliehen.

Um diesen Eindruck zu zerstreuen, erklärte sie energisch: »Ruf deinen Kunden oder wen auch immer zurück.«

Sanft legte sie ihm eine Hand auf die Schulter, und er zuckte zusammen, als bereite ihm die Berührung Schmerzen.

Das Smartphone traf die Entscheidung für ihn, denn es klingelte erneut. Er warf einen Blick aufs Display und verkniff sich nur mit Mühe einen Fluch.

»Also gut. Bleib meinetwegen bis zum Abendessen.«

Als Clara das Badezimmer betrat, hatte Katharina zu singen aufgehört. Stattdessen goss sie gerade noch mehr Badeschaum ins Wasser. Philip würde ihr das wahrscheinlich verbieten, aber Clara setzte sich nur auf den Rand der Wanne und fuhr ihr über die nassen Haare.

»Na, du?«

»Ich spiele gerade Ozean.«

»Und wie geht Ozean?«

»Na das ist das Meer, und die Seife ist das kleine Boot, in das sich die Menschen gerettet haben. Im Wasser sind ganz viele Haie.«

»Und vor denen müssen sich die Schiffbrüchigen retten?«

»Nein. Die werden alle aufgefressen.«

Katharina liebte Rollenspiele. Als sie kleiner war, hatte sie oft Märchen nachgespielt und dabei willkürlich die Handlung verändert. Häufig lag am Ende die böse Königin mit mindestens einem Zwerg im Glassarg, während Schneewittchen aus den vergifteten Äpfeln Apfelstrudel machte und ihren Prinzen damit fütterte.

»Und wo sind die Haie?«

»Na hier …«

Sie deutete auf ein paar Gummienten, denen deutlich anzusehen war, dass sie nicht mehr die Jüngsten waren. Schnabel und Augen waren kaum noch zu sehen, und innen hatten sie dunkle Flecken – wahrscheinlich Schimmel. Sie stammten fast alle von der Lufthansa, weil Philip, auch wenn er alleine flog, jedes Mal nach Kinderspielzeug verlangte. Clara konnte sich gut vorstellen, mit welch charmantem Lächeln und einfühlsamen Worten er die Flugbegleiterinnen umgarnte. »Ich bin alleinerziehender Vater, müssen Sie wissen.«

Katharina tauchte ihre Hände tief ins Wasser, sammelte den Schaum und machte sich daraus einen weißen Bart. Sie prustete vor Lachen, Clara lächelte.

Wieder tauchte die Kleine ihre Hände ins Wasser und schien etwas auf dem Boden der Badewanne zu suchen.

»Lauert in der Tiefe noch ein Hai?«

»Nein, da ist noch ein Boot, es ist untergegangen …«

Der Gegenstand, den sie wenig später aus dem Schaum zog, war aus Metall. Erst konnte Clara nicht genau erkennen, was es war, aber als Katharina den Schaum abspülte und ihr das Ding direkt vor die Nase hielt, erkannte sie einen Silberanhänger – eine stilisierte Jakobsmuschel, wie man sie von einer Pilgerfahrt nach Santiago di Compostela mitbrachte.

»Wo hast du den denn her?«

Das einzige Familienmitglied, dem eine Pilgerreise zuzutrauen war, war ihre Ex-Schwiegermutter. Eine schöne Vorstellung, wie sie in einer der Massenherbergen unterkam. Nicht, dass sie je freiwillig so einen Ort aufsuchen würde. Was sie wohl davon hielt, dass Philip etliche Gemälde verkaufte, um …

»Was hast du gesagt?«

Clara war so in Gedanken versunken, dass sie nicht sicher war, ob sie den letzten Satz richtig verstanden hatte.

»Na dass mir der Mann den Anhänger gegeben hat.«

Der Mann … das Pilgerabzeichen … ein Scherz, den Clemens einmal gemacht hatte … »Ob ich diesen Anhänger überhaupt verwenden darf, obwohl ich nur fünf Kilometer geschafft habe?« – »Warum nur fünf Kilometer, du fauler Sack?«, hatte Daniel gehöhnt. »Hast du dir mal den Weg angeschaut?«, hatte Clemens entgegnet. »Da geht's die meiste Zeit nicht lauschig durch den Wald, sondern an Industriegebieten vorbei.«

»Ahhhh!«, kreischte Katharina in Claras Ohr.

Sie zuckte zusammen. »Was ist?«

»Der Hai hat gerade einen Mensch gefressen, guck, das Wasser ist rot vor Blut …«

Rot wie die Kardinalskleidung.

»Welchen Mann meinst du?«, fragte Clara.

»Der hat keinen Mann gefressen, sondern eine Frau …«

»Nein, ich meine, welcher Mann hat dir den Schlüsselanhänger gegeben?«

»Der Mann, der heute in die Klasse gekommen ist.«

»Der, der euch verboten hat, rauszugehen?«

»Das war doch nicht *er*!«

Der nächste unsichtbare Passagier wurde verschlungen, der Anhänger war wieder voller Schaum.

»Wer hat es euch denn verboten? Und warum hat er dir diesen Anhänger geschenkt?«

Katharina kreischte nur.

»Katharina! Nun sag schon! Es ist wichtig.«

Katharina stach mit dem kleinen Finger in eine der Schaumblasen, die sich auf der Wasseroberfläche gebildet hatten. »Keine Lust.«

»Du kriegst Schokolade.«

»Will ich nicht.«

»Marshmallows? Lakritz?«

»Ich mag kein Lakritz.«

»Such dir irgendwas aus. Gummibärchen?«

»Frau Wilke hat die Tür abgeschlossen.« Katharina senkte unwillkürlich ihre Stimme. »Aber das sollen wir nicht verraten.«

»Sagt wer?«

»Na der Mann. Er wollte allen Kindern was schenken, aber er hatte nicht so viele Sachen dabei. Melanie hat einen Euro gekriegt, Lukas ein Kaubonbon und ich den Anhänger.«

»Warum hat er euch denn was geschenkt? Damit ihr nicht sagt, dass euch Frau Wilke eingesperrt hat?«

»Nein, damit wir keine Angst haben. Frau Wilke hat ganz furchtbar geschrien. Und sie hat so komische Sachen geredet … vom Teufel.«

Nachdenklich starrte Clara ihre Tochter an. »Und damit meinte sie den Mann?«

»Doch nicht ihn! Ach, Mama, ich will spielen!«

»Ich kaufe dir einen Plastikhai, wenn du mir alles in Ruhe erzählst.«

»Auch einen aus Stoff?«

Wo gab es Haie aus Stoff? Stellte Steiff so etwas her? »Klar, nur sag's mir.«

Als sie wenig später das Bad verließ, telefonierte Philip immer noch, und sein Tonfall klang immer noch gereizt.

Clara kramte nach ihrem Smartphone und ignorierte seinen fragenden Blick, während sie ihr Adressverzeichnis öffnete. Gott sei Dank, sie hatte die Nummer.

Es läutete. Einmal. Zweimal. Nach dem dritten Mal meldete sich jemand, auch wenn das leise »Hallo?« kaum zu hören war.

»Entschuldigen Sie, dass ich Sie störe. Aber ich muss dringend mit Ihnen sprechen.«

»Wer ist da?«

»Clara Mohr. Ich war dabei, als Othmar …«

»Ich weiß.«

»Ich würde gerne mit Ihnen über Clemens Peters sprechen.«

»Ich habe von der Geiselnahme gehört, es tut mir schrecklich leid.«

Clara zögerte kurz, ehe sie entschlossen fortfuhr: »Ich glaube, er war gar nicht dafür verantwortlich. Eigentlich wollte er nur in Ruhe mit Frau Wilke sprechen. Aber dann ist sie völlig durchgedreht, und er hat noch vergeblich versucht, sie zu beruhigen. Danach hat er alles auf sich genommen, sogar die Kinder dazu gebracht, nicht die Wahrheit zu sagen. Können Sie sich einen Reim darauf machen? Die Polizei hat erwähnt, dass Clemens die letzten Wochen bei Ihnen verbracht hat. Ihr Mann hat ihm vor seinem Tod alles über seinen Vater erzählt, nicht wahr? Den Priester, der sich nie zu ihm, seinem Sohn, bekannt hat. Bitte … es ist wichtig.«

Schweigen.

»Kommen Sie vorbei«, sagte Judith Rautenberg endlich.

»Aber …«

»Ich bin jetzt zu Hause.«

Ehe Clara noch etwas sagen konnte, ertönte ein Tuten. Etwas ratlos starrte sie auf ihr Smartphone. Sie überlegte, ob sie es noch einmal probieren sollte, aber irgendwie ahnte sie, dass Judith Rautenberg nicht in der Verfassung war, längere Telefongespräche zu führen. Wenn sie mehr erfahren wollte, musste sie mit ihr persönlich sprechen. Oder sollte sie Simon zu ihr schicken? Der kannte Judith Rautenberg allerdings nur flüchtig, während sie ihr beigestanden hatte, nachdem ihr Mann in den Tod gesprungen war. Und allein die Vorstellung, Simon anzurufen … Da war es leichter, sich an Philip zu wenden, der ebenfalls gerade sein Telefonat beendet hatte, und ihm zu erklären, dass sie noch einmal kurz wegmüsse.

»Weg? Du bist doch gerade erst gekommen. Worum ich dich übrigens nicht gebeten habe!«

»Es ist wichtig!«

»Was ist nach so einem Tag wichtiger als unsere Tochter?«

»Du hast doch eben selbst gesagt, dass sie mich eigentlich nicht braucht.«

»Da gebe ich dir einmal eine Chance, und du …«

Clara atmete tief durch. »Ich muss ihr einen Stoffhai kaufen«, log sie. »Sie will ihn unbedingt noch heute haben.«

»Einen Stoffhai?«, fragte Philip irritiert.

Clara gab keine Antwort, rief durch die Badezimmertür laut »Tschüss, bis gleich! Ich komme so schnell wie möglich zurück!« und eilte nach unten.

16

Judith Rautenberg und ihr verstorbener Mann waren offenbar Liebhaber von Nord- und Ostsee, denn die ganze Wohnung war im nordischen Stil eingerichtet. Vieles war hellblau und weiß, die Fliesen in der Küche, das Tischtuch im Wohnzimmer, die Vorhänge im Flur. Außerdem hatten sie jede Menge Souvenirs von ihren Urlauben mitgebracht: eine Wanduhr in Form eines Leuchtturms, deren Zifferblatt mit Fischen verziert war, diverse Miniatursegelschiffe und Miniaturstrandkörbe mit Magneten, mehrere Dünenlandschaften in Bilderrahmen, die mit kleinen versilberten Muscheln beklebt waren. Vielleicht stammte ja einer der beiden Rautenbergs aus dem Norden, Clara wusste das nicht so genau. Wobei – Judith konnte es eigentlich nicht sein, ihre Mutter, die sie bis vor Kurzem gepflegt hatte, lebte schließlich in Koblenz.

Clara zögerte, was sie zu Judith sagen sollte, als die erst nach dem dritten Klingeln öffnete. Sie wirkte wie weggetreten und schien Clara gar nicht richtig wahrzunehmen und auch nicht zu verstehen, was sie hier wollte.

»Ich bin es, Clara Mohr, wir haben vorhin telefoniert.«

»Ja, doch, klar … entschuldigen Sie, ich habe gar nicht aufgeräumt.«

Eigentlich war es sehr ordentlich in der Wohnung, nahezu penibel, abgesehen von den Umzugskartons voller Kleidung, die im Flur standen.

»Magdalena hat gesagt, ich soll endlich damit anfangen«, nuschelte Judith Rautenberg. Entweder hatte sie ein Gläschen zu viel getrunken oder eine Beruhigungstablette genommen. »Aber ich schaffe es einfach nicht …«

Clara glaubte zu verstehen und deutete auf die Kartons. »Magdalena ist Ihre Tochter, oder? Und das ist Othmars Kleidung.«

Judith nickte. »Magdalena studiert in Berlin. Und unser Sohn in München. Ich habe Max die Anzüge gezeigt. Aber er hat behauptet, dass sie ihm nicht passen. Was für ein Blödsinn, er hat dieselbe Figur wie sein Vater. Aber sie sind ihm zu altmodisch, meinte er, und dass er nie Anzüge tragen würde.«

»Na ja, das kann man doch irgendwie auch verstehen …«

Um das folgende Schweigen zu überbrücken, bückte sich Clara und zog ihre Schuhe aus. Als sie sich wieder aufrichtete, traf sie erneut dieser befremdete Blick, als sähe Judith sie zum ersten Mal.

»Einmal im Jahr wird für die freiwillige Feuerwehr gesammelt«, murmelte Judith, »die veranstalten dann einen Flohmarkt, und mit den Einnahmen wird neue Ausrüstung gekauft. Letztes Mal habe ich ihnen die alten Gartenmöbel gegeben. Aber ich weiß nicht, ob ich es schaffe, auch die Kleidung zu spenden. Stellen Sie sich vor, ich begegne hier jemandem, der Othmars Kleidung trägt. Das packe ich nicht. Schauen Sie«, sie beugte sich über eine der Kisten, »der graue Anzug hier ist ein richtig gutes Stück. Er hat ihn bei unserer Silberhochzeit getragen, wir haben das Eheversprechen wiederholt …«

Sie war kaum zu verstehen, als sie weitersprach, während sie Kleidungsstück um Kleidungsstück aus der Kiste zog und auf dem Boden verteilte.

Und für dieses Gefasel hast du unsere Tochter allein gelassen?, hörte sie Philip sagen.

Sie ist nicht allein, sondern bei dir!

Clara kniete sich zu Judith Rautenberg. »Wie gesagt, ich wollte mit Ihnen über Clemens Peters sprechen. Er hat die letzten Wochen hier verbracht, nicht wahr? Wie … wie kam es eigentlich dazu?«

Judith nickte langsam. »Mein Sohn war gar nicht damit einverstanden. Aber ich war froh, nicht allein zu sein. Ich habe ihm das Gästezimmer hergerichtet. Soll ich es Ihnen zeigen?«

»Mich würde eher interessieren, warum er …«

»Stimmt ja! Was bringt es Ihnen, wenn ich Ihnen das Gästezimmer zeige? Dort gibt es gar nichts zu sehen, nur ein Schlafsofa. Mein Mann hat sich fast den Rücken verrenkt, als er es damals mit Max hochgeschleppt hat.«

»Ich verstehe immer noch nicht, warum Clemens so viel Zeit bei Ihnen verbracht hat.«

Judith blickte starr auf den Boden. »An jenem Abend … als Othmar starb … ein Polizist hat mich nach Hause gebracht. Die Kinder waren noch nicht da, ich wollte nicht, dass sie mitten in der Nacht unterwegs sind. Und trotzdem hat es plötzlich an der Tür geläutet. Ich … ich war so froh, dass ich nicht mehr allein war.«

»Das war Clemens«, stellte Clara fest. »Ihr Mann hat ihm endlich die Identität seines Vaters anvertraut, doch dann ist er gestorben, und jetzt hoffte er, von Ihnen mehr zu erfahren.«

»So wie Sie das sagen, klingt es, als hätte er nur an sich gedacht. Aber er war mir eine große Hilfe. Wir … wir haben gemeinsam das Suppenhuhn ausgenommen.«

Clara war nicht sicher, ob sie sie richtig verstanden hatte. »Das Suppenhuhn?«

Judith zuckte die Schultern. »Wenn es mir nicht gut geht, mache ich immer Suppe. Hühnersuppe. So ein Suppenhuhn zu zerlegen, das dauert seine Zeit, das lenkt ab … aber in dieser Nacht … ich stand mit der Geflügelschere vor dem toten Tier, und plötzlich haben meine Hände so gezittert, dass ich sie fast fallen gelassen habe. Clemens hat mir die Schere abgenommen, er … er hat mich umarmt, hat mir mit dem Huhn geholfen. Ich wollte, dass er bleibt. Und als ich ihm später alles über seine Eltern erzählt habe, was ich wusste, wollte er auch nicht mehr gehen. Vielleicht denken Sie jetzt, dass ich verrückt bin, wegen dem Suppenhuhn … und weil ich einen nahezu Fremden bei mir aufgenommen habe, aber …«

»Ich glaube, ich kann Sie schon verstehen. Ihrer beider Leben ist aus den Fugen geraten, Sie haben sich gegenseitig Halt gegeben, und keiner wollte einfach wieder in den normalen Alltag zurück.«

»Normal, normal … war mein Alltag jemals normal? Ich meine, in den letzten Wochen vor Othmars Tod habe ich doch schon gespürt, dass etwas nicht stimmt.«

Ihre Zunge schien immer schwerer zu werden, und Claras schlechtes Gewissen wuchs. Die Frau war eigentlich nicht in der Verfassung, noch mehr Fragen zu beantworten. Kurz überlegte sie, sich wortlos zurückzuziehen, doch plötzlich erhob sich Judith und stieg über den Umzugskarton und die verstreute Kleidung hinweg. »Kommen Sie mit!«

Statt ins Gästezimmer führte sie sie in die Küche. Hier sah es nicht so aus, als wäre in den letzten Tagen oft gekocht worden. In der Spüle stand eine Teetasse und auf der Anrichte eine Packung Orangenmelisse-Tee.

»Der beruhigt die Nerven«, sagte Judith. »Wollen Sie auch einen?«

»Bitte, machen Sie sich keine Mühe, ich würde nur gerne wissen, was Clemens Peters zu dieser Sache in der Schule getrieben haben könnte … «

Judith Rautenberg hatte sich auf einen Stuhl sinken lassen. Auch in der Küche war vieles in Blau-Weiß gehalten. Die Topflappen trugen allerdings eine französische Aufschrift. *Pour boeuf*. Für Rindfleisch. Die Ansichtskarten am Kühlschrank stammten ebenfalls nicht aus dem Norden, eine war aus Tunesien, eine andere aus Neuseeland.

»Ich weiß ja noch nicht mal, was meinen Mann in den Selbstmord getrieben hat. Wir waren einunddreißig Jahre verheiratet, haben zwei Kinder, und trotzdem hat er mir nicht anvertraut, was ihn so sehr belastet hat. Wie gesagt, ich habe gespürt, dass etwas mit ihm nicht stimmt, ich habe ihn immer wieder danach gefragt. Doch er hat mir nie eine Antwort gegeben, mich immer nur angestarrt … als wäre ich eine Fremde. Wenn man für diesen Verein arbeitet, setzt einem natürlich immer irgendwas zu. Die Arroganten glauben, sie können machen, was sie wollen, und die Ignoranten sind zu dumm und zu bequem, um was dagegen zu tun. Zumindest hat Clemens das so beschrieben.«

»Clemens war verbittert, weil sein Vater …«

»Ich habe Henning nicht sehr oft getroffen, müssen Sie wissen«, fiel Judith ihr ins Wort.

»Henning, ist das der Priester, der Clemens' Mutter geschwängert hat?«

Judith Rautenberg nickte, lief ins Wohnzimmer und kam mit einem alten Album wieder. »Henning war ein paarmal hier zu Besuch. Mein Mann kannte ihn vom Studium. Othmar hat ja nicht nur Betriebswissenschaft studiert, sondern auch ein paar Semester Theologie. Irgendwo muss es noch ein altes Foto geben.«

»Es ist nicht so wichtig. Ich will nur wissen …«

»Aber da ist er ja«, rief Judith, die sich bereits ins Album vertieft hatte, und deutete auf ein Foto. Es war offenbar während einer Party gemacht worden. Die Gäste hielten Plastikbecher in den Händen und prosteten sich zu. Im Hintergrund war ein Tisch mit einem rot-weiß karierten Tischtuch zu sehen, darauf standen Platten mit selbst gemachten Kuchen und Snacks. Der Mann, auf den Judith deutete, trug Jeans und T-Shirt und lächelte.

»Ihr Mann hat damals geholfen, die Sache zu vertuschen, nicht wahr?«, fragte Clara. »Letztlich hat er verhindert, dass Clemens seinen Vater kennenlernte … wobei das natürlich auch in der Verantwortung seiner Mutter lag.«

Mit einem lauten Knall schlug Judith das Fotoalbum zu. »Es kann doch nicht sein, oder? Deswegen bringt man sich nicht um! Deswegen ist man nicht wochenlang – depressiv! Es ist schlimm, wenn ein Kind seinen Vater nicht kennt, und ja, es ist falsch, dass so etwas vertuscht wird. Aber Othmar hat sich doch so um die Frau gekümmert.«

»Clemens' Mutter … ich habe gehört, dass sie vor wenigen Jahren gestorben ist. Seit damals stand Clemens der katholischen Kirche viel kritischer gegenüber, um es mal freundlich zu sagen. Wer war sie? Warum erzählen Sie mir nicht alles der Reihe nach?«

Judith stand auf und trat zur Spüle. Sie nahm einen gräulichen Lappen und begann die ohnehin schon saubere Teetasse auszuwaschen.

»So viel weiß ich gar nicht. Othmar und ich haben uns kennengelernt, weil wir uns beide ehrenamtlich in der Jugendarbeit engagiert haben. Ich bin ja ausgebildete Erzieherin. Wir haben auch mal eine Wallfahrt für Senioren nach Altötting organisiert, da sind wir uns näher gekommen.«

»Und dieser Priester, Henning … wie war noch der Nachname?«

»Bratsche. Er machte sich immer lustig über seinen Namen. ›Ich heiße Bratsche, aber ich spiele Orgel‹. Er war überhaupt sehr lustig … konnte lustig sein … manchmal hatte er auch diese melancholischen Phasen.« Judith blickte hoch und ließ den Lappen sinken.

»Und Sie wussten von seinem Verhältnis mit Clemens' Mutter.«

»Na ja, wissen ist so eine Sache, in dieser Kirche ahnt man alles und weiß nichts. Bei Priesterseminaristen sieht man das ohnehin nicht so eng. Da gab's viele, die ihre Flirts hatten, manchmal auch Affären. Etliche brechen die Ausbildung ja dann ab. Auch Henning hat Clemens' Mutter während seines Theologiestudiums kennengelernt.«

»Aber er ist Seminarist geblieben.«

»Ja, und schließlich wurde er zum Priester geweiht. Othmar wusste offenbar von seiner geheimen Liebe. Aber Sie kennen Othmar ja … das heißt, Sie *kannten* ihn.« Nachdem sie sich korrigiert hatte, schwieg sie lange. »Soll ich Ihnen nun eigentlich einen Tee machen?«

»Das ist wirklich nicht notwendig, erzählen Sie bitte weiter!«

Nach einem weiteren Moment der Stille fuhr Judith fort. »Hennings Geliebte war etwas jünger als er und auch in der Kirche engagiert, ich glaube, bei den Maltesern. Sie hat sich natürlich gewünscht, dass Henning sich in den Laienstand versetzen lässt, aber so weit war er nicht. Er hat zwar manchmal bitter bereut, dass er sich zum Priester hat weihen lassen, aber er sah keinen Weg zurück. ›Dann stehe ich vor dem Nichts‹, hat er mal gesagt. ›Wir Priester kriegen ja noch nicht mal Arbeitslosengeld. Und bis wir vielleicht mal in der Schule Religion unterrichten dürfen, vergehen Jahre.‹ Unter Johannes Paul II. wurden Laisierungen erschwert, das wissen Sie, oder?«

Clara nickte ungeduldig.

»Ich glaube, Hennings Geliebte hat vieles ertragen, aber dann gab es da mal diese eine Situation … darüber ist sie einfach nicht hinweggekommen. Sie war bei ihm in der Wohnung, er hatte gerade die Kaplansjahre hinter sich und eine eigene Pfarrei bekommen. Nun, und da tauchte unangekündigter Besuch auf. Ich weiß nicht mehr, ob's jemand von der Gemeinde war, vielleicht sogar der Generalvikar oder ein Priesterkollege. Auf jeden Fall hatte sie keine Zeit mehr, die Wohnung zu verlassen. Also hat sie sich im Schlafzimmer verschanzt, während er im Wohnzimmer seinen Besucher empfing. Und dieser Besucher ließ sich einfach nicht abwimmeln, während sie immer dringender zur Toilette musste. Irgendwann hat sie in einen Blumentopf gemacht. Zu mir hat sie mal gesagt, dass das so unwürdig war – am liebsten hätte sie Henning später den Inhalt des Blumentopfs über den Kopf geschüttet.«

»Das heißt, Sie haben sie gut gekannt.«

»Damals noch nicht persönlich … aber kurze Zeit später hat sie mal mitten in der Nacht vor unserer Wohnungstür gestanden.«

»Weil sie schwanger war und nicht wusste, an wen sie sich wenden sollte?«

»Ja, nach dieser Sache mit dem Blumentopf hat sie sich endgültig von Henning getrennt, aber zwei Wochen später merkte sie, dass sie schwanger war. Henning ist ziemlich durchgedreht. Ich glaube, am liebsten wäre ihm gewesen, dass sie abtreibt. Allesamt Heuchler, diese Kleriker, von wegen Schutz des Lebens und so. Nicht, wenn es etwas kostet, nicht, wenn es ans Eingemachte geht. Na ja, die Arme war am Rande des Nervenzusammenbruchs, sie wusste nicht, mit wem sie reden sollte, und Othmar kannte sie ganz gut. Sie hat sogar eine Zeit lang bei uns gewohnt, damals hatten wir diese Wohnung noch nicht, aber trotzdem Platz genug.« Judith Rautenbergs Lippen verzogen sich zu einem schmerzlichen Lächeln.

»Was hat Clemens' Mutter denn beruflich gemacht?«

»Sie hat noch studiert, das war ja das Problem. Biologie …«

»Biologie?«

»Deswegen hat sie Clemens auch weggegeben – um ihr Studium zu Ende zu bringen. Heutzutage ist das ja was anderes, da studieren viele junge Mütter, auch ledige, aber damals … Es war wirklich nicht leicht für sie.«

»Moment mal, sie hat ihn weggegeben? Clemens' Mutter ist doch vor ein paar Jahren gestorben. Es hieß, er habe ein sehr enges Verhältnis zu ihr gehabt?«

»Das war doch nur seine Pflegemutter.«

Die Teetasse fiel auf den Fliesenboden und zersprang in

tausend Stücke. Clara wusste nicht, ob Judith sie absichtlich oder aus Versehen hatte fallen lassen. Judith starrte regelrecht fasziniert auf die Scherben, als wäre sie froh, dass auch etwas anderes kaputtgegangen war und nicht nur ihr Leben.

Anstatt ihr anzubieten, die Scherben zusammenzukehren, sprang Clara auf.

»Ich muss sofort …«, setzte sie an, sprach aber nicht weiter, sondern lief aus der Küche.

Im Flur fiel sie fast über die Umzugskartons mit der Kleidung. Sie war noch im Treppenhaus, als ihr Smartphone läutete. Sie kannte die Nummer nicht, aber es war eine Mainzer Vorwahl.

Mainz … Mainz … wer sollte sie denn aus Mainz anrufen?

Daniel Roos … Pater Cölestin … Annette Drössler … *Mein Gott, die Pressemeldung!*

An die hatte sie in all der Aufregung gar nicht mehr gedacht. Ganz abgesehen davon, dass die nun auch keinen Sinn mehr hatte.

Als sie endlich im Auto saß, wusste sie nicht, was sie als Erstes tun sollte.

»Wir können ihn nicht mehr länger hier festhalten.«

Hartmann fuhr wie von der Tarantel gestochen hoch. »Was?«, schrie er empört.

Simon gab Luis Landorff, der inzwischen aus dem Urlaub zurückgekehrt war und der mit ihm und einem weiteren Kollegen, Mike Hoff, an dem Teamgespräch teilnahm, insgeheim recht, aber er verkniff es sich, ihm offen zuzustimmen. Schon vorhin hatte er sich Hartmanns Unmut zugezogen, als er ihn davon überzeugen wollte, dass das, was einige Zeugen als Schuss beschrieben hatten, in Wahrheit nur die Tafel war, die jemand zu schnell heruntergezogen hatte. Die Kinder hatten sich natürlich erschrocken, aber keines war ernsthaft in Gefahr gewesen. Clemens Peters habe ja auch gar keine Waffe dabeigehabt.

Hartmann hatte Simon daraufhin so vernichtend angeschaut, als wäre der persönlich dazu verpflichtet gewesen, Peters vor der Geiselnahme seine Dienstwaffe anzuvertrauen.

Den gleichen vernichtenden Blick bekam jetzt auch Luis ab. »Dieser Typ ist völlig durchgeknallt, und du willst ernsthaft sagen, dass …«

»Für eine Einweisung in die Psychiatrie reicht es nicht, das weißt du genau.«

Simon musste lächeln. Luis war meist wortkarg, aber wenn er sich äußerte, hatten seine Aussagen Gewicht. Hartmanns Blick ging zu Mike Hoff. »Jetzt sag doch auch mal was.«

In deiner Haut möchte ich jetzt nicht stecken, ging es Simon durch den Kopf.

Mike hob hilflos die Schultern. »So einen durchgeknallten Eindruck macht er doch gar nicht.«

»Er macht überhaupt keinen Eindruck«, brüllte Hartmann, »er sagt kein einziges Wort, er will noch nicht mal einen Anwalt.«

Während des Verhörs hatte Clemens Peters ganz ruhig am Tisch gesessen, hatte Blickkontakt gehalten und sogar freundlich gelächelt. Allerdings hatte er tatsächlich auf keine Frage reagiert, noch nicht einmal mit einem Schulterzucken.

»Das ist ein Psychopath«, knurrte Hartmann.

»Du hast ein Recht auf diese Meinung«, sagte Luis, »aber

der Staatsanwalt wird mindestens ein psychologisches Gutachten einfordern. Ansonsten haben wir nichts gegen Peters in der Hand, übrigens auch keinen einzigen Beweis, dass er was mit den Bischofsmorden zu tun hat.«

»Er stürmt in dieses Klassenzimmer …«

»Er hat keinem der Kinder etwas getan, oder, Simon?«

Prima, jetzt rückte er doch wieder in Hartmanns Blickfeld.

»Er und Frau Wilke haben sich angeschrien, das ist alles«, sagte Simon, »die Kinder hat er mehr oder weniger ignoriert.«

»Und sie durften die Klasse nicht verlassen«, schnaubte Hartmann. »Das ist eindeutig Freiheitsberaubung.«

»Jetzt seien wir mal ehrlich …«, setzte Luis an. Ehe er den Satz beenden konnte, läutete sein Telefon. Entnervt zog Hartmann eine Braue hoch.

»Landorff?«, meldete sich Luis und wandte sich ab, weil Hartmann weiter vor sich hin nörgelte.

»Ja … ja …«, sagte Luis, »Herr Fabiani ist auch hier, Sie können ihn gerne … ja … ja … alles klar …«

Luis beendete den Anruf.

»Seine Mutter«, sagte er knapp.

»Fabianis Mutter ruft dich an?«, spottete Hartmann.

Simon war verwirrt, seine Mutter war seit fünfzehn Jahren tot.

»Nein«, sagte Luis, »nicht Simons Mutter, das am Telefon war Clara Mohr und …«

»Und warum ruft die dich an und nicht Fabiani?«, fiel Hartmann ihm ins Wort. »Sie ist doch seine Schwägerin!«

»Ex-Schwägerin«, sagte Simon schnell. »Und wahrscheinlich hat sie mich nur nicht angerufen, weil …« Fieberhaft suchte er nach einer Ausrede. Das Einzige, was ihm einfiel, war, sein Smartphone hervorzuziehen und etwas von einem leeren Akku zu murmeln.

»Was ist jetzt mit Clara Mohrs Mutter?«, fragte Hartmann ungeduldig.

»Mit der ist gar nichts«, sagte Luis. »Aber Frau Mohr hat etwas über die Mutter von Clemens Peters herausgefunden.«

»Die ist doch schon vor ein paar Jährchen abgekratzt.«

»Nein, das war seine Pflegemutter. Seine leibliche Mutter hat ihn kurz nach der Geburt zur Adoption freigegeben. Ich glaube, als sie davon sprach, dass der Mann Gottes eigentlich der Teufel sei, war von dem Pfarrer die Rede, mit dem sie ein Verhältnis hatte und der der Vater ihres Kindes war.«

»Kannst du auch mal Klartext reden?«, fuhr Hartmann ihn an, der kein Wort verstand.

»Und kannst du mal in Ruhe nachdenken, ehe du mich anpflaumst?«, gab Luis kühl zurück.

Simon beglückwünschte ihn innerlich. Dann stellte er ganz nüchtern fest: »Frau Wilke ist Clemens Peters' leibliche Mutter.«

Hartmann brauchte eine Weile, um sich damit abzufinden, dass Clara offensichtlich die Wahrheit sagte und sich das nicht alles ausgedacht hatte. Und dann brauchte er eine Weile, um sich über Judith Rautenberg aufzuregen, weil sie ihnen nicht gleich alles erzählt hatte. Mit Abstand am längsten hatte er daran zu knabbern, dass er Lore Wilke nicht sofort befragen konnte.

»Sie hatte einen Nervenzusammenbruch«, erklärte Simon, »ich war dabei, als die Sanitäter sie abgeholt haben. Wahrscheinlich steht sie unter starken Beruhigungsmitteln.«

»Die Frau Schulrektorin erträgt also das bisschen Stress nicht?«

»Clara Mohr hat behauptet, dass Frau Wilke ihr Kind aufgegeben hat, weil sie dem Druck, der von kirchlichen Kreisen auf sie ausgeübt wurde, nicht standhielt«, erklärte Luis. »Clemens Peters hat offenbar seit Längerem Nachforschungen über seinen Vater angestellt, doch erst Othmar Rautenberg hat ihn schließlich über dessen Identität aufgeklärt. Peters wollte mehr erfahren, aber das war nach Rautenbergs Selbstmord nicht mehr möglich. Deswegen hat er sich um dessen Frau gekümmert – und die hat nicht lange gezögert, ihm die ganze Wahrheit anzuvertrauen. Nämlich auch, dass die Frau, bei der er aufgewachsen ist, gar nicht seine leibliche Mutter war. Das war vielmehr Lore Wilke. Und nachdem er den Schock halbwegs verdaut hatte, wollte er die natürlich kennenlernen.«

»Sie hat ihm jedoch jede Kontaktaufnahme verwehrt, sodass er sie schließlich in der Schule abfing und zur Rede stellte«, warf Simon ein.

Luis nickte. »Wir können zwar annehmen, dass er dabei nicht sehr rücksichtsvoll vorgegangen ist. Dennoch war offenbar sie es, die völlig durchgedreht ist und sich in der Klasse verschanzt hat – nicht er.«

»Das heißt noch lange nicht, dass er als Verdächtiger für die Morde flachfällt, im Gegenteil«, rief Hartmann empört. »Er hatte ja durchaus einen Grund, sauer auf die Pfaffen zu sein.«

»Dann ist die Wilke aber ebenso tatverdächtig«, meinte Simon.

»Was steht ihr dann noch rum? Überprüft das lieber mal. Ich will mehr Infos über die Frau haben. Und den Peters behalte ich noch hier. Bevor der den Mund nicht aufmacht, lasse ich ihn nicht gehen.«

Luis und Simon tauschten einen vielsagenden Blick, sagten aber nichts.

Nachdem sie Hartmanns Büro verlassen hatten, hielt Luis Simon auf.

»Vor dem Chef wollte ich es nicht erwähnen, ein cholerischer Ausbruch genügt mir vollkommen, aber deine Schwägerin hat noch was gesagt. Ich habe es nicht genau verstanden. Es ging da um irgendeine Pressemeldung, die sie rausgeschickt hat … verstehst du das? Nicht, dass sie irgendwas ausgeplaudert hat!«

Simon schüttelte den Kopf. »Das hat nichts mit den Morden zu tun.«

»Na dann. Du kümmerst dich um Frau Wilke, ich mich um Clemens Peters.«

Simon ging in sein Büro.

Diese Pressemeldung. Claras Plan. Den er für eine Schnapsidee gehalten hatte. Und den er ihr doch nicht ausgeredet hatte. So wenig wie er Dora die Babypläne ausgeredet hatte.

Er setzte sich an den Computer. Konnte es sein, dass Clara die fingierte Pressemeldung schon vor der vermeintlichen Geiselnahme abgeschickt hatte? Falls ja, würden in einigen Medien sicher schon Berichte darüber erschienen sein – und darunter die entsprechenden Leserkommentare. Und falls weder Lore Wilke noch Clemens Peters etwas mit den Bischofsmorden zu tun hatten, der Täter also noch frei herumlief, war es gut möglich, dass der dazu nicht schweigen würde …

Anstatt mehr über Lore Wilke herauszufinden – wie und

wo sie lebte, ob sie nahe Angehörige oder Freunde hatte –, klickte sich Simon durch die Artikel mehrerer Onlinemagazine. Für gewöhnlich hätte eine solche Pressemeldung weniger Aufsehen erregt, doch wegen der Bischofsmorde hatte sie es fast überall in die Topmeldungen gebracht.

»Verwirrung im Bistum Mainz«, hieß es in einem überregionalen Magazin. Dass die Pressekonferenz angekündigt, danach aber sofort wieder abgesagt worden war, wurde zum bistumsinternen Streit aufgebauscht. Ein Politiker nahm dies zum Anlass, sich zu Wort zu melden und von den Religionsgemeinschaften einen transparenteren Umgang mit ihren Finanzen und Vermögenswerten zu fordern. Simon scrollte runter. Wovon hatte Clara noch mal gesprochen? Von einem merkwürdigen Zitat, in dem es um Ströme von Blut ging?

Nun ja, zunächst stieß er vor allem auf Sätze in schlechtem Deutsch. Sehr schlechtem Deutsch.

»Wen interesiert'n des scho, was de pfaffen treiben. Am Oasch kennen'S mi alle lecken, die Kuttenträger.«

Waren die Bayern nicht eigentlich so katholisch?

Irgendwie sind die »Pfaffen« noch ärmer dran als wir »Bullen«, dachte Simon.

Mehrere Artikel später war er immer noch nicht fündig geworden und wollte schon aufgeben. Doch da blieben seine Augen an einem Satz hängen. Die Worte kamen ihm vage bekannt vor, doch als er weiterlas, war er zunehmend verwirrt.

17

»Der unüberwindliche Glaube ließ sich von der wütenden Pein, so lange sie auch wiederholt wurde, nicht bezwingen, obgleich ihr Körper völlig zerfleischt war und man an den Dienern Gottes nicht mehr ihre Glieder, sondern nur noch ihre Wunden marterte. In Strömen floss das Blut, das den Brand der Verfolgung auslöschen, das die Flammen und die Feuergluten der Hölle mit seinem ruhmvollen Strom ersticken sollte. Was war das für ein Schauspiel für den Herrn! Wie erhaben, wie gewaltig, wie willkommen den Augen Gottes als Beweis für die treue Ergebenheit seiner Krieger!«

IchbindieWahrheit

Clara saß immer noch im Auto vor Judith Rautenbergs Wohnung und starrte auf das Display ihres Smartphones. Nachdem sie etliche Artikel gelesen hatte, die sich mit der angekündigten und wieder abgesagten Pressekonferenz von Bischof Engelhardt beschäftigten, war sie auf ein vertrautes Zitat gestoßen. Sie hatte es geschafft, sie hatte »IchbindieWahrheit« aus der Reserve gelockt. Doch statt Triumph fühlte sie nur Angst.

Natürlich hatte sie keinen Beweis, dass »IchbindieWahrheit« für die Morde verantwortlich war, dass er fanatisch die Grundfesten des Glaubens verteidigen wollte und sich vom vermeintlichen Schuldeingeständnis des Erzbischofs von Mainz auf den Plan gerufen fühlte. Gut möglich, dass nur jemand mit seinem theologischen Wissen angeben wollte. Und dennoch – nun, da der Kommentar um etliche Sätze ergänzt worden war, bestand kein Zweifel mehr daran, dass er sich auf das Martyrium bezog. Und das, obwohl nur Eingeweihte wissen konnten, wie die Bischöfe gestorben waren und welche Attribute man ihnen beigegeben hatte.

Was soll ich jetzt nur tun?

Sie kramte im Handschuhfach. Seit dem Morgen hatte sie nichts mehr gegessen, vielleicht lahmten ihre Gedanken nur, weil ihr Blutzuckerwert bei ungefähr null lag. Leider stieß sie auf nichts Essbares, nur auf die CD, die sich zu Patricks Leidwesen nicht in der Hülle befunden hatte.

Sie startete das Auto, fuhr los. *Es ist nicht deine Sache, du hast Luis ja alles erklärt, jetzt kann Simon den Rest erledigen, fahr zu Katharina.* Aber als die Ampel vor ihr auf Rot sprang, griff sie wieder zu ihrem Smartphone.

Wenn sie es richtig im Kopf hatte, war der zweite Satz des Zitats gegenüber dem ersten Text etwas verändert worden – wohl, weil »IchbindieWahrheit« es damals verkürzt wiedergegeben hatte. Nun könnte sie vielleicht leichter den theologischen Autor ausmachen, den er zitierte – falls er die Zeilen nicht selber formuliert hatte.

Die Verbindung war schlecht, es dauerte ewig, bis sie Google aufgerufen hatte. Als sie die ersten drei Wörter eingegeben hatte, hupte jemand. Die Ampel war auf Grün gesprungen. »Ja doch!«

Clara hob die Hand und zeigte den Mittelfinger, woraufhin das Hupen noch wütender wurde. Sie fuhr absichtlich ganz langsam an, um wenige Meter hinter der Ampel abrupt zu bremsen und an den Straßenrand zu fahren.

Reifen quietschten, als das andere Auto an ihr vorbeifuhr, aber ob noch einmal gehupt wurde, hörte sie gar nicht mehr.

Nachdem sie das Zitat als Ganzes eingegeben hatte, wurden sofort etliche Suchergebnisse angezeigt.

Cyprian von Karthago.

Ein Kirchenvater aus dem dritten Jahrhundert.

Er hatte einundachtzig Briefe verfasst, und aus dem zweiten Kapitel des zehnten Briefes stammte dieses Zitat. Es war nicht annähernd so berühmt wie ein Satz aus seinem dreiundsiebzigsten Brief – »extra ecclesiam salus non est«, der später zu »extra ecclesiam nulla salus« abgewandelt wurde. Der Grundgedanke, dass es außerhalb der katholischen Kirche kein Heil gebe, wurde im fünfzehnten Jahrhundert als Dogma festgeschrieben, blieb aber immer umstritten.

»Der unüberwindliche Glaube ließ sich von der wütenden Pein nicht bezwingen …«

Für einen Moment hatte Clara das Gefühl, einen Schwall trockener, leicht süßlicher Luft einzuatmen. Eine der langweiligsten Vorlesungen an der Uni, die Einführung in die Patristik, hatte in der Bibliothek stattgefunden. Der Professor war alle bedeutenden Kirchenväter der ersten Jahrhunderte durchgegangen und hatte ihre wichtigsten Werke aufgezählt. Für die Prüfung galt es, Unmengen an Jahreszahlen und Namen zu lernen. Sie bekam ein »Sehr gut«, obwohl sie Gregor von Nazianz mit Gregor von Nyssa verwechselt hatte. Der Professor nahm es nicht so genau. Mehrmals war er nach der ersten Vorlesungsstunde verschwunden, weil er dachte, schon beide hinter sich zu haben.

Wer genau war Cyprian von Karthago?

Sie tippte seinen Namen ins Smartphone. Auch wenn sie, abgesehen von dem »Extra ecclesiam nulla salus«-Zitat kaum Fakten über ihn im Kopf hatte, an eins glaubte sie sich ganz genau zu erinnern: Cyprian war nicht nur ein Kirchenvater gewesen, sondern auch Bischof. Und er war den Märtyrertod gestorben. Was wiederum, noch stärker als das merkwürdige Zitat aus seinem Werk, untermauern könnte, dass es eine Verbindung zwischen »IchbindieWahrheit« und den Bischofsmorden gab.

Als Erstes stieß sie auf die Information, dass Cyprians Gedenktag am vierzehnten September gefeiert wurde. Nun, dann musste man schon mal nicht damit rechnen, dass er als Vorbild genommen wurde, falls ein weiterer Mord geplant war.

Außerdem erfuhr sie, dass Cyprian offenbar nicht sehr erpicht darauf gewesen war, sein Leben zu opfern. Im Zuge einer Christenverfolgung unter Kaiser Decius hatte er sich jahrelang versteckt gehalten, um den Verfolgern zu entgehen. Von seinen innerkirchlichen Gegnern wurde das als Feigheit und Verrat ausgelegt, während er sich selbst damit verteidigte, bloß den Willen Gottes zu erfüllen. Aus dem Verborgenen hatte er mit seiner Gemeinde kommuniziert und ihr diverse Briefe geschrieben – aus einem dieser Briefe stammte das Zitat.

Clara las weiter. Cyprian kehrte nach Jahren in seinem Versteck wieder nach Karthago zurück, und als es dort unter Kaiser Valerian zu einer neuerlichen Verfolgungswelle kam, stellte er sich seinen Feinden und wurde enthauptet. Auf dem Richtplatz, so hieß es nach einer Überlieferung, gab er dem Henker fünf Goldstücke, da dieser ihm das Himmelstor öffnen würde, verband sich selbst die Augen und neigte den Kopf.

Etwas ratlos starrte Clara auf ihr Smartphone. Sie wurde das Gefühl nicht los, dass ihr das Eigentliche entging. Ihr Unterbewusstsein schien schon einen Schritt weiter zu sein, aber ihr Verstand tappte noch im Dunkeln.

Cyprian, ein Märtyrerbischof … was hatte es zu bedeuten, dass ausgerechnet ein Zitat von ihm unter einem kirchenkritischen Artikel auftauchte?

Sie gab Cyprian und Kardinal in die Suchmaske ein, erhielt aber zu viele Treffer. Sie versuchte es mit Cyprian und Kirche und kam wieder nicht weiter.

Sie ließ das Smartphone sinken, nahm es wieder hoch, wollte erneut etwas in die Suchmaske eingeben, aber vertippte sich, sodass die Buchstaben direkt im Adressfeld landeten. Und plötzlich war sie auf einer Internetseite, von der sie schon öfter gehört hatte und die in Kirchenkreisen heftig umstritten war.

Die Seite cyprian.net.

Nachdem Clara sich in der nächsten halben Stunde ausführlich auf der Website umgesehen hatte, war ihr der Appetit gründlich vergangen. Trotzdem fuhr sie zu einer Tankstelle. Etwas ratlos stand sie vor dem Regal mit Süßigkeiten und Snacks. Sie wusste nicht, was ihr weniger Übelkeit verursachen würde, Chips oder Schokolade. Am Ende entschied sie sich für einen Müsliriegel und eine Dose Sprite, obwohl sie sonst nie Limonade trank.

Sie überlegte, Simon anzurufen, wusste aber nicht recht, was sie ihm sagen sollte.

Ganz früher gab es mal einen Bischof, Cyprian von Karthago, der die Menschheit strikt in Gläubige und Nicht-Gläubige teilte und Letztere ausnahmslos für in alle Ewigkeiten verdammt erklärte. Nach diesem Kirchenvater, der zum Märtyrer wurde, hat sich vor einigen Jahren eine katholische Splittergruppe benannt, eine von denen, die man nicht einfach nur als rechts, sondern als rechtsextrem bezeichnen muss. Diese sogenannten Cyprianer nutzen ein Internetportal – cyprian.net –, um munter gegen Andersgläubige und die böse säkulare Welt zu wettern. Außerdem verbreiten sie frauenfeindliche, antisemitische und homophobe Thesen. Trotzdem kann man ihnen juristisch nichts anhaben, weil ihre Identität im Dunkeln bleibt. Sie verstecken sich, wie der Märtyrer Cyprian damals, weil sie – wie der Kirchenvater – darin die einzige Möglichkeit sehen, quasi aus dem Verborgenen heraus die Menschen zu bekehren.

Alle deutschsprachigen Bischofskonferenzen, die Redaktion von Radio Vatikan – das offizielle Medium des Heiligen Stuhls – und mehrere deutschsprachige Bistümer haben sich deutlich von cyprian.net distanziert und das Portal als menschenverachtend und diskriminierend zurückgewiesen. Gegen bekannt gewordene kirchliche Mitarbeiter und Priester, die für das Portal schreiben, erfolgen jedoch nur selten kirchliche Sanktionen, und falls doch, werden sie in ihren eigenen Kreisen als Märtyrer gefeiert.

Märtyrer – das war das Stichwort.

Clara hatte den Müsliriegel verschlungen. Nun öffnete sie die Sprite-Dose und nahm einen Schluck.

Einem Cyprianer wäre vielleicht zuzutrauen, dass er die reformwilligen Bischöfe ermordet hatte. Aber was sollte Simon mit dieser Information anfangen? Die Mitglieder des Netzwerks waren schließlich anonym.

Eben hob der Tankwart den Kopf, weil sie keine Anstalten machte, weiterzufahren oder zu tanken.

Na los, begib dich auf Mördersuche. In deinen Händen liegt das Leben der deutschen Bischöfe, die Polizei ist ja unfähig, ihren Job zu machen. Zumindest redest du dir das ein, um einen Vorwand zu haben, Simon nach eurem One-Night-Stand nicht anrufen zu müssen.

Es war kein One-Night-Stand.

Ach, dann soll also eine Affäre draus werden? Na großartig, es genügt dir nicht, zwei von Haidhausens ins Unglück zu stürzen – deinen Mann und dein Kind –, jetzt ist auch noch deine Schwägerin dran.

Clara fuhr los. Sie überlegte kurz, auf einem dunklen Parkplatz anzuhalten, um Simon doch anzurufen, hatte dann aber eine andere Idee.

»Keine Angst, du musst mir nichts anbieten«, sagte Clara, als Daniel Roos sie entgeistert anblickte.

»Clara! Was machst du denn hier?«

»Ich habe nur eine kurze Frage.«

»Und die hättest du mir nicht am Telefon stellen können?«

»Da hättest du mich abwimmeln und einfach auflegen können.«

Er grinste schief. »Und die Möglichkeit, dass ich dir die Tür vor der Nase zuschlage, hast du nicht in Betracht gezogen?«

Sie grinste ebenfalls. »Dazu bist du viel zu gut erzogen.«

Daniel war etwas unentschlossen auf der Türschwelle

seines Einfamilienhauses in Mainz-Lerchenberg stehen geblieben und machte auch jetzt keine Anstalten, zur Seite zu treten. Schließlich gab er sich einen Ruck. »Cornelia bringt gerade die Kinder ins Bett, wir könnten in den Garten gehen.«

»Die Kids gehen jetzt schon schlafen? Sie sind doch schon im Grundschulalter!«

»Unter der Woche ist neunzehn Uhr die Deadline. Cornelia ist da sehr konsequent.«

Clara warf einen flüchtigen Blick auf ihre Armbanduhr. Sie hatte jedes Zeitgefühl verloren und nicht damit gerechnet, dass es schon so spät war.

Daniel zeigte auf den kleinen Weg, der von der Auffahrt in den Garten führte. Dafür, dass er sich immer über sein Gehalt beschwerte, war das Grundstück ganz schön groß. Vielleicht hatte er es aber auch seinen Schwiegereltern zu verdanken. Vage erinnerte sie sich, dass er mal erwähnt hatte, in eine »geldige Familie« eingeheiratet zu haben. Hecken, Blumenbeete und Rasen waren, so weit Clara das in der Dunkelheit erkennen konnte, in tadellosem Zustand. Cornelia war wohl auch diesbezüglich konsequent.

»Also, was willst du wissen?«

Daniel lehnte sich gegen einen Gartenstuhl, Clara tat nicht einmal das. Sehr gemütlich, hier draußen in der Kälte zu stehen. »Alles, was du über cyprian.net weißt«, erklärte sie.

Er verdrehte die Augen. »Lieber Himmel, was hast du denn mit denen zu tun? Diesen rechten Idioten geht man am besten aus dem Weg.«

Kurz überlegte Clara, ihm anzuvertrauen, dass sie einen Cyprianer verdächtigte, etwas mit den Bischofsmorden zu tun zu haben. Aber dann würde er sie wohl auslachen. Besser sie entfachte seine Neugierde.

»Ich habe eine Anfrage bekommen … ans Museum«, sagte sie ausweichend.

»Wollen die bei dir eine Ausstellung machen? Die Hölle vom Jahre null bis heute in farbenprächtigen Bildern? Damit die ›schwulen Nattern‹ wissen, was ihnen blüht?«

Clara überlegte einen Moment. »So was Ähnliches … Sie wollen einen Film drehen und dafür ein Exponat der Ausstellung verwenden.«

»Welches denn?«, fragte Daniel gedehnt.

Clara geriet trotz der Kälte ins Schwitzen. »Das ist doch nicht so wichtig. Ehrlich gesagt habe ich auch nur zufällig herausgefunden, dass die Herren, die mich besucht haben, etwas mit cyprian.net zu tun haben. Ich wollte ein Exposé über den Film lesen, und da haben sie mir das falsche Papier ausgehändigt, nämlich eins, das offenbar nur internen Zwecken diente. Und da dachte ich mir …«

Daniel sah sie zweifelnd an. »Willst du damit sagen, dass du die wahre Identität der Portalbetreiber kennst?«

Clara zuckte die Schultern. So hanebüchen klang ihre Lüge scheinbar doch nicht, wenn Daniel sie nicht sofort als solche erkannte. »Ich frage mich jetzt, wie du damit umgehen würdest. Die werden doch polizeilich gesucht …«

»Na ja, so wie du es sagst, klingt es etwas übertrieben. Die Polizei hat Wichtigeres zu tun, zum Beispiel Bischofsmörder zu schnappen.« Er lachte. »Also gut, die Cyprianer stehen tatsächlich unter Beobachtung des Verfassungsschutzes, und ja, es gab diverse Klagen wegen Verleumdung und so, und einmal fand eine Razzia bei einem österreichischen Priester statt. Aber es ist nicht so, dass die eine Sondereinheit dafür ins Leben gerufen hätten.«

»Und was soll ich jetzt tun?«, fragte sie und versuchte möglichst sorgenvoll und zugleich naiv zu klingen.

Daniel lachte, diesmal eher verächtlich als amüsiert. »Du glaubst doch nicht im Ernst, dass du die Einzige bist, die ihre wahre Identität kennt? Also, das wäre wirklich blauäugig. Das ist eine riesige Organisation, mit zahllosen Sympathisanten. Was glaubst du, was da für Spendengelder fließen. Unglaublich, wofür manche Menschen ihr Geld ausgeben.« Er schüttelte empört den Kopf. »Wie auch immer. Das Internetportal ist keineswegs das einzige Medium, wo die Cyprianer mitmischen.«

»Was machen die denn noch?«

Daniel zuckte die Schultern. »Hast du eine Ahnung, wie viele private religiöse Fernseh- und Radiosender es gibt? Und was sich im Internet noch so alles tummelt? Das ist ein riesiges Spinnennetz, und darin haben sich ein paar richtig fette Brummer verfangen. Klar, es wird immer getönt, die Identität der Betreiber würde nicht preisgegeben. Aber die kommen auch nicht in der Burka zu Gesprächen und verstellen ihre Stimme.«

»Zu welchen Gesprächen?«

»Na ja, wenn es um irgendwelche Kooperationen geht, katholische Medientage, Fernsehtage … so was eben.«

Clara trat von einem Fuß auf den anderen. »Das heißt, in der Kirche weiß man sehr wohl, wer die Cyprianer sind, verweigert aber jegliche Kooperation mit der Polizei.«

»Das ist jetzt wieder etwas zu platt ausgedrückt. Die Bischofskonferenz hat sich natürlich deutlich distanziert. Aber das heißt nicht, dass nicht manche Bischöfe den Affen geben. Du weißt schon, Augen zu, Ohren zu, Mund zu. Auf der unteren Ebene wiederum gibt es durchaus Überschneidungen. Ich verstehe allerdings nicht, warum sie sich ausgerechnet an dich wenden.«

Die Empörung in seiner Stimme hatte wohl weniger damit zu tun, dass er die Cyprianer für menschenverachtende Rechtsextreme hielt, als dass Clara nur eine kleine Nummer war, die so viel Aufmerksamkeit eigentlich nicht verdiente.

Sie zuckte die Schultern und hoffte, dass er nicht weiter nachbohren würde.

»Hm«, machte er, »sie wollen einen Film drehen, sagst du? Das passt ja zu allem, was ich über sie weiß. Sieht so aus, als wollten sie nicht nur in Amerika, sondern auch hier in Deutschland ihr Engagement auf andere Medien ausdehnen.«

»Vielleicht geht's auch nur um einen Web-TV-Film«, sagte Clara schnell. »Es hatte irgendwas mit unserer lieben Gottesmutter zu tun.«

»Und wie hießen die Herrschaften, mit denen du zu tun hattest?«

Clara sah sich hilfesuchend im Garten um. Neben einem Blumenstock stand ein hässlicher Glasfrosch. Bei Tageslicht schillerte er wahrscheinlich grün, jetzt war er schwarz. Nicht weit davon entfernt stand ein Gartengerät mit aufgeprägtem Firmennamen – »Wolf-Garten«.

»Na?«, fragte Daniel ungeduldig.

»Einer hieß Wolfgang Frosch.«

»Das ist jetzt nicht dein Ernst!«

»Es gibt nun mal skurrile Namen. Ich kenne eine Schulsekretärin, die heißt Gabelstecher. Hast du den Namen schon mal gehört?«

»Nein.«

»Und kennst du einen von diesen Cyprianern?«

Daniel zögerte.

»Was würdest du denn an meiner Stelle tun?«

Daniel lachte spöttisch. »Na was schon? Stillhalten! Was geht's dich an, was die treiben und verkünden. Lass dir die Drehgenehmigung bezahlen und dich zum Essen einladen. Wobei es nicht so lustig ist, sich den ganzen Abend zupredigen zu lassen. Ich hatte mal das Vergnügen, mit dem Redaktionsleiter eines dieser rechten TV-Sender zu Mittag zu essen. Was dieser Typ für einen Schwachsinn geschwafelt hat! Ich kann mir gut vorstellen, dass der auch irgendwie mit den Cyprianern verbandelt ist.«

»Also hast du auch schon mal persönlichen Kontakt zu ihnen gehabt.«

»Na ja, indirekt. Ich habe mal über Markus Jonas einen kennengelernt. Es ging da um, ach, nicht so wichtig …«

»Markus Jonas?«

»Den kennst du doch, das ist dieser schmierige Typ von RIFIX, der …«

»… gemeinsam mit Bischof Engelhardt vielleicht Gelder in Millionenhöhe abgezweigt hat. Clemens war da einem großen Skandal auf der Spur. Mittlerweile haben andere Medien darüber berichtet, aber so richtig hochgeschwappt ist die Sache nicht. Anscheinend ging es um Kirchensteuern.«

Daniel lachte freudlos. »Du glaubst doch nicht, dass Clemens einen Skandal aufdecken würde, bei dem es nur um Finanzen geht!«

»Ja worum soll es denn sonst gehen?«

»Das alles ist ein einziger Sumpf. Markus Jonas ist immer da, wo er Geld wittert. Das kann ein Bischof sein, der sich gerne mit Prunk umgibt. Oder eben auch ein Portal wie cyprian.net, dessen Betreiber dank großzügiger Unterstützer Geld wie Heu haben. Irgend so eine durchgeknallte Adelige soll denen mal 'ne Million gespendet haben. Stell dir das mal vor! Eine ganze Million!«

Clara bekam etliche Speicheltröpfchen ab, so sehr entrüstete sich Daniel.

»Heißt das, Markus Jonas hat nicht nur Bischof Engelhardt geholfen, Geld abzuzweigen, sondern mischt auch in dieser rechten Medienszene mit?«

»Ja, und das bedeutet, dass er die alle persönlich kennt. Weswegen er ein wunderbarer Mittelsmann ist. Denkst du, es sorgt für Aufsehen, wenn Bischof Engelhardt Kirchengelder verprasst? Das passiert doch ständig! Nein, ein Skandal wäre es, wenn es sich hierbei um *schmutziges* Geld handelt …«

»Geld, das von den Cyprianern kommt. Die natürlich auch froh sind, wenn sie in der Bischofskonferenz jemanden haben, der schützend die Hand über sie hält.«

Clara wurde schwindelig. Sie hätte vorhin mehr essen sollen, nicht nur den Müsliriegel.

»Et voilà!«, rief Daniel. »Wenn Clemens wirklich Wind davon bekommen hat, frage ich mich, warum er am Ende gekuscht hat.«

»Vielleicht bringt er den Artikel ja noch.«

»Und worauf wartet er dann?«

Darauf, dass er sein Leben wieder in den Griff kriegt. Dass

er mit den Enthüllungen über seine Eltern fertig wird. Darauf, dass sein Blick in die Abgründe der katholischen Kirche wieder der eines kritischen, aber professionellen Journalisten ist, nicht der eines zutiefst verstörten Menschen.

Daniel deutete ihr nachdenkliches Schweigen anders. »Ob die ihm etwa Schweigegeld geboten haben?«, fragte er. Halb misstrauisch, halb neidisch kniff er die Augen zusammen, ehe er sich vorbeugte und seine Hand flüchtig auf Claras Schulter legte. »Du bist übrigens keine schlechte Christin, wenn du da einfach nur wegschaust.«

»Ich bin eine schlechte Christin, weil ich meinen Mann verlassen habe.«

Daniels Hand zuckte zurück. »Das hätte ich mir an deiner Stelle auch lieber zweimal überlegt …«

Sie hob die Schultern.

»Wie auch immer«, fuhr Daniel fort. »Wenn du mich fragst, kennt Engelhardt jeden einzelnen Namen in der Führungsriege der Cyprianer. Der kann lügen wie gedruckt, wenn es darum geht, die ›wahren Christen‹ vor der Verfolgung zu schützen. Und es ist ja nicht so, dass sie zur Fahndung ausgeschrieben sind und derjenige, der sie dingfest macht, fünfzigtausend Euro kriegt. Du kannst also guten Gewissens den Mund halten. So, aber ich muss jetzt wirklich rein, ist saukalt hier draußen. Ich lass mir noch ein Gläschen Wein mit Cornelia schmecken. Und du schlaf dich aus, du siehst ziemlich fertig aus.«

Er klang weniger mitleidig als überdrüssig und wandte sich ab, ehe sie etwas sagen konnte.

»Hast du eigentlich die Nummer von Markus Jonas?«, rief sie ihm hinterher.

»Was willst du denn von dem?« Er blieb stehen und drehte sich zu ihr um.

»Na ja, ich könnte ihn auch mal fragen, ob er Wolfram Frosch kennt.«

»Wolfram? Sagtest du vorhin nicht Wolfgang?«

Gut, dass er im Dunkeln nicht sehen konnte, dass sie rot anlief. »Ist doch alles irgendwie dasselbe. Hast du nun die Nummer?«

»Wozu denn? Hast du mich nicht verstanden? Am besten, du hältst dich einfach da raus.«

Clara seufzte, suchte händeringend nach einer passenden Lüge und platzte schließlich heraus: »Aber das kann ich nicht. Judith hat mich doch darum gebeten.«

»Hä?«

»Judith Rautenberg, du weißt schon, Othmar Rautenbergs Frau ... sie versteht immer noch nicht, warum sich ihr Mann umgebracht hat. Vielleicht wusste er von den Geldern, die von den Cyprianern an den Bischof geflossen sind.«

»Hä?«, machte Daniel wieder. »Ich dachte, das alles hat mit diesem Wolf-Dingsbums Frosch zu tun.« Er kniff die Augen zusammen. »Wie viel von dem, was du gesagt hast, entspricht eigentlich der Wahrheit?«

Fast nichts. »Fast alles«, sagte sie schnell. »Ich ... ich möchte ja bloß wissen, wen von den Cyprianern du persönlich kennst.«

Daniel zog entnervt die Augenbrauen hoch, entschied dann aber, dass er sie wohl schneller loswürde, wenn er ihr gab, was sie wollte. »Wie gesagt, das lief damals alles über Markus Jonas. Der wohnt übrigens in der Nähe von Köln, also wirst du den heute wohl nicht mehr beim gemütlichen Fernsehabend stören. Es sei denn, du hast Lust, ein paar Stunden zu fahren. Ein schönes Haus hat der übrigens, 'ne richtige Villa, nicht so 'ne Hütte wie wir.« Er deutete mit dem Kinn auf sein Haus. »Ich war da schon mal eingeladen, aber glaub nicht, da wurden besonders edle Häppchen aufgetischt. Seine Frau hat ein paar Stullen geschmiert, das war's dann.«

»Kannst du dich denn nun an irgendeinen Namen erinnern?«

»Hm. Nur daran, dass der Name zu ihm gepasst hat, so schwarze Haare, wie der hatte. Das war irgendwas Orientalisches. Ali ... Moha ... Musta ...«

»Ich nehme nicht an, dass es ein muslimischer Name war.«

Daniel seufzte. »Da hast du auch wieder recht. Dann war es wohl eher was Griechisches. Chrysostomus? Nepomuk? Anastasios?«

»Wer nennt denn sein Kind heute noch so?«, fragte Clara spöttisch, doch das Lächeln gefror in ihrem Gesicht. Sie musste an Kyrill und Theodosius denken, die beiden Studenten, über deren Namen einst der ganze Jahrgang gespottet hatte. Und an die sie heute Morgen gedacht hatte, als Annette Drössler den Kaffee vom Kalender getupft und einen Namen nachgezogen hatte, der etwas verschmiert war.

»Kann es sein, dass der Typ Kyrill Cholaschka geheißen hat?«

»Hm«, machte Daniel wieder. »Das klingt gut. Könnte durchaus sein.«

»Könnte?«

»Du bist wirklich merkwürdig drauf. Ich würde vorschlagen, du fährst jetzt heim und gehst schlafen.« Er legte vorsichtig den Arm um ihre Schultern, sorgsam darauf bedacht, dass sein Körper ihren nicht streifte, und führte sie zum Gartentor. Kaum hatten sie es erreicht, steckte Cornelia den Kopf aus der Haustür und fragte, was denn los sei.

Clara wartete nicht mehr ab, was Daniel zu seiner Frau sagte, sondern lief zu ihrem Auto.

18

Was weißt du? Was weißt du *sicher*?

Nachdem sie ins Auto gestiegen war, startete Clara den Motor, da sie aber keine Ahnung hatte, wohin sie fahren sollte, drehte sie den Schlüssel wieder um. Eine Weile blieb sie sitzen, ihre Denkfähigkeit war wie gelähmt. Um sie wieder in Gang zu bringen, stieg sie aus, atmete tief die kalte Nachtluft ein und ging mehrmals um den Wagen herum.

Wenn mich jemand sieht, muss er denken, ich bin eine Wahnsinnige. Vielleicht bin ich ja auch wirklich verrückt geworden.

Wäre sie es nicht, würde sie Simon anrufen, ihm sagen, was sie wusste, und dann zu Katharina fahren. Allerdings war sie sich nicht sicher, was sie konkret wusste, was sie nur ahnte. Nun mal von vorne, sagte sie sich und versuchte ihre Gedanken zu ordnen.

Sie musste sich konzentrieren. Markus Jonas, der Geschäftsführer einer TV-Produktion, machte mit Bischof Engelhardt gemeinsame Sache, um sich an kirchlichen Geldern zu bereichern. Jonas hatte das Geld in die eigene Tasche gesteckt, Bischof Engelhardt hingegen für teure Renovierungsarbeiten am Dom und am bischöflichen Ordinariat verwendet, was ihm die Bezeichnung »Luxus-Bischof« eingebracht hatte. Die Gelder stammten allerdings, wie Clara nun wusste, nicht nur aus Kirchensteuern, was an sich schon skandalös war, sondern auch aus Spenden. Spenden erzkonservativer, wenn nicht rechtsextremer Katholiken, die diverse private kirchliche Fernsehsender finanzierten – und cyprian.net. Die Cyprianer überließen dem Bischof das Geld sicher nicht für ein Vergelt's Gott. Sie hofften vermutlich, durch diesen einflussreichen Fürsprecher noch mehr fromme Katholiken für sich zu gewinnen und zugleich einen »Schutzpatron« in der Deutschen Bischofskonferenz zu haben, der ihre Machenschaften so gut wie möglich deckte. Das bedeutete also, dass ein Mitglied der Deutschen Bischofskonferenz eine rechtsextreme Splittergruppe unterstützte – und zwar nicht aus ideologischen, sondern aus rein finanziellen Gründen. Diese Bestechung auf höchstem Niveau musste der eigentliche Skandal gewesen sein, dem Clemens Peters auf der Spur war.

Vielleicht hatte er Othmar Rautenberg damit konfrontiert, und der fürchtete nun, in seiner Funktion als Bistumsökonom selbst bis zum Hals in dem Sumpf zu stecken.

Clara drehte ihre fünfte Runde. Othmars Tod hatte wahrscheinlich gar nichts mit Clemens, dessen Priestervater und labiler Mutter zu tun, sondern mit schmutzigem Geld. Mit Morden.

Mit Kyrill Cholaschka, dem Mann, der sich heute mit Bischof Engelhardt traf. Und der, wenn sie Daniel glauben konnte, vielleicht einer der Betreiber von cyprian.net war. Worum ging es bei diesem Gespräch? Um Spendengelder? Heimliche Unterstützung für die Cyprianer? Nur um einen Gedankenaustausch? Oder um ihre Pressemeldung?

Der Termin war allerdings schon vereinbart worden, ehe sie die Pressemeldung überhaupt verschickt hatte. Was nicht ausschloss, dass sie den Bischof dadurch vielleicht in Gefahr gebracht hatte. Wenn Kyrill Cholaschka niemand anderer als »IchbindieWahrheit« war, wenn er die anderen Bischöfe wegen ihrer Laxheit umgebracht hatte, dann könnte er das vermeintlich geplante Schuldeingeständnis von Erzbischof Engelhardt als Verrat an seinen Idealen werten. Mehr noch, er könnte sogar fürchten, dass der Bischof einknicken, sich von den Cyprianern distanzieren und womöglich die Identität der Betreiber von cyprian.net offenlegen würde.

Clara blieb stehen. Und wenn sie noch so viele schnelle Schritte machte, solange sie im Kreis lief, kam sie nicht voran. Auch wenn ihr ihre Gedanken plausibel erschienen – solange sie keine Beweise hatte, waren es nur Vermutungen.

Sie startete den Wagen und fuhr los. Erst als sie nach rechts in Richtung Mainzer Stadtzentrum abbog, gestand sie sich ein, wohin ihre Fahrt führte.

Sie überlegte, wie am Tag des Empfangs im Parkhaus von Karstadt zu parken, fand aber dann doch noch eine Parklücke in einer Kurzparkzone in der Nähe vom Domplatz. Bald stand sie zum zweiten Mal an diesem Tag vor dem Gebäudekomplex mit der langen Geschichte. Einst hatte das heutige Bischöfliche Ordinariat als Domizil der Johanniter gedient, während der napoleonischen Kriege hatte der französische Gesandte hier residiert, und später war das Gebäude von den Franziskanerinnen genutzt worden. Das Hauptgebäude hatte einen schmiedeeisernen Balkon über dem Portal und wurde von zwei Seitenflügeln flankiert. Wo genau sich das Büro des Bischofs befand, wusste sie nicht, doch im obersten Stock des Hauptgebäudes brannte noch Licht, und das Tor, das in den Innenhof führte, war geöffnet, wenngleich die Schranke unmittelbar dahinter geschlossen war. Sie konnte sich nicht erinnern, hier früher schon mal Autos gesehen zu haben. Jetzt parkte unmittelbar vor dem linken Seitenflügel ein dunkler VW Golf.

Sehr unauffällig.

Aber vielleicht war genau das die Aufgabe von Personenschützern – nämlich abschreckend zu wirken. So oder so war deren Anwesenheit ein Beweis, dass sich der Bischof noch im Ordinariat aufhielt und nicht etwa in seinem nahe gelegenen Privathaus, einem Bungalow, dessen genaue Adresse der Öffentlichkeit unbekannt war. Sie selbst war dort einmal Gast von Engelhardts Vorgänger gewesen, von dem es hieß, er sei doppelt so breit, doppelt so klug und doppelt so freundlich gewesen wie der jetzige Bischof.

Clara näherte sich dem VW Golf, obwohl sie keine Ahnung hatte, was sie den Beamten sagen sollte.

Es könnte sein, dass der Bischofsmörder heute Abend einen Termin mit Ihrem Schützling hat. Wahrscheinlich ist er gerade an Ihnen vorbeispaziert, und Sie haben es gar nicht gemerkt …

Na ja, so besser nicht. Gab es irgendeine Formulierung, die nicht klang, als könnten die Beamten ihren Job nicht erledigen?

Sie versuchte, hinter den dunklen Scheiben etwas zu erkennen. Nur weil eine Straßenlaterne das Auto direkt beschien, sah sie, dass ein Mann zurückgesunken auf dem Beifahrersitz saß, während der Kopf des anderen auf dem Lenkrad lag.

Auf Kosten des Steuerzahlers ein kleines Nickerchen halten, dachte sie, aber der spöttische Gedanke vertrieb ihr Unbehagen nicht, im Gegenteil. Es wuchs, als sie laut »Hallo!« rief, sich jedoch niemand regte. Sie klopfte an die Windschutzscheibe. »Hallo?«, rief sie wieder.

Keine Reaktion.

Genau davor hatte sie Angst gehabt, dennoch erschien ihr die Situation in diesem Augenblick irreal.

Nicht tot … sie können unmöglich tot sein … sonst müsste man doch irgendwo Wunden sehen … Blut …

Sie wusste nicht, wie lange sie da einfach nur neben dem Auto gestanden hatte, sie war nicht einmal sicher, ob starr und schweigend, oder ob sie weiter »Hallo?« gerufen und an die Scheibe getrommelt hatte. Sie kam erst wieder zu sich, als zwei Frauen die Straße entlangstöckelten. Sie waren derart in ihr Gespräch über die Weinverkostung in einem nahe gelegenen Delikatessengeschäft vertieft, dass sie nicht merkten, was im Hof des Ordinariats vor sich ging. Clara schöpfte tief Atem und riss die Autotür auf.

Eine weibliche Stimme schallte ihr entgegen. Auf HR3 wurden gerade irgendwelche Staumeldungen durchgegeben. Das Nächste, was sie hörte, war ein Schnarchen.

Nicht tot, nicht tot, nicht tot.

Ihr Blick blieb an zwei leeren Kaffeebechern hängen.

Waren es etwa die, die Frau Drössler den Männern heute Vormittag gebracht hatte? Aber die Sekretärin hatte ihnen sicher kein Schlafmittel verabreicht – und sie mussten so etwas genommen haben, sonst würden sie nicht so besinnungslos schlafen.

Clara rüttelte am Arm des einen, aber er regte sich nicht. Sie beugte sich vor und stieß den anderen an, dessen Kopf aufs Lenkrad gesunken war. Wieder nichts.

Nach einer Weile richtete sie sich auf und warf die Autotür zu. Auf die Hilfe der Personenschützer konnte sie schon mal nicht hoffen.

»In Strömen floss das Blut, das den Brand der Verfolgung auslöschen, das die Flammen und die Feuergluten der Hölle mit seinem ruhmvollen Strom ersticken sollte«, las Hartmann laut vor. »Was ist denn das für ein Schwachsinn? Und was soll das beweisen?«

»Dieser Text spielt auf das Martyrium zahlreicher Urchristen an«, erklärte Simon – nicht zum ersten Mal. »Im Kontext der Bischofsmorde könnte es eine Art Code sein, eine Botschaft also, die nur ein Insider versteht.«

»Und diese Botschaft kann man nicht einfach mailen? Die muss man als Leserkommentar bei einem Onlinemagazin posten?«

»Vielleicht habe ich mich falsch ausgedrückt. Es geht hier nicht um eine Botschaft, die eine Person einer zweiten übermitteln will. Diese Botschaft ist an eine breite Öffentlichkeit gerichtet, es ist eine Art Bekenntnis: Ich stehe für die wahre Kirche, ich zeige, wozu Bischöfe verpflichtet sind, nämlich für den christlichen Glauben zu sterben. Und wenn sie dazu nicht bereit sind, ja wenn sie noch nicht mal den Anfechtungen der säkularen Gesellschaft standhalten, dann helfe ich eben nach.«

»Und Clemens Peters soll …«

Simon riss endgültig der Geduldsfaden. »Herrgott, hören Sie endlich mit Clemens Peters auf!«, rief er. »Er ist unschuldig! Die Sache zwischen ihm und seiner Mutter hat wahrscheinlich überhaupt nichts mit den Bischofsmorden zu tun.«

Simon wusste nicht, wie oft er Hartmann das mittlerweile erklärt hatte, dennoch stieß er immer wieder auf die gleiche Reaktion: Anstatt zuzugeben, dass er sich geirrt hatte, schwieg der Hauptkommissar halb verdrossen, halb trotzig.

»Und das haben Sie alles selber rausgefunden?«, fragte er nach einer Weile missmutig. »Oder hat Ihnen Ihre Theologin wieder dabei geholfen? Redet sie überhaupt noch mit Ihnen, oder kommuniziert sie weiterhin lediglich mit Luis?«

Simon senkte den Blick. »Es ist ja nicht so, dass ich nicht selbst recherchieren könnte. Dieses Zitat stammt aus einem Brief des Märtyrerbischofs Cyprian, und es gibt doch dieses ominöse Internetportal cyprian.net, hinter dem sich so eine rechtsradikale Splittergruppe der Kirche verbirgt. Die Namensgleichheit kann doch kein Zufall sein.«

Hartmann seufzte. »Na schön, wir gehen der Sache nach. Aber jetzt sind diese Fundis ohnehin mit ihrem Nachtgebet beschäftigt, oder? Das heißt, wir können bis morgen warten. Mir reicht's für heute nämlich.«

Klar, dass er die Hinweise nicht wichtig genug fand, um deswegen Überstunden zu machen.

»Und Clemens Peters?«, fragte Simon.

»Meinetwegen darf er daheim in seinem Bettchen schlafen. Und wenn er seine eigene Wohnung immer noch nicht betreten will, muss er eben unter der Brücke pennen. Ich verstehe ohnehin nicht, warum der so lange bei der Rautenberg untergekrochen ist. Hatten die was miteinander?« Simon zuckte nur die Schultern. »Wie auch immer: Morgen will ich ihn noch mal für eine Befragung hierhaben. Und Sie können jetzt auch heim zu Frau und Kind.«

»Ich habe kein Kind.«

»Seien Sie froh, eine Frau allein reicht.«

Simon verharrte nachdenklich.

»Noch was?«

Simon öffnete den Mund, schloss ihn dann aber wieder.

»Nichts«, sagte er, obwohl er Hartmann ein entscheidendes Detail verschwiegen hatte – dass sie das Zitat nämlich nur der fingierten Pressemeldung verdankten, die Clara vom Mainzer Ordinariat aus verschickt hatte. Hartmann würde nicht verstehen, warum sie es getan und warum er es zugelassen hatte. Er verstand es ja selbst nicht so genau.

Gehen Sie heim zu Ihrer Frau.

Gerade eben brummte sein Smartphone, und er befürchtete, dass es schon wieder eine SMS von Dora war, die wissen wollte, wann er endlich nach Hause kam, doch das Vibrieren hörte nicht auf. Ein eingehender Anruf – von Clara. Allein beim Anblick der schnöden Ziffern stiegen blitzartige Bilder in ihm hoch. Von ihrem Wohnzimmer, ihrer nackten Haut, ihrem Keuchen.

Die Versuchung, den Anruf einfach wegzudrücken, war groß, aber das Telefon schien ihn regelrecht anzuschreien.

»Ja?«

Lautes Rauschen ertönte, gefolgt von etwas, das wie Husten klang.

»Clara, was gibt's?«

War das Husten etwa ein Schluchzen, oder atmete sie bloß heftig? Das Rauschen verstummte, stattdessen vernahm er ganz schwach ihre Stimme. »Sie … er …«

»Clara, was ist denn los?«

»Sie … sie rühren sich nicht mehr. Ich dachte, sie sind tot … aber … aber sie atmen noch …«

Das Bild vor ihm flimmerte, als würde die Neonlampe, die den Raum erleuchtete, ihren Geist aufgeben und zu flackern beginnen. »Clara, wo bist du überhaupt, und von wem redest du?«

Er musste gefühlte Ewigkeiten auf eine Antwort warten. »Die beiden Beamten … vor dem Bischöflichen Ordinariat …«

Er war so angespannt, dass er kurz nicht begriff, was sie meinte. »Redest du von dem Polizeischutz? Für Engelhardt?«

»Was … was habe ich nur angerichtet …«

»Bist du etwa dort?«

Dass sie keine Antwort gab, war ihm Bestätigung genug.

»Hör mir jetzt gut zu, Clara. Schau, dass du von dort wegkommst. Ich … wir sind gleich da. Mach jetzt keinen Unsinn, hörst du?«

Wieder hörte er eine Weile nichts als ihren heftigen Atem.

»Bitte, versprich es mir!«, bat er sie inständig.

Sie versprach es nicht, sondern sagte nur: »Beeilt euch!«

Nachdem sie ihr Smartphone verstaut hatte, ging Clara eine Weile im Innenhof des Ordinariats auf und ab. Sie fröstelte, wobei die Kälte von innen kam. Sie könnte zu ihrem Auto zurückgehen, könnte die Heizung aufdrehen, könnte warten … Es gab so viele Dinge, die sie hätte tun können und die vernünftiger gewesen wären, als hier zu stehen und auf das Gebäude zu starren, in dem sich der Erzbischof befand, als sich zu fragen, was darin wohl gerade geschah, schließlich auf die Tür zuzugehen.

Wenn sie nicht offen ist, kann ich ohnehin nichts tun.

Sie drückte gegen die massive dunkelbraune Holztür, sie gab nach.

Noch verharrte sie auf der Schwelle. *Sei nicht verrückt, Simon ist gleich da, du musst jetzt nicht auch noch zur Märtyrerin werden, für wen oder was denn auch!*

Wahrscheinlich hätte sie ewig so verharrt, wenn da nicht plötzlich ein Geräusch gewesen wäre. Ob es wirklich ohrenbetäubend laut war oder nur auf ihre überreizten Sinne so wirkte, konnte sie nicht sagen. Jedenfalls stürzte sie ins Gebäude und hielt erst inne, als sie bereits die ersten fünf Stufen der Treppe genommen hatte.

Was war das gewesen? Ein Poltern, ein Krachen, ein … Schrei?

Gedämpft nahm sie Stimmen wahr, aber die konnten auch von draußen kommen. Und da war ein Summen, aber das stammte vielleicht aus einem Serverraum. Am lautesten war ihr Atem.

Schritte hingegen waren nicht zu hören, und Schreie nun auch nicht mehr.

Misch dich nicht ein …

Mit den Händen klammerte sie sich an das schmiedeeiserne Treppengeländer, um diesem merkwürdigen Sog zu widerstehen, aber die Füße begannen wie von selbst Stufe für Stufe hinaufzugehen.

Der Gang im ersten Stock war finster. *Siehst du. Kein Opfer und kein Täter.*

Aber Menschen sterben und töten auch in der Dunkelheit.

Und wieder war da ein Geräusch, ein viel leiseres als vorhin, und doch bewirkte es, dass sich ihr sämtliche Härchen aufstellten, dass es ihr eiskalt über den Rücken lief und sie sich die Nägel schmerzhaft tief in den Daumenballen trieb.

Das Geräusch hatte geklungen, als würde jemand eine quietschende Tür zuziehen. Wo war die? Hier im Gang? Vor ihr, hinter ihr?

Sie machte kehrt, floh zurück zur Treppe, zuckte zusammen. Licht. Da war auf einmal Licht. Jemand hatte einen Lichtschalter betätigt. Und kamen aus dem zweiten Stock nicht Stimmen?

Sie traute den eigenen Sinnen nicht mehr, und als sie wieder ein paar Stufen nach oben genommen hatte, war sie beinahe erleichtert, auf ein Hindernis zu stoßen. Im ersten Moment spürte sie weder Angst noch Panik, sondern nur eine gewisse Befriedigung.

Na also, ich bin nicht völlig bescheuert, ich habe mir das alles nicht nur eingebildet.

Auf dem Treppenabsatz lag ein Mann, sein Kopf erhöht auf der untersten Stufe, sein Körper auf dem Boden davor. Noch hatte sich keine Blutlache gebildet, nur ein dünnes rotes Rinnsal tropfte aus einer Kopfwunde auf den grauen Stein.

Obwohl sie ihn noch nicht berührt, sich noch nicht einmal über ihn gebeugt hatte, um zu prüfen, ob er noch atmete, wusste sie sofort, dass er tot war. Und sie erkannte ebenfalls auf den ersten Blick, dass das nicht Erzbischof Engelhardt war.

Ihr Mund wurde ganz trocken. Während sie noch zögerte, ob sie den Leichnam eingehender betrachten oder lieber fliehen sollte, erlosch das Licht.

Schwärze.

Namenlose, tiefe, alles verschlingende Schwärze.

Oder nein, da war noch ein Grau, in einer Großstadt wurde es nie völlig finster. Und dann dieses rote Glimmen, das vom Lichtschalter im zweiten Stock kam. Nur ein paar Stufen trennten sie von ihm, und obwohl die Stimmen von oben gekommen waren, folgte sie ihrem ersten Impuls, hastete hinauf, drückte den Schalter und war einfach nur erleichtert, die

Hand wieder vor Augen zu sehen. Der Anblick des Toten war einfacher zu ertragen als bloß das Wissen, dass er dort lag. Nicht dass sie ihn sonderlich lange musterte – sie musste weg, schnell weg.

Als sie die Stufen wieder hinuntereilte, nahm sie die zersplitterte Brille wahr, die neben dem Kopf des Toten lag, und auch den Kragen seines Collarhemds. Ein Priester … der Tote war ein Priester. Als sie an ihm vorbeilaufen wollte, trat sie auf etwas Weiches. Kurz hatte sie Angst, dass es seine Hand war, stellte dann aber fest, dass seine Brieftasche auf den Boden gefallen war. Sie bückte sich danach, hob sie auf, und während sie die nächsten Stufen nahm, öffnete sie sie. Als Erstes stieß sie auf einen kleinen, schwarzen Kamm, an dem sich ein einzelnes Haar befand. Erst jetzt fiel ihr auf, dass die Haare des Toten schwarz und leicht gekräuselt waren.

Clara ließ den Kamm fallen, als hätte sie sich daran verbrannt, stöberte aber weiter in der Geldbörse. Eine Münze fiel auf den Boden, und das leise Pling ließ sie zusammenzucken. Sie blieb kurz stehen, und ihre Hände zitterten, als sie im Geldfach kramte, zwei Fünf-Euro-Scheine und einen Fünfzig-Euro-Schein entdeckte, das nächste Fach durchsuchte. Darin fand sie zwar nicht wie erhofft den Personalausweis, aber einen Ausweis für die Deutsche Nationalbibliothek.

Sie konnte gerade noch den Namen lesen, als das Licht erneut ausging. Wieder war ihr Gehirn zu schwerfällig, um sogleich zu begreifen, was sie da herausgefunden hatte. Erst nachdem sie eine Weile heftig atmend im Dunkeln gestanden hatte, ging ihr auf: Sie kannte zwar nicht den Mann. Aber sie kannte – nur allzu gut – seinen Namen.

»Verdammt!«, schrie Simon. »Ich kann sie nicht erreichen.«

Luis lenkte den Wagen, sie waren kurz vor Mainz.

»Wen denn? Die Mohr oder die beiden Beamten?«

»Weder noch. Da stimmt was nicht, da stimmt etwas ganz gewaltig nicht, und diese Idioten ...«

Wen er vorhin sofort erreicht hatte, war Kommissar Bernhard von der Kripo Mainz gewesen. Dessen näselnde Stimme ließ an ein dürres Männchen denken, obwohl er groß und korpulent war. Eigentlich mochte Simon ihn, weil er sich, anders als Hartmann, nicht vorschnell eine Meinung bildete und vor allem nicht darauf beharrte, wenn sie sich als falsch herausstellte. Kommissar Bernhard war immer bereit, zuzuhören – jedem noch so unwichtigen Kollegen oder Zeugen. Leider wurde Simon ausgerechnet das heute zum Verhängnis. Anstatt von den aufgeregten Worten des Frankfurter Ermittlers alarmiert zu sein, blieb Bernhard gelassen und ließ sich ewig lange erklären, worum es ging. Simon hatte zwischendurch auch noch den Fehler gemacht, Othmar Rautenberg zu erwähnen, was Bernhard zu dem Einwand veranlasste, dass er für den Selbstmord nicht zuständig sei.

»Aber für den Polizeischutz!«

»Ja, zwei Beamte sind vor Ort. Krause und Wohlmuth.«

»Und die sind nicht ansprechbar, sondern beide bewusstlos ...«

»Von wem wissen Sie das?«

»Ist das so wichtig?«

»Haben Sie die beiden selbst gesehen?«

Simon schüttelte den Kopf, obwohl Bernhard das am Telefon natürlich nicht sehen konnte. »Clara Mohr«, sagte er lediglich.

»Wer ist Clara Mohr?«

Und so war es weitergegangen. Anstatt sofort Verstärkung zu schicken, hatte Bernhard ständig Fragen gestellt, und bis er endlich in die Puschen gekommen war, hatten Simon und Luis Mainz fast erreicht.

»Das muss ein richtiger Stümper sein«, murmelte Luis.

»Wer? Bernhard?«

»Nein! Der Typ, der die beiden kaltgestellt hat … oder ich sollte wohl eher sagen: lauwarm. Ich kann mir nicht vorstellen, dass er sie beide gleichzeitig hinterrücks niedergeschlagen hat. Wahrscheinlich hat er ihnen ein Schlafmittel verabreicht, also kennen sie ihn jetzt.«

»Vielleicht ist dem Täter das egal. Bischof Engelhardt könnte sein letztes Opfer sein, ehe er sich selber zum Märtyrer macht.«

»Welche Idioten nehmen eigentlich was zu trinken an?«

Zum Beispiel Hartmann, dachte Simon. Der schnorrte noch an jedem Tatort mindestens eine Tasse Kaffee. Simon wählte wieder Claras Nummer. *Geh ran, geh ran, geh ran*. Er merkte, dass es noch nicht mal läutete, weil er die grüne Taste nicht betätigt hatte. Ehe er es tun konnte, ging ein externer Anruf ein. Gott sei Dank.

»Clara?«

»Simon? Bist du dran?«

»Dora, ich habe jetzt überhaupt keine Zeit.«

»Aber es ist wichtig …«

»Dora, es geht wirklich nicht.«

Er legte einfach auf.

»Deine Frau?«, fragte Luis.

Simon antwortete nicht, sondern wählte wieder Claras

Nummer. Niemand ging ran. »Verdammt, verdammt, verdammt.«

Als sie die Eppichmauergasse erreichten, waren seine Hände schweißnass. Der Wagen stand noch nicht, als er schon raussprang. Hektisch hielt er nach allen Seiten Ausschau. Da hinten – war das nicht Claras Auto?

»Wusste ich's doch«, sagte Luis nahezu befriedigt, »dass wir vor Bernhards Schlafmützen da sind.«

Kyrill Cholaschka.

Der Tote, der auf dem Treppenabsatz im Bischöflichen Ordinariat lag, war Kyrill Cholaschka, laut Daniel Roos einer der Betreiber von cyprian.net. Der Mann, den sie hinter dem Nickname »IchbindieWahrheit« vermutet und, mehr noch, den sie für den Mörder der Bischöfe gehalten hatte.

War aus dem Mörder selbst ein Opfer geworden? Hatte sich der Bischof gegen ihn zur Wehr gesetzt?

Clara ließ Ausweis und Geldbörse fallen. Sollte sie nach einem Lichtschalter tasten? Oder lieber versuchen, im Dunkeln ins Freie zu gelangen?

Die Stimmen nahmen ihr die Entscheidung ab, Stimmen aus dem zweiten Stock, die sie schon vorher vage vernommen hatte und die sie nun deutlicher hören konnte, weil eben eine Tür geöffnet wurde.

»Warten Sie hier, Exzellenz, ich kümmere mich um alles.« Was der zweite Mann sagte, konnte sie nicht verstehen. »Ja, sofort tot, das war er …« Wieder hektisches, aber unverständliches Gemurmel. »Ich habe ihn versehentlich am Hinterkopf getroffen, was nicht so günstig ist. So könnte es ja aussehen, als hätte ich einen Fliehenden attackiert. Natürlich werde ich es so darstellen, dass ich Sie vor ihm beschützen musste. Reine Notwehr, Sie verstehen. Ich werde … Nein, bleiben Sie hier! Schauen Sie sich das nicht an! Ich erledige das alles alleine.«

Jetzt hörte Clara Schritte. Schritte, die sich der Treppe zu nähern schienen. Dann ging plötzlich das Licht wieder an. Sie löste sich aus der Erstarrung, klammerte sich ans Geländer und schlich Stufe um Stufe weiter nach unten. Biss sich auf die Lippen, um kein verräterisches Keuchen von sich zu geben. Setzte vorsichtig die Ferse auf, damit die Schuhe nicht quietschten.

Endlich trennten sie nur mehr wenige Stufen vom Erdgeschoss. Doch als sie den Fuß auf die nächste Stufe setzte, rutschte ihr die Handtasche von der Schulter und knallte gegen das Geländer. *Verdammt, verdammt, verdammt!*

Hastig nahm sie die letzten Stufen. Oh nein, jetzt fing auch noch ihr Handy an zu klingeln.

»Bleiben Sie stehen!«

Clara hatte es gerade in die Eingangshalle geschafft und stand nur wenige Schritte von der Tür entfernt, als die Stimme sie traf. Die Stimme von vorhin. Der Mann, der mit einer Exzellenz – also dem Bischof – geredet hatte. Der einen Mord gestanden hatte. Dessen Stimme ihr nicht fremd war.

Langsam drehte sie sich zu ihm um, starrte auf seine Hand. In der er eine Pistole hielt.

»Sie …«, setzte sie an. Sie wollte seinen Namen sagen, schaffte es aber nicht.

»Bleiben Sie stehen!«, wiederholte er. Er ließ sie nicht aus den Augen und hielt die Pistole auf sie gerichtet, als er an ihr vorbei zur Eingangstür ging, in seiner Tasche kramte, einen Schlüssel hervorzog und die Tür abschloss.

»Nur für alle Fälle«, sagte er mit einem freundlichen Lächeln. »Damit wir auch wirklich ungestört sind.«

Sein Lächeln wurde breiter, erreichte aber seine Augen nicht. Hart blickten sie, kalt, wie tot. Erst jetzt sah Clara, dass etliche Blutspritzer sein weißes Collarhemd befleckten. Kyrill Cholaschkas Blut …

Clara schnappte nach Luft, und obwohl ihre Kehle eng war, gelang es ihr nun doch, seinen Namen auszusprechen.

»Pater Cölestin.«

19

Eine Weile standen sie sich schweigend gegenüber. Das Flurlicht war erloschen, doch sie konnten einander im schwachen Lichtschein, den eine Laterne vom Hof in den Eingangsbereich warf, sehen.

»Warum?«, entfuhr es Clara schließlich. »Warum nur?«

Pater Cölestin sagte nichts. Erst als ihr Smartphone wieder zu läuten begann und Clara reflexartig in ihre Tasche griff, befahl er: »Tun Sie das nicht!«

Clara zog die Hand langsam aus der Tasche und sah sich unauffällig nach einer Fluchtmöglichkeit um. Gab es neben dem Haupteingang noch eine andere Tür? War da irgendwo ein Fenster, aus dem sie springen könnte? Dem Lichtschein nach zu schließen dort hinten, aber bis sie das Fenster erreichte, hätte Pater Cölestin sie schon niedergeschossen. Nein, sie konnte nicht fliehen … sie konnte nur hoffen, dass Simon bald hier eintraf … dass er sie vor diesem Verrückten rettete. Und bis es so weit war, musste sie auf Zeit spielen und hoffen, dass ein Priester gerne predigte.

»Warum?«, fragte sie wieder.

»Warum Kyrill Cholaschka sterben musste?«, gab Pater Cölestin zurück. Er stand ganz steif da, auch die Hand, mit der er die Pistole hielt, zitterte nicht. Nur sein Adamsapfel hüpfte bei jedem Wort auf und nieder. »Nun, es war Zeit, dem Ganzen ein Ende zu bereiten. Natürlich hätten sich noch ein paar mehr Opfer angeboten, aber mit jedem Toten wurde die Gefahr größer, dass jemand die Wahrheit herausfindet.«

»Sie … Sie wollen ihn zum Sündenbock machen. Wollen es so darstellen, als wäre er gekommen, um den Bischof zu töten …«

Pater Cölestin lächelte. »So ist es. Es wird so aussehen, als hätte sich der Erzbischof tapfer zur Wehr gesetzt, und als hätte ich den Unhold dann getötet. Kurz habe ich mir überlegt, dass der Erzbischof selbst ihn erschlagen hätte können. Aber das passt nicht zu seinem Amt. Ein bisschen Heldenmut ist in Ordnung, aber es darf nicht zu viel sein. Am wichtigsten ist, der Öffentlichkeit vorzugaukeln, dass es dem Erzbischof vor der Polizei gelungen ist, diese schreckliche Mordserie aufzuklären und zu beenden. Das wird ihm ein ganz neues Image verleihen.«

Claras Mund war wie ausgedörrt. Sie durfte ihre Stimme nicht verlieren, musste weiterreden, weitere Fragen stellen. Schweigen war gefährlich. Schweigen war tödlich.

»Sie haben selbst dafür gesorgt, dass Kyrill Cholaschka heute hierherkommt …«

»Ach, Frau Mohr.« Pater Cölestin seufzte. »Warum mussten Sie denn ausgerechnet heute Abend ins Ordinariat kommen? Wenn Sie den Toten nicht gesehen hätten, wenn Sie uns nicht belauscht hätten, dann wären Sie später doch auch davon überzeugt gewesen, dass Kyrill Cholaschka den Bischof ermorden wollte und ich es verhindert habe. Er war schließlich einer von diesen fanatischen Cyprianern.«

Pater Cölestin trat einen Schritt auf sie zu. In seinen Augen stand ein eigentümliches Glitzern.

»Bischof Engelhardt hat gute Arbeit geleistet, aber die Medien konnten ihn von Anfang an nicht leiden«, begann er zu dozieren. »Die Öffentlichkeit ist besessen von zwei Themen: Geld und Sex. Bei Letzterem konnte man ihm nichts vorwerfen, also hat man es bei den Finanzen versucht.«

»Es ist ja nicht so, als hätte er sich nichts zuschulden kommen lassen!«

»Ach, Unsinn! Das ist doch alles nur Kleinkram. Wer in Deutschland will denn wirklich eine Kirche der Armen? Wenn ein Kardinal mit einem alten Sakko in der Talkshow sitzt, zerreißt man sich darüber doch auch das Maul. Und dass dauernd alles so künstlich aufgebauscht wird! Irgendeine Sau wird immer durchs Dorf gejagt. Ich konnte nicht zulassen, dass es den Erzbischof trifft.«

»Und darum haben Sie drei andere Bischöfe ermordet? Um davon abzulenken, dass Bischof Engelhardt nicht einfach nur Kirchensteuern veruntreut hat, sondern sich auch großzügig aus dem Spendentopf der Cyprianer bedient hat? Dass er folglich gemeinsame Sache mit diesen homophoben, antisemitischen, rassistischen, frauenverachtenden …«

»Jetzt lassen Sie es mal gut sein!«, unterbrach Pater Cölestin sie scharf. »Ich teile ja nicht alle Ansichten von denen, aber dahinter verbergen sich anständige, seriöse Menschen.«

Clara machte unwillkürlich einen Schritt zurück, doch Pater Cölestin folgte ihr. Bald würde sie buchstäblich mit dem Rücken zur Wand stehen. Wieder klingelte ihr Smartphone. *Beil dich, Simon, mach schnell!*

»In der Gerüchteküche begann es ja schon zu rumoren, lange bevor dieser Clemens Peters auf die Sache aufmerksam wurde«, fuhr Pater Cölestin fort. »Das drang bis nach Rom, Erzbischof Engelhardt stand kurz vor der Suspendierung.

Dieser Papst ist wirklich eine Enttäuschung. Wo kommen wir denn hin, wenn wir unser Fähnchen ständig nach dem Zeitgeist ausrichten.«

»Klar, dass man da lieber drei Menschen umbringt«, entfuhr es Clara. Kurz hatte sie Angst, einen Fehler gemacht zu haben, aber sein Lächeln bewies, dass jeder ihrer Vorwürfe den Pater nur anspornte, ausführlicher über seine Taten zu sprechen.

»Das waren doch alles Schwächlinge, die vor der Meute den Kopf eingezogen haben, ja mehr noch, in den Sand gesteckt. Keiner hatte das Kaliber von Bischof Engelhardt. Was denken Sie, was der schon für Stürmen standgehalten hat? Glauben Sie nur nicht, dass es mir leichtgefallen ist. Jedes Leben ist heilig, aber das Bischofsamt ist es auch, und das wurde entwertet. Durch Amtsträger, die sich ihrer Stellung nicht würdig erwiesen, aber auch durch die Angriffe auf Erzbischof Engelhardt.«

»Ich verstehe«, sagte Clara und versuchte, so langsam wie möglich zu sprechen. »Sie haben sich also verpflichtet gefühlt, Ihren Bischof mit allen erdenklichen Mitteln zu schützen. Mit den Morden haben Sie die Öffentlichkeit nicht nur von dem drohenden Skandal abgelenkt. Überdies sollte die Suspendierung Ihres Bischofs dadurch aufgeschoben werden, es gab schließlich schon genug vakante Bischofsstühle.« Im Grunde hatte er es wie sie gemacht und auf Zeit gespielt. Aber mit welchen Mitteln …

Pater Cölestin nickte. »Kyrill Cholaschka hat sich quasi selbst als Sündenbock angeboten. Auf cyprian.net hat er in gleich mehreren Artikeln gefordert, dass die Bischöfe mehr Opferbereitschaft zeigen sollten, gar den Willen zum Märtyrertod. Das hat mich überhaupt erst auf die Idee gebracht, mit der Reminiszenz auf die Märtyrerbischöfe zu arbeiten.«

So wie er sich ausdrückte, klang es, als hätte er eine wissenschaftliche Arbeit verfasst und nicht brutal drei, nein, vier Menschenleben ausgelöscht. Leider stand in seinen Augen kein triumphierendes Glitzern mehr, sondern eher Müdigkeit. Ihm schien aufzugehen, dass er nicht mehr endlos Zeit hatte.

»Und die Polizeibeamten? Wie haben Sie die außer Gefecht gesetzt?«, fragte Clara schnell.

Ein nahezu verschmitztes Lächeln erschien auf seinen Lippen. »Ausgerechnet Sie haben mir dabei geholfen, Frau Mohr. Sie haben Frau Drössler doch überhaupt erst auf die Idee gebracht, den Männern Kaffee zu bringen. Kurz vor Dienstschluss habe ich sie noch einmal mit Nachschub runtergeschickt. Frau Drössler hat gar nicht mitbekommen, dass ich etwas in den Kaffee geschüttet habe. Es wird ein Leichtes sein, zu behaupten, dass Kyrill Cholaschka schon im Ordinariat war und seine Hände im Spiel hatte.«

Der Pater machte einen weiteren Schritt auf sie zu, und sie konnte nicht länger in seine Augen schauen, sondern nur noch auf die Mündung seiner Waffe.

»Und … und …«, stammelte Clara, »… und Othmar Rautenberg?«

Pater Cölestin seufzte leicht entnervt, als hätte er den schon vergessen. »Damals musste ich tatsächlich kurz befürchten, dass alles ans Licht kommt. Aber Männer wie Rautenberg töten sich eher selber, als ihren Bischof anzuklagen.«

»Sie haben ihn unter Druck gesetzt …«

»Nein, das war Clemens Peters. Er hat Rautenberg doch

überhaupt erst auf die vermeintliche Verschwendung bei der Renovierung von Dom und Ordinariat aufmerksam gemacht. Und darauf, woher das Geld kommt. Den Rest konnte er sich selber denken.«

»Dass sich die Cyprianer nämlich eine Gegenleistung erwarteten. Hilfe bei der Verschleierung ihrer Identität, beim Anwerben neuer Mitglieder. Mit einem Bischof an ihrer Seite hofften sie, aus der rechtsextremen Schmuddelecke herauszukommen.«

Pater Cölestin hob vielsagend die Schultern. »Wenn das alles so an die Öffentlichkeit gedrungen wäre, hätte das auch das Ansehen des ehrwürdigen Bistumsökonomen beschmutzt.«

»Und deswegen hat Othmar Rautenberg sich umgebracht? Nur weil er als Bistumsökonom versagt hat?«

»Männer wie Rautenberg gibt es zuhauf. Sie tun alles für die Kirche, und wenn man ihnen einen Fehler nachweist, brechen sie zusammen. Er hatte einfach nicht das nötige Rückgrat.«

Zum Morden braucht man kein Rückgrat, sondern nur eine Waffe, ging es Clara durch den Kopf. Aber laut sagte sie: »Er muss herausgefunden haben, dass Sie hinter den Morden steckten und dass auch Bischof Engelhardt davon wusste, aber nicht einschritt, um seine eigene Haut zu retten. Darum hat Rautenberg mir gegenüber wahrscheinlich auch von dem ›roten Gewand‹ gesprochen, das die Kardinäle tragen. Eine Anspielung auf die Heiligkeit des Amtes und die besondere Würde der Amtsträger. Beides hat Sie nicht davon abgehalten, diese Männer zu ermorden, und das konnte er vermutlich nicht fassen. Da er überdies Ihr Motiv kannte, fühlte er sich mitverantwortlich. Wahrscheinlich hatte er längst eine vage Ahnung bezüglich der finanziellen Machenschaften des Bischofs gehabt, aber einmal mehr weggeschaut. Das Vertuschen war er ja gewohnt – er hat schließlich auch die Identität von Clemens Peters' Vater geheim gehalten. Aber diesmal ging es um ganz andere Dimensionen, nicht einfach nur um persönliche Verfehlungen, sondern um ein Verbrechen. Ein Verbrechen, das er nicht verhindert hat. Er hoffte wohl, dass die Wahrheit ans Licht kommen würde, wenn er sich spektakulär umbringt.«

»Und sehen Sie, das war einfach nur dumm von ihm. Sein Tod war absolut sinnlos. Wenn er den Bischof und mich tatsächlich hätte zur Verantwortung ziehen wollen, hätte er die Tatsachen benennen müssen. Aber dazu fehlte ihm der Mumm.«

»Das war doch Ihr Glück.«

»Es war vor allem etwas, worauf ich mich verlassen konnte. Ich kenne die Rautenbergs dieser Welt. Die sind einfach nicht stark genug, mit der Schuld zu leben. Und gleichzeitig zu schwach, um für diese Schuld Sühne zu tun.«

»Und Sie sind stark genug?«

»Das Notwendige muss eben getan werden.«

»Sie haben gesagt, dass Sie die Ansichten der Cyprianer nicht unbedingt teilen, aber im Grunde denken Sie genauso mittelalterlich wie sie. Ein einzelnes Leben ist nicht sonderlich viel wert und kann geopfert werden, wenn es der Kirche insgesamt dient. Frei nach dem Motto: ›Verbrennt sie alle, Gott kennt die Seinen.‹«

Der Pater trat näher an sie heran. In seinen Augen stand jetzt kein Funkeln mehr und keine Erschöpfung, sondern nur noch … Mitleid.

Clara war so angespannt, dass sie das nächste Geräusch, das ertönte, im ersten Moment für einen Schuss hielt.

Er hat es getan.

Er hat es wirklich getan.

Er hat auf mich geschossen.

Nein, Blödsinn, sie fühlte nichts, stand immer noch wie eine Salzsäule da. Und in die Luft konnte er auch nicht geschossen haben, denn die Pistole war weiterhin auf sie gerichtet. Nein, er hatte nicht geschossen. Sie war der gleichen Täuschung erlegen wie die Ohrenzeugen der vermeintlichen Geiselnahme in der Schule. Es war lediglich eine Tür zugefallen.

»Was … was tun Sie denn da?«

Der Mann, der diese Frage stellte, hatte im Treppenhaus das Licht eingeschaltet. Nun, da er zu ihnen trat, wurde er von hinten erhellt, weswegen Clara erst nur seine Umrisse wahrnahm. Er war nicht sehr groß und von schmächtiger Statur.

»Ich habe Ihnen doch gesagt, Sie sollen in Ihrem Büro bleiben, bis alles vorbei ist«, rief Pater Cölestin. Er klang ungehalten, streng, ein wenig so, als weise er ein aufmüpfiges Kind zurecht.

Erzbischof Engelhardt kam näher. Er wirkte tatsächlich wie ein Kind, aber nicht wie ein streberhaftes, das seinen Lehrern alles recht machen will, sondern wie ein verstörtes, das im Kartoffelkeller eingesperrt wurde und dort nicht nur mit Panik zu kämpfen hat, sondern auch mit Empörung über diese ungerechte Strafe.

»Was … was macht sie denn hier?«

Er deutete auf Clara, sah sie aber nicht an. Auch als sie einen Schritt auf ihn zumachte, duckte er sich bloß, während

Pater Cölestin sofort mit der Waffe zu fuchteln begann – ein Zeichen, dass er auch in Gegenwart seines Bischofs nicht zögern würde, zu schießen.

»Gehen Sie! Gehen Sie wieder nach oben!«, befahl er.

Einen Moment fürchtete Clara, Bischof Engelhardt würde der Anweisung pflichtschuldigst Folge leisten, doch er blieb mit eingezogenem Kopf stehen, trat von einem Fuß auf den anderen und rieb die Hände aneinander, ganz so, als wolle er beten, sei sich aber nicht sicher, ob es angemessen war, diese »heilige« Haltung einzunehmen.

»Sie können doch nicht zulassen, dass er auf mich schießt«, rief Clara schrill.

Ein Ausdruck der Überraschung erschien auf dem Gesicht des Erzbischofs.

»Ich bin hierhergekommen, um Sie zu warnen, um Sie zu beschützen – und jetzt wird mein eigenes Leben bedroht!« Fieberhaft überlegte sie, womit sie ihren Worten Nachdruck verleihen könnte – am besten mit einem Bibelvers. Der einzige, der ihr einfiel, war ein Psalm, der bei der Hochzeit von Simon und Dora vorgelesen worden war, aber das erschien ihr dann doch ein wenig zu dick aufgetragen. *Steige ich hinauf in den Himmel, so bist du dort; bette ich mich in der Unterwelt, bist du zugegen.*

Nun, falls sie wirklich in die Hölle hinabgestiegen war, erwies sich die als banaler Ort. Als Ort, wo es nach Staub, abgestandener Luft, alten Akten und dem Angstschweiß alter Männer roch. Und der Teufel war noch banaler. Er hatte keine Hörner und keinen Schwanz, nur ein bleiches Gesicht. Sie konnte noch nicht einmal sagen, wer von den beiden der Teufel war. Ob Pater Cölestin, der nun kalt vorbrachte: »Es muss sein.« Oder Bischof Engelhardt, der den Kopf noch weiter einzog und tatsächlich Anstalten machte, zu gehen.

Meine letzte Chance … er ist meine letzte Chance …

Ihr Smartphone kam ihr zu Hilfe, oder vielmehr Simon, der sie noch einmal anrief. Als das Läuten ertönte, hielt Bischof Engelhardt inne, während Pater Cölestin zusammenzuckte, und diesen kurzen Moment der Unsicherheit nutzte Clara, um ihre Handtasche von der Schulter zu ziehen und mitsamt dem läutenden Smartphone Richtung Eingangstür zu schleudern. Ihre Rechnung ging auf, denn Pater Cölestin folgte der Bewegung und zielte auf die Tasche. Und bis er bemerkt hatte, dass es das falsche Ziel war, war Clara schon auf Erzbischof Engelhardt zugestürzt, hatte sich hinter ihn gestellt und ihn an den Schultern gepackt, damit er nicht fliehen konnte.

»Bevor Sie mich erschießen, müssen Sie erst ihn töten.«

Der Körper des Geistlichen fühlte sich so schmächtig an, wie er aussah. Ein Zittern ging durch ihn hindurch. Wahrscheinlich wurde es nicht nur durch Panik verursacht, sondern auch durch die ungewohnte Nähe einer Frau.

»Ich … ich wollte das alles doch nicht«, stammelte er und versuchte verzweifelt gegen Claras Griff anzukämpfen.

Doch der war unerbittlich. »Lassen Sie die Waffe sinken, Sie werden doch nicht auf den Bischof schießen wollen!«, rief sie mit kalter Stimme in Pater Cölestins Richtung.

Für einen Augenblick hatte sie den Eindruck, dass der Pater ihrer Aufforderung tatsächlich Folge leisten würde. Doch stattdessen richtete er die Pistole nun auf den Bischof und trat an ihn heran.

»Will ich nicht?«, fragte er gelassen.

Das Zittern verstärkte sich. »Nun helfen Sie mir schon!«, schrie Engelhardt. »Befreien Sie mich von der Frau!« Sein Kreischen klang immer unangenehmer, stieg in ungeahnte Höhen.

Nicht lachen, ich darf jetzt nicht lachen, ging es Clara durch den Kopf. *Vielleicht sterbe ich gleich, und ich will nicht während eines hysterischen Lachkrampfes sterben. Ich will überhaupt nicht sterben.*

Ihr Kopf wurde so leer wie der Blick von Pater Cölestin. Obwohl seine Augen hinter der Brille verborgen waren, konnte sie sehen, wie sie ganz schmal wurden. Er ignorierte Engelhardts schrille Befehle und wandte sich an Clara. »Sie haben mich gerade auf eine wunderbare Idee gebracht«, sagte er lächelnd.

Clara erstarrte, als sie sah, wie Pater Cölestin die Waffe immer näher an Engelhardts Kopf führte. »Sie wollen ihn doch nicht wirklich ... Seinetwegen haben Sie doch ... das ... das hat doch keinen Sinn ...«

»Ein Bischof ist nur einer von vielen.«

Clara begriff. »Und es ist seine Bestimmung, notfalls das Martyrium zu erleiden«, sagte sie leise. »Wenn der Bischof tot wäre, könnten Sie sich allein als Held feiern lassen. Vielleicht könnten Sie ihm sogar nachfolgen und ihm all die Skandale in die Schuhe schieben, wenn sie doch noch ans Licht kämen.«

Pater Cölestins Augen wurden zu einer undurchdringlichen Wand, von der alles abprallte. Er nahm noch nicht einmal wahr, wie Bischof Engelhardt zu stammeln begann, dass er das nicht tun dürfe, dass das Leben doch heilig sei.

Und deins ist heiliger als meins?, ging es Clara durch den Kopf.

Sie brachte kein Wort mehr heraus, brauchte all ihre Kraft,

um Engelhardts Schultern zu umklammern. Während sie auf den Schuss wartete, fragte sie sich, ob einer genügte, um sie beide niederzustrecken, oder ob Pater Cölestin zwei Mal schießen müsste, und diese Frage erschien ihr so grotesk, dass wieder ein glucksendes Lachen in ihr hochstieg.

Doch es blieb ihr im Hals stecken. Ein ohrenbetäubender Krach ertönte, und diesmal war es eindeutig ein Schuss. Unwillkürlich ließ sie Engelhardt los, doch anders als erwartet, sackte er nicht getroffen nieder, sondern blieb aufrecht vor ihr stehen.

Er kann ihn doch nicht verfehlt haben, er hat doch direkt auf ihn gezielt.

Dann erst blickte sie zu Pater Cölestin und nahm wie in Zeitlupe wahr, dass ein Mann auf ihn zustürzte, dass ihm die Waffe aus der Hand fiel, dass er zu Boden ging. Der Mönch brüllte vor Schmerz, als man ihm die Hände auf den Rücken zerrte, ihm jemand ein Knie in den Nacken drückte. Erst als der Schrei verstummte, hörte sie, dass auch Engelhardt etwas schrie. Dass er unschuldig sei, dass er von nichts gewusst habe. Unwillkürlich versetzte sie ihm einen Stoß, sodass auch er zu Boden ging. Erst als sie erschrocken auf ihn hinunterstarrte, nahm sie die vielen Glassplitter vor der Eingangstür wahr.

Simon hatte darauf geschossen, um ins Gebäude eindringen zu können, Simon, der nun ebenfalls seine Waffe fallen ließ. Während sein Kollege den Pater immer noch auf den Boden drückte, kam er zu ihr gelaufen und zog sie an sich.

Sie barg den Kopf an seiner Brust, sog den Geruch seines Aftershaves ein.

Es roch nicht mehr nach Hölle, der schrecklich banalen Hölle.

20

»Mannomann«, stöhnte Hauptkommissar Martin Hartmann. »Diese ganze Scheiße hat doch nur angefangen zu dampfen, weil dieser Idiot von Peters nicht gleich gesagt hat, dass die Wilke seine Mutter ist.«

Simon unterdrückte ein Seufzen. Klar, dass wieder ein anderer der Idiot sein musste. Und klar, dass Hartmann ihm sofort Vorwürfe gemacht hatte, als er vorhin reichlich spät am Tatort eingetroffen war. Einfach eine Tür einschießen, also wirklich. Hatte er denn auf der Polizeischule nichts gelernt? Als Erstes überblickt man einen Tatort und verhandelt. Die Waffe ist immer nur Ultima Ratio.

Unerwartet war ihm Luis zur Seite gesprungen. »Wenn Simon nicht so schnell eingegriffen hätte, hätten wir noch einen Toten mehr gehabt. Oder sogar zwei. Wäre dir das lieber?«

So hatten sie es mit einem höchst lebendigen Bischof zu tun, der rasch die Ehre hatte, sich in Hartmanns Augen zum allergrößten Idioten zu machen. Während Pater Cölestin abgeführt wurde, Clara den Beamten alles erzählte und die Kollegen von der Spusi sich den Tatort der Ermordung von Kyrill Cholaschka vornahmen, verlangte Engelhardt entweder, sofort einen Anwalt zur Seite gestellt zu bekommen, oder er beteuerte seine Unschuld. Als Hartmann erklärte, dass er mit aufs Präsidium kommen müsse, schüttelte er empört den Kopf. »Ich bin doch hier nicht abkömmlich! Was glauben Sie, wie viele Termine ich morgen habe. Das … das muss ich erst mit meinem Sekretär besprechen.«

»Das können Sie gerne tun – in einer gemeinsamen Zelle«, erklärte Hartmann mit sichtlicher Genugtuung.

Röte schoss dem Erzbischof ins Gesicht. »Aber es gibt doch Einzelzellen?«

»Die verdienen sich nur besonders schwere Verbrecher«, flachste Hartmann. »Wenn Sie meinen, dass Ihnen eine zusteht, sind Sie vielleicht doch nicht so unschuldig?«

Hartmanns Augen blitzten belustigt, was ungewöhnlich genug war, während Simon ein weiteres Seufzen unterdrückte. Die beiden hatten einander wirklich verdient.

Als er zu Clara trat, sprach sie gerade mit Luis. »Engelhardt hat also alles gewusst«, stellte dieser fest.

Clara schlug schützend ihre Arme vor die Brust. Sie zitterte, aber als Simon ihr vorhin seine Jacke angeboten hatte, hatte sie abgelehnt. Sie hatte sich überhaupt sehr wortkarg erwiesen, noch nicht einmal seinen Blick erwidert.

»Ich glaube nicht, dass er von Anfang an eingeweiht war«, sagte sie zu Luis. »Vielleicht hatte er eine vage Ahnung, wollte der aber nicht nachgehen. In der Kirche ist man es ja sozusagen gewohnt, vor unliebsamen Dingen die Augen zu verschließen. Spätestens als Pater Cölestin Kyrill Cholaschka ermordet hat, konnte er sich allerdings nicht mehr blind stellen. Wahrscheinlich redet er sich jetzt damit heraus, dass er sich im Schockzustand befunden hat. Ich bin natürlich keine Juristin, aber wessen man ihn genau anklagen kann …« Sie zuckte die Schultern.

»Der hätte eiskalt zugesehen, wie Pater Cölestin dich erschießt!«, entfuhr es Simon.

»Am meisten hat er wohl daran zu knabbern, dass Pater Cölestin nicht nur bereit war, mich zu erschießen, sondern auch ihn.«

»Irgendwie werden wir ihn drankriegen …«

Clara lächelte. »Glaub mir, auch wenn die Staatsanwaltschaft ihn nicht als Mittäter oder zumindest als Mitwisser anklagen kann – der kriegt schon seine Strafe.«

»Und wie sieht die aus? Fegefeuer? Hölle?«

»Oh, auf das Jenseits und die göttliche Gerechtigkeit will ich lieber nicht setzen«, sagte sie. »Ich habe eine andere Idee.« Als Clara sie ihm erklärte, blickte sie Simon erstmals in die Augen.

Er hörte ihr zu, dennoch erreichten ihre Worte ihn nicht. Als Luis sich wenig später diskret zurückzog, fiel ihm nichts ein, was er sagen könnte.

»Und du willst meine Jacke wirklich nicht haben?«, brachte er endlich hervor.

Sie schüttelte den Kopf. »Ich muss mich mal kurz hinsetzen. Mein Auto ist gleich in der Nähe, es ist doch in Ordnung, wenn ich dort warte?«

»Natürlich.« Simons Hand schnellte vor, um sie zu stützen. Doch sie zuckte zurück und schüttelte unmerklich den Kopf.

Luis, der ein paar Schritte von ihnen entfernt stehen geblieben war, wandte sich ab, während Simon aufging: Es war für Clara nicht nur anstrengend, mit den Nachwirkungen des Schocks fertig zu werden und die Befragungen über sich ergehen zu lassen. Anstrengend war es für sie auch, mit ihm zusammen zu sein.

»Na, du machst Sachen«, sagte Daniel Roos.

Er war als einer der ersten Journalisten zum Tatort gekommen – nicht zuletzt, weil Clara ihm einen Tipp gegeben hatte. Anstatt dankbar zu sein, blickte er etwas vorwurfsvoll auf die Uhr. »Schon nach zehn. Da schaue ich mir für gewöhnlich die Tagesthemen an und gebe mich gleich danach meinem Schönheitsschlaf hin.«

»Ach, Daniel, du bist doch schon schön.«

»Was man von dir im Moment nicht sagen kann.«

Wie charmant. Unwillkürlich griff sich Clara ins Gesicht. Sie hatte sich am Morgen wie immer dezent geschminkt, aber seitdem kein einziges Mal nachgepudert. Wahrscheinlich war die Wimperntusche längst verschmiert, wobei sie ohnehin zu dunklen Ringen unter den Augen neigte. Ganz zu schweigen von dem traurigen Anblick, den ihr schnittlauchglattes Haar wahrscheinlich bot, und den roten Flecken, die sich immer auf ihrer Stirn ausbreiteten, wenn sie sich aufregte. Besser, sie betrachtete sich erst gar nicht im Rückspiegel ihres Autos.

»Na ja«, sagte Daniel Roos, »der Abend war ohnehin ruiniert, als du vor meiner Haustür standest.«

»Sei froh, dass ich dich nicht gebeten habe, ins Ordinariat mitzukommen.«

Er grinste. »So blöd wäre ich nicht gewesen.« Er wurde rasch wieder ernst. »Und hinter all dem steckt Pater Cölestin?«

Schon am Telefon hatte sie die Vorfälle kurz skizziert. Doch erst jetzt lieferte sie ihm alle Details – unter anderem, wie Bischof Engelhardt sich verhalten hatte.

Daniel pfiff laut. »Was für 'ne Story!«

»Eben«, sagte Clara, »da lohnt es sich doch mal, die Tagesthemen zu versäumen.«

»Aber so was kann ich bei uns nicht bringen, zumindest nicht so ausführlich … Ich muss mir irgendwas ausdenken, damit Engelhardt am Ende doch gut dasteht. Denkst du, er wird angeklagt oder so? Wegen Beihilfe zum Mord? Als Bischof wird er das sicher nicht überleben. Der Arme wird wahrscheinlich suspendiert und bei irgendwelchen Nonnen in der Schweiz oder in Österreich sein trauriges Schicksal beklagen …«

Clara sah ihn überrascht an. »Der *Arme*?«, fragte sie.

Etwas unbehaglich rutschte Daniel auf dem Beifahrersitz herum. »Du weißt schon, wie ich's meine.«

»Nein, das weiß ich ehrlich gesagt nicht. Ich will, dass die Sache bis ins letzte Detail an die Öffentlichkeit gelangt. Du kannst jeden O-Ton von mir haben, den du brauchst. Es soll nichts, aber auch gar nichts verschwiegen werden.«

Daniel starrte eine Weile nachdenklich auf seine Hände. »Clara, ich kann wirklich nicht …«

»Kannst du nicht, oder willst du nicht?«

»Ich arbeite für die Kirche. Und auch wenn die Pfaffen reichlich Dreck am Steck haben – ich werde nicht zum Nestbeschmutzer.«

»Das wäre deine Chance für einen Neuanfang. Du bist seit Jahren frustriert. Du könntest kündigen, dich bei einem anderen Blatt bewerben. Mit dieser Exklusivgeschichte hast du doch alle Chancen, um …«

»Nee!«, unterbrach Daniel sie heftig. »Ich bin doch nicht blöd. Einen so sicheren Job kriege ich nie wieder. Klar, die Gehaltserhöhungen sind überschaubar, aber die Rentenversicherung …«

Clara unterdrückte ein Seufzen.

»Ich dachte, die Ratten verlassen das sinkende Schiff. Willst du unbedingt absaufen?«

»Das Bild stimmt vorne und hinten nicht.«

»Weil du keine Ratte bist?«

»Nein. Weil bei der Kirche alles länger dauert, selbst das Sinken. Das ist nicht so eine zwei-, dreistündige Angelegenheit wie bei der Titanic. Eher so wie bei der Costa Concordia. Die ist nie ganz gesunken, und das Wrack wurde erst Jahre später geborgen.«

Clara sah ihn lange an und wusste nicht, ob sie grinsen oder den Kopf schütteln sollte.

»Also verzichtest du auf die Exklusivstory?«

»Na ja, irgend so ein frommer O-Ton wäre schon ganz nett … wie du dem Tod ins Angesicht geschaut hast, aber Gott dich gerettet hat.«

»Gut, dass du nur Journalist für ein miefiges Kirchenblatt bist und kein Schriftsteller. Dem Tod ins Angesicht geschaut, also wirklich! Und den O-Ton gebe ich lieber Clemens Peters. Samt der Exclusivstory.«

»Ach, ist der denn wieder aufgetaucht?«, fragte Daniel. Clara setzte darauf, dass Clemens sich mit Lore Wilke endlich in Ruhe aussprechen, mit seiner Vergangenheit Frieden schließen und seinen Job wieder aufnehmen würde, und nickte entschlossen.

Daniel zuckte die Schultern. »Grüß ihn von mir, wenn du mit ihm sprichst«, sagte er, ehe er hastig aus dem Auto stieg.

Sie blieb nicht lange allein. Wenig später gesellte sich Simon zu ihr.

»Na du?«, fragte er nur.

Clara tat, als wäre sie damit beschäftigt, an der Heizung herumzudrehen.

»Soll ich dir irgendwas zu essen holen? Oder zu trinken?«

Sie schüttelte den Kopf.

»Brauchst du sonst irgendwas?«

Ja, dachte sie, *dich brauche ich, nicht für immer, nicht für die ganze Zeit, ein paar Stunden würden reichen, um das Gefühl zu haben, nicht völlig allein auf der Welt zu sein.*

Laut sagte sie nur: »Wenn Dora es erfährt …«

Als er sie ansah, stand ehrliches Entsetzen in seinem Gesicht. »Das darf sie nicht!«

Clara lächelte schmerzlich. »Ich meinte doch nicht unsere … unsere … unsere gemeinsame Sofasession …« Was für ein Wort! »Ich meinte, dass ich mich schon wieder in Todesgefahr gebracht habe und du mich gerettet hast. Wahrscheinlich wird sie mir unterstellen, dass ich das mit Absicht getan habe.«

Sie merkte, wie Simon sich etwas entspannte, und das tat noch mehr weh als sein entsetzter Aufschrei.

Das darf sie nicht … Natürlich nicht … weil du sie nicht verlassen wirst … weil ich dich in Zukunft nicht mal mehr für ein paar Stunden bekommen werde.

»Du kennst doch Dora«, sagte er mit Nachdruck, »sie kann schnell mal irgendwas Dummes, Gemeines sagen. Aber sie ist immer bereit, sich wieder zu versöhnen. Der Streit mit dir … er tut ihr schon seit Langem leid.«

Clara zuckte die Schultern. »Er tut ihr nicht leid. Aber sie würde sich dazu herablassen, alles zu vergessen. Oder es zumindest nicht anzusprechen.«

Sie wusste nicht, wohin mit ihren Händen, und umklammerte das Lenkrad. Kurz starrten sie beide nach draußen. Hartmann kam gerade vorbei und brüllte etwas in sein Smartphone. Kyrill Cholaschkas Leichnam wurde abtransportiert. Außerdem kam der Staatsanwalt vorgefahren. Sobald er aus dem Mercedes stieg, stürzten ein paar Journalisten auf ihn zu.

Gut, dass mein Auto so unauffällig und dreckig ist, dachte Clara.

»Ich glaube, du musst da wieder raus«, sagte sie.

»Ich bleibe bei dir.«

»Nein«, sagte sie scharf. »Du bleibst bei Dora. Das ist es doch, was du mir die ganze Zeit sagen willst.«

Er rutschte ähnlich unbehaglich auf dem Sitz herum wie vorhin Daniel Roos, und obwohl die beiden wenig gemeinsam hatten, kam Clara nicht umhin, sie miteinander zu vergleichen. Das Vertraute scheint manchmal verführerischer als der Aufbruch ins Ungewisse …

»Es ist nicht so, dass ich nicht …«, setzte er an.

Clara nahm die Hände vom Lenkrad und sah ihn lange an. Plötzlich saß er ganz ruhig, drehte sich zu ihr, erwiderte ihren Blick. Bedauern stand darin, mehr noch, tiefe Sympathie. Aber Liebe war es nicht, auch wenn sie sich nicht sicher war, ob er die tatsächlich nicht empfand oder einfach nur gut zu verbergen wusste.

»Dora hat mich vorhin angerufen«, sagte er. »Sie … sie glaubt, dass es diesmal geklappt hat.«

Clara nickte. Sie wartete, dass die Worte ihre zerstörerische Wirkung entfalteten – dass ihr eiskalt oder heiß wurde, dass sie erstarrte oder anfing zu zittern. Aber sie fühlte nichts. Vielleicht hatte sie alle Gefühle verbraucht, als sie vorhin in Pater Cölestins Gesicht gestarrt hatte.

»Sie ist schwanger«, stellte sie fest.

»Noch ist sie nicht sicher, sie hat keinen Test gemacht, nur …«

»Selbst wenn sie es nicht ist, würdet ihr es weiterhin versuchen. Weil der Teil in dir, der an deiner Ehe festhält, stärker ist als der, der Dora satthat. Oh, ich weiß, wie zerrissen man sich fühlen kann.«

Sein Blick war immer noch unverwandt auf sie gerichtet.

»Bereust du es, dass du dich von Philip getrennt hast?«

»Nein«, sagte sie entschlossen. »Aber ich bereue, dass ich Katharina damals bei ihm gelassen habe, statt um sie zu kämpfen. Dass ich mir von ihm nicht nur die Schuld an allem habe geben lassen, sondern auch das Gefühl vermitteln, ich wäre total gestört. Im Grunde war ich in derselben Lage wie damals Lore Wilke. Sie hat auch geglaubt oder sich einreden lassen, dass sie nicht stark genug ist, ein Kind großzuziehen.«

Der Stoffhai, sie musste Katharinas Stoffhai kaufen …

Und sie musste ihre Anwältin anrufen.

Aber nicht jetzt …

Soeben hatte Hartmann aufgehört, in sein Smartphone zu brüllen. Er winkte Simon zu. Vielleicht auch ihr.

»Ich glaube, der Staatsanwalt will mit dir sprechen«, sagte Simon.

»In Ordnung.«

Ihr Tonfall war genauso sachlich wie seiner.

Wieder sahen sie einander kurz an, aber sie hatten alles gesagt, was es zu sagen gab. Simon stieg aus und wollte ihr die Tür öffnen. Doch ehe er das Auto umrundet hatte, hatte sie es schon selbst getan.

21

24. April

Clara saß zum zweiten Mal in Gabriele Borcherts Büro in Frankfurt-Höchst. Die Deckenbalken aus dunklem Holz ließen den Raum niedriger wirken, als er war. Die Tür war tatsächlich niedrig – ein großer Mann würde sich den Kopf stoßen, wenn er ihn nicht rechtzeitig einzog.

»Also«, sagte Frau Borchert, nachdem die Sekretärin, die vom Alter her eher eine Schülerpraktikantin zu sein schien, ihnen Kaffee gebracht hatte. »Sie haben sich also entschieden. Sie wollen nicht nur das geteilte Sorgerecht, sondern auch ein erweitertes Besuchsrecht. Was das Sorgerecht anbelangt, sehe ich, wie schon gesagt, gar kein Problem. Dass Sie damals nach der Scheidung freiwillig darauf verzichtet haben, spricht nicht dagegen. Im Gegenteil, es beweist, dass Sie im Wohle des Kindes gehandelt haben, weil Sie sich damals psychisch nicht in der Lage sahen, Verantwortung für Ihre Tochter zu übernehmen. Und dass Sie mittlerweile wieder gefestigt sind, können wir klar belegen. Sie haben einen festen Job, eine Wohnung, sind seit Längerem nicht mehr in psychotherapeutischer Behandlung. Die meisten deutschen Gerichte sprechen ohnehin in fast allen Fällen das geteilte Sorgerecht aus. Es bedeutet, dass Sie zukünftig ein Mitbestimmungsrecht haben, zum Beispiel, was die Schulwahl anbelangt oder den Wohnsitz Ihrer Tochter. Im Moment könnte Ihr Ex-Mann ohne Ihre Zustimmung umziehen.«

Die Anwältin sprach sehr schnell und leckte sich mehrfach über die Lippen. Nur an den Rändern waren noch Spuren eines dunkelroten Lippenstifts zu sehen. Neben ihrer Kaffeetasse stand ein leerer Teller mit ein paar Krümeln. Sie musste kurz zuvor ein Croissant oder eine Butterbrezel gegessen haben.

Konzentrier dich, Clara!

»Ich glaube nicht, dass Philip an einen Umzug denkt«, murmelte sie. »Er wohnt mit Katharina auf dem Schloss, das seiner Familie seit Jahrhunderten gehört.«

»Wie auch immer, beim Sorgerecht sehe ich kein Problem … aber umso mehr beim Besuchsrecht. Wie weit liegt Ihre Wohnung von Katharinas Schule entfernt?«

»Eigentlich liegt sie näher als Philips Wohnung. Er lebt im Taunus, ist also jeden Tag mindestens vierzig Minuten unterwegs. Vom Ostend ist man in zehn, höchstens fünfzehn Minuten in Bockenheim.«

»Das ist schon mal gut. Wie groß ist Ihre Wohnung? Ich fürchte, zwei Zimmer wären zu wenig.«

Blitzartig stiegen Bilder vor Claras innerem Auge auf, von ihrem Wohnzimmer, von der Couch, auf der sie mit Simon gelegen hatte.

»Sie hat drei Zimmer«, sagte sie schnell. »Mir war wichtig, dass Katharina ein eigenes Kinderzimmer hat.«

»Gut. Sehr gut«, sagte Gabriele Borchert und nahm einen Schluck Kaffee. »Auch wenn die Grundvoraussetzungen stimmen, wird es kein Spaziergang, darüber müssen Sie sich im Klaren sein. Zunächst müssen wir nachweisen, dass das

Kindeswohl durch eine Änderung des Besuchsrechts nicht gefährdet ist. Katharina wird wahrscheinlich von Psychologen befragt werden, sie ist immerhin fast sieben Jahre alt, nicht wahr?«

Clara nickte und begann unbehaglich ihre Hände ineinander zu verknoten.

»Und natürlich wäre es nicht verkehrt, etwas gegen Ihren Ex-Mann in der Hand zu haben. Nicht dass wir ihn ernsthaft als Vater diskreditieren wollen, aber er wird vor Gericht damit punkten, dass er sich immer vorbildlich um Katharina gekümmert hat, während er Ihnen Vernachlässigung vorwerfen wird. Wenn es hart auf hart kommt, wäre es gut, wenn wir nicht in der Defensive bleiben.«

Clara starrte hartnäckig auf die Krümel.

»Dann wird er mich ja noch mehr hassen«, entfuhr es ihr.

Ihre Anwältin zuckte die Schultern. »Ach, Hass ist immer gut. Gab es seinerseits Versuche, das Kind negativ zu beeinflussen? Hat er Sie vor Katharina schlechtgemacht?«

Clara blickte hoch. »Ich will der Verantwortung für meine Tochter gerecht werden. Ich will nicht, dass zig psychologische Gutachten über sie erstellt werden.«

»Aber wahrscheinlich kommen wir nicht darum herum. Fällt Ihnen irgendetwas ein, was gegen Philip spricht?«

Clara zögerte lange.

Na und, dann hasst er mich eben noch mehr. Alle können hassen, auch Dora. Hier geht es um Katharina.

»Er hat damals die Entscheidung getroffen, welche Grundschule Katharina besucht«, begann sie etwas zögernd, um umso entschlossener fortzufahren: »Ihm war wichtig, dass es eine katholische Schule ist, ich war eigentlich dagegen. Kürzlich ist es an dieser Schule zu einer Art Geiselnahme gekommen. Katharina war auch davon betroffen, es war ein ziemlich traumatisches Erlebnis für sie.«

Gabriele Borchert zog die Brauen hoch, und auf ihren Lippen erschien kurz ein Lächeln, das man wohl als diabolisch bezeichnen konnte. Es erreichte aber ihre Augen nicht, ihr Blick blieb kalt und nüchtern. Wie oft hatte sie wohl schon erlebt, dass zivilisierte, erwachsene Menschen im Schlamm zu wühlen begannen und sich gegenseitig mit Stinkbomben bewarfen?

»Wenn das ein singulärer Fall war, kann man es Ihrem Ex-Mann schwerlich anlasten. Vor allem, wenn die Schule ansonsten einen guten Ruf hat.«

Clara schwieg wieder, wartete, bis die Stille unerträglich wurde, und gab sich schließlich einen Ruck. »Am Tag der Geiselnahme konnte sich Philip nicht wirklich um Katharina kümmern. Ich war bei ihnen und hatte den Eindruck, dass ihm alles über den Kopf wuchs. Seine Mutter ist oft unterwegs, müssen Sie wissen. Natürlich gibt es ein Kindermädchen, aber soll die junge Frau meiner Tochter etwa die Eltern ersetzen? Im Schloss stehen etliche Renovierungen an, außerdem hat Philip eine eigene Anwaltskanzlei und ist beruflich sehr eingespannt. In meinem Job gibt es so was wie Überstunden nicht. Die Arbeitszeit ist streng geregelt. Ich würde die Betreuung meiner Tochter nie an Personal delegieren.«

»Das ist etwas, womit wir arbeiten können«, sagte Gabriele Borchert eifrig.

Sie schob den leeren Teller zur Seite, nahm einen Notizblock und begann zu schreiben. Die Buchstaben verliefen vor Claras Augen.

Dann hasst er mich eben noch mehr, na und? Ich werde nicht mehr an meinen Schuldgefühlen ersticken. Ich werde nicht mehr den Kopf einziehen und glauben, ich müsste eine Sühneleistung erbringen, weil ich es gewagt habe, mich von ihm zu trennen. Vor allem werde ich mir nicht mehr einreden lassen, dass ich labil und schwach bin und darum nicht für ein Kind sorgen kann. So wie man Frau Wilke sicher eingeredet hat, dass sie letztlich selber die Schuld an dem Chaos in ihrem Leben trug, dass sie sich eben nicht mit einem Priester hätte einlassen dürfen.

Das mea culpa sprechen und sich dabei anklagend auf die eigene Brust trommeln, das konnten künftig andere tun. Sie würde nicht nur um Katharina kämpfen, sondern ab sofort auch für sich selbst. Und das machte sie nicht zu einer schlechteren, egoistischeren Mutter, sondern zu einer selbstbewussten und starken.